馬克・畢林漢——著
吳宗璘——譯

SLEEPYHEAD

探長索恩

MARK BILLINGHAM

貪睡鬼。

獻給克萊兒，妳是我的一切，是我的巧克力。

序曲

羅傑・湯瑪斯 皇家病理學學院
此致
南華克 皇家驗屍官
安琪拉・威爾森醫師
二〇〇〇年六月二十六日

親愛的安琪拉：

根據我們最近一次的通話內容，我特別寫出下列重點、可作爲我驗屍報告（編號爲PM2698/RT）的補充說明，供您參考，受害者爲二十六歲的蘇珊・卡立緒小姐，於六月十五日時遭人發現因中風死於家中。

六月十七日聖多默醫院完成了驗屍工作。死因是腦幹梗塞，肇因於自發性椎動脈剝離所引發的基底動脈阻塞。死亡之後十二小時所取得的樣本，也無法讓我進行蛋白質C與蛋白質S缺乏症的檢測，除此之外，卡立緒小姐只是偶爾吸菸，在她身上實在找不到中風的傳統危險因子。而且，我發現了某些輕微的頸脖傷口，伴隨上頸脊椎的韌帶損傷，但與先前的某些頸部扭傷或運動傷害的痕跡並不一致。血液中發現了些許苯二氮平類藥物，調查結果發現，有張開立給卡立緒小姐十八個月前的室友的處方箋，藥品正好是煩寧錠。

我依然認為這個死因不無可疑之處，然而警察的調查結果卻看不出端倪。我正在徵詢同僚，也將這封信的副本發給所有的病理學系所與大倫敦地區的驗屍法庭。要是有人處理過中風者的遺體（可能是二十到三十歲的女性），發現了以下的任何一個症狀，我很願意與對方好好研究討論一下：

找不到傳統危險因子

頸部韌帶撕裂傷

血液中有苯二氮平類藥物

如果您認為有必要做第二次驗屍，想和我討論上述的發現結果，我當然很樂意與您進一步深談。

皇家病理學學院諮詢專家　羅傑．湯瑪斯　敬上

備註：屍體出現這種異常狀況（現在的臭味簡直像是剛刷洗過的雨靴！），正如我所告訴您的一樣，當局並不在意，殯葬業者也樂得開心，若說這情形令人有些憂心，其實都只算是客氣的說法而已！！

第一部

程序

「快醒來，瞌睡蟲……」

有光，有聲音，還有面罩，清甜的氧氣送入我的鼻腔……

之前呢？

我和那些女孩手挽著手，大聲唱出〈我會活下去〉，俱樂部裡那些穿著白襪的坎伯威爾色胚全被我們嚇得挫賽……

現在，我一個人獨舞。在提款機前面，天，一直喝個不停，今晚太爽了。

然後，我拚命想要把鑰匙插入大門裡。

接下來，有個男人坐在車裡，手上還拿著香檳，他要慶祝什麼？已經灌了一大桶龍舌蘭，再追一杯也沒什麼大不了。

然後我們一起在廚房，我聞到香皂的味道，還有別的，某種渴望的氣息。

那男人在我背後，我跪在地上，如果他沒有扶著我的話，我早就癱倒了，我醉得那麼厲害？

他的雙手貼著我的頭，還有脖子，他動作很溫柔，他告訴我不要擔心。

然後……沒有了……

1

索恩討厭當冷硬派警察。這種警察是廢物，就和乾硬的油漆一樣。他只是……無奈。對於頭骨碎裂、胸前還被刀刻了「人渣」字樣的流浪漢感到無奈，對於酒醉巴士司機加上矮橋肇禍、因而身首異處的六名女童軍感到無奈。還有更冷硬無情的部分，看著痛失愛子的女人眼神呆滯，緊咬著下唇，心不在焉伸手拿熱水壺的時候，他依然無奈。索恩對這一切感到無可奈何，對於艾莉森・維列茲，他一樣很無奈。

「長官，眞的，運氣好。」

這個小女孩狀的人形，被纏絆在半英里長、如義大利細麵般的醫療管線裡，等於是案情的重大突破。很僥倖，運氣好，她差點連躺在那裡的機會都沒有，他們在第一時間發現了她，這才是無庸置疑的好運。

「好，這次遭殃的是誰？」警員戴夫・賀蘭德先前早已聽聞索恩直取咽喉的行事風格，但他們才剛到那女孩的床邊，他就聽到這種問法，讓他措手不及。

「嗯，長官，老實說，她不符合先前其他受害人的側繪條件。我的意思是，她遭受攻擊之後還倖存了下來，而且她太年輕了。」

「第三名死者也只有二十六歲啊。」

「是，我知道，可是你看看她的樣子。」

他說得沒錯。芳齡二十四，看起來卻像個無助的小孩。

「所以這本來只是一起失蹤人口案件，等到當地警察追到她男友的時候才急轉直下？」索恩挑眉問道。

賀蘭德立刻拿起自己的筆記本，「呃……提姆．西尼根。他算是她最親近的人，我有他的住址，他等一下會過來，顯然是天天都會來探視。他們兩人在一起十八個月之久——她兩年前接下這裡的托兒所護士一職，從紐加索搬過來。」賀蘭德闔上筆記本，望著索恩，他的上司依然目光低垂，凝望著艾莉森．維列茲。他不確定索恩是否知道其他組員叫他「不倒翁」。不難看出索恩爲什麼會得到這個封號，他……多高？五呎六吋（一六八公分）？還是五呎七吋（一七〇公分）？但他的低重心加上那非比尋常……的寬度，顯然要讓他晃搖絕非易事，而且，他眼中還流露出某種意志，等於告訴賀蘭德他幾乎是打不倒的人。

賀蘭德的老爸認識不少如索恩這樣的警察，但與這樣的人共事，卻是賀蘭德的第一次。他決定筆記本還是先留在手邊比較好，「不倒翁」看起來還有一大堆問題，而且這討厭鬼的確很有本事，不需要開口，就能向他們逼出一堆問題的答案。

「所以，她參加完女性友人的婚前派對之後，走路回家……嗯，上週二的事……最後被丟在倫敦皇家醫院的急診室門口。」

索恩的臉抽動了一下，他知道那家醫院。六個月之前，動完疝氣手術的那股恐懼依然淋漓鮮明。有個穿藍色制服的護士伸頭進來張望，看了他們之後，目光又飄向時鐘，索恩抬頭瞄了她一眼。賀蘭德正要伸手拿證件，但她已經關上了門。

「她剛入院的時候，大家以爲她是用藥過度的病患。然後，他們發現了這個詭異的昏迷疑團，隨即將她轉院送來這裡。不過，就連他們發現是中風的時候，看起來也與『反手』專案沒有明顯關聯，所以不需要檢測苯二氮平類藥物，當然也不需要打電話給我們。」

索恩的目光低垂，看著艾莉森．維列茲，她的瀏海該修了。他看著她的眼球，在眼窩裡骨碌碌轉個不停。她知道他們在這裡嗎？聽得到她說話的聲音嗎？還有，她還記得當時的事嗎？

「好，所以如果你問我，這次遭殃的人是誰，嗯，其實是兇手自己，長官。」

「賀蘭德，去弄兩杯茶進來。」

索恩依然緊盯著艾莉森．維列茲，他靠著鞋子摩擦地板所發出的吱嘎噪音，還有關門的嗖嗖聲，知道賀蘭德已經離開了。

湯姆．索恩探長其實不想辦這個「反手」專案，但只要不是那個改頭換面的重案組轉來的案子，他覺得都好。每個人都被這次的組織調整搞得頭昏腦脹，至少「反手」是個清楚直接的傳統專案。當然，這個案子相當引人關注，但他不像某些同事一樣很哈這種案件，他是天生的怪胎，對於自己沒有把握偵破的案子相當排拒。而這個案件剛好詭異，毫無疑問。他們已經知道發生了三起謀殺案，每一名受害者的死因都是基底動脈阻塞。某個喪心病狂的傢伙專挑女性下手，進入她們的家裡，把滿滿的毒藥注射進入她們的體內，動手造成她們中風。

動手，造成她們中風。

漢卓克斯是那種喜歡動手示範的病理學家。一個禮拜之前，索恩待在他的實驗室裡面，被他那雙死緊的手扣住頭與脖子、示範殺人技巧的時候，眞的是嚇得半死。「菲爾，媽的你以爲你自己在幹什麼啊？」

「給我閉嘴，湯姆，你現在因爲鎮靜劑的關係而昏迷不醒。我可以爲所欲爲。我只需要把你的頭扳向這個方向，對這個位置施壓扭一下動脈。這是一道精細的程序，得具備專業知識……我不知道，會不會是軍人？也許是擅長武術的人？不管怎麼樣，這個畜牲很狡猾，完全不著痕跡，簡直是天衣無縫。」

簡直。

克莉絲汀．歐文與瑪德蓮．維克利都有中風的危險因子：一個是中年人，另外一個是老菸槍，而且還服用避孕藥。她們住在倫敦遙遙相隔的兩端，都是在自家中被殺害。病理學家發現這兩名受害者最近都開始使用酚皀，但克莉絲汀．歐文的先生與瑪德蓮．維克利的室友雖然也都覺得有異，但沒有人否認浴室裡多了一塊酚皀，也沒辦法解釋原因。她們的體內都找到殘留的鎮靜劑，原因各不相同，歐文服用抗憂鬱處方藥物，而維克利則是偶爾嗑藥，這兩起死亡事件固然令人傷感，但看起來顯然是自然死亡，看不出與藥物有任何關聯。

但若是說蘇珊．卡立緒有中風的危險因子，就很難令人接受了，而且他們在那間位於滑鐵盧的單臥公寓裡找到了一瓶無標籤的鎮靜劑，啓人疑竇。最後，是發現她脖子韌帶受損，還有某位冰雪聰明的病理學家，才讓他們發覺有異狀。就連漢卓克斯也必須大力稱讚這個研究方法與成果很了不起，非常厲害。

但道高一尺，魔高一丈。

「湯姆，他在玩的是百分比遊戲。街上一大堆人閒晃，其實都帶有中風的高危險因子。首先，看你就知道了。」

「啊？」

「你還是酒品專賣店的金卡會員吧？對不對？」

索恩本想要開口抗議，但繼之一想還是作罷，反正漢卓克斯也經常和他一起出去喝酒。

「他挑選了倫敦的三個不同區域下手，將這三名受害者聯想在一起的機會是微乎其微。他接連犯案，我們還是一頭霧水。」

現在，索恩站起來，聆聽艾莉森呼吸器頻頻發出的氣嘯聲。這叫作閉鎖症候群，他們不能百分百肯定，但她應該可以聽，可以看，而且也還有感覺。艾莉森對於四周所發生的一切幾乎都很清楚，但她完全不能動，就連最微小的肌肉動作也無能為力。

說這是症候群也不對，它其實是無期徒刑。搞出這種事的畜牲到底是什麼背景？習武狂人？特種部隊？他們最多也只能作出這樣的猜測，他們真的不知道怎麼回事……

倫敦的三個不同區域，一場亂局，三個頭頭圍坐一桌玩著「誰拳頭最大」的遊戲，搞出了這個「反手專案」。

就這整個團隊而言，他並不擔心，圖根至少有效率，而法蘭克．基博是個很好的督察長，只是偶爾未免太……小心了一點。索恩倒是對於賀蘭德與他的筆記本有點意見，他就是不肯把那東西放下來，難道這個腦袋記憶容量只比一般金魚大一點的小警察，就不能和他的筆記本分開一下嗎？

「長官？」

金魚寶寶帶茶回來了。

「是誰向我們通報艾莉森．維列茲？」

「應該是腦神經諮詢專家，呃……醫生的名字是……」賀蘭德清了清喉嚨，又嚥了一下口水，他兩隻手都拿著裝滿熱茶的塑膠杯，沒辦法拿他的筆記本。索恩決定當好人，伸手替他拿了個杯子，賀蘭德趕緊伸手去摸筆記本。

「寇本醫生，安妮．寇本。她今天在皇家免費醫院有課，我已經幫你預約今天下午與她會面。」

「又多了一位我們必須衷心感謝的醫生。」

「對，還有另外一點也算是運氣不錯。她的先生是病理學諮詢專家，大衛．希金斯。她把艾莉森．維列茲的狀況告訴他，『這很有意思，因為……』」

「什麼？這是他說的話？還是她講的？」

「我不知道，長官，這你就得問她了。」

索恩退開，讓某個淡紅色頭髮的護士走到病床邊，為艾莉森更換輸管，他心想，現在是大好時機，立刻把自己的茶原封不動塞回到賀蘭德手上。

「你就在這裡等希尼根。」

「可是，長官，預約的會面時間是四點半。」

「所以，我就提早過去啊。」

他穿越狹小的紅色塑膠地板走廊迷陣，想要找尋最快到達出口的捷徑，遠離他和每個正常人都深惡痛絕的那股味道。這間加護病房，位於國立神經內科與外科醫院的新大樓。但依然聞得到那股味道，他覺得應該是消毒水。學校裡也會使用類似的東西，但那只會讓他聯想到早已遺忘的體育服汗味、還有護胯的可怕惡臭，而這是一股完全不同的氣味。

透析，死亡。

他搭乘電梯下去，到達大廳接待區，宏偉的維多利亞式建築，與醫院新建區域的現代、開放空間設計成為令人驚奇的對比。牆上排列的石板，以及刻有醫院顧問姓名的沾灰木匾，有某種黯然華麗感。最重要的位置，留給了威爾斯王妃黛安娜的全身畫像，她曾經是這家醫院的重要贊助人。這幅畫作相當精美，根本不像旁邊那尊放在基座上的王妃半身塑像，索恩猜那搞不好是畫家弄出來的雕塑品。

在他快要到達出口的時候，他聽到了低罵聲，也看到了從大門迎面而來的滴水雨傘，等於告訴他這個夏季已經接近尾聲。八月才過了一個禮拜半，夏天就消失了。他站在醫院精美紅磚門廊下方，瞇起眼睛，目光穿越雨幕，望向自己的車，停車位置緊貼著皇后廣場的欄杆。人們在雨中低頭倉皇奔跑，有的穿越花園，有的衝向羅素廣場地鐵站。這裡有多少醫生或護士？方圓一英里之內，有十多間醫院或專科中心，但就他所在的地方，他只能看到大奧德蒙街兒童醫院。

他豎起衣領，準備衝過去。

起初，他以為那是停車繳費單，他信手把它從雨刷下方拿出來。等到他從塑膠套裡取出那張A4大小的紙張，打開之後，他才發現另有玄機。他小心翼翼把它塞回保護的塑膠套裡，擦去雨水，凝視那以打字機打出的整齊字體。他才剛讀了第一句話，已經對於脖子後方滑落而下的雨滴完全無感。

親愛的索恩探長，我該怎麼說才好？熟能生巧，難道你不會嫉妒她那種完美的……疏離？我想請你想像一下自由的概念，眞正的自由，你眞的仔細想過嗎？我對於其他人感到抱歉，眞的。我不應該講些有關目的與手段的陳腔濫調、羞辱你的智慧，我只是想要點你一下，偉大的任務通常都有合理的誤差範圍，一切都是與壓力有關。索恩探長，之後你會恍然大悟。說眞格的，湯姆，也許哪天我會打電話給你。

壓力……

索恩四處張望，心跳得好厲害，留下這張字條的人一定就在附近——畢竟他的車停在這裡也沒多久。放眼所及，四周全是被雨水淋濕的臭臉，而賀蘭德也在此時跑過來找他，一路上還小心避開水塘。

「長官，她男友剛到，你剛才一定和他錯身而過。」

索恩臉上的表情害他愣住，不敢前進。

「賀蘭德，不能說艾莉森這次是失手。」

「當然不是，長官，我的意思是——」

「聽我說，這才是他想要的結果。」他伸手回指醫院，「你懂嗎？」他的襯衫濕貼背部，有雨水也有汗水。其實他自己也不是很懂，接下來的那些話，他憋了好一會兒，因為連他也難以置信，而賀蘭德則是目瞪口呆望著索恩，那一字一句脫口而出的時候，他知道不該任由自己捲入這種案子。

「艾莉森·維列茲不是他第一次失手，而是他的第一次成功出擊。」

提姆控制情緒的能力不是很好，當他與安妮說話的時候，聲音裡夾雜著那種莫名其妙的哽咽。

安妮？我們根本沒見過面，我就直呼她的名字，不過，她聽起來像是個好人。我喜歡我們在傍晚的聊天內容。顯然都是其中一個人在講話而已，但至少有人知道這裡是什麼狀況，還是有人可以主掌一切。

對了，我有沒有提到檢驗結果？好得很，嗯，某些算是不錯。基本上，算是一整套的檢測，其實就是遇到特殊狀況病患的整套檢驗，確定你到底是不是個眞正的植物人，判斷你是否已經處於「持續性植物狀態」（PVS），我一直把它與丘腦腹後側核（VPL）搞混在一起，但PVS比較嚴重一點。他們就是在測試你的感官，以小木塊互相敲擊，看你是否能聽到聲音，有所反應，眞的，我也不確定自己做了什麼，但他們似乎很開心。我不需要針刺就能完成全部測試。他們還拿了類似重感冒的時候嗅聞的東西、放在你鼻子底下搧送，但味覺測試的時候算是彌補了過來，他們給你威士忌，把威士忌滴在你的舌頭上，我喜歡這樣的醫院。

操作測試的人是安妮。對於某些很老的男人來說，她超正的。其實我沒有辦法看得很清楚，但就我印象所及的確是如此，其實，我連形狀都只能模糊辨識而已，應該說，只能看到形狀的陰影，其中有幾個鐵定是警察，提姆跟某個警察說話的時候，語氣超級緊張，我猜那個人應該很年輕。

那個站在屋外、拿著香檳的男人做……做了什麼？害我講不出話，但他還做了什麼？不知道傷了我什麼地方，但我根本不知道哪裡有傷口。

彷彿一切都佈滿了傷疤。

他摸了我？他會不會是最後一個碰我的人？

拜託，提姆，我還活著，我還是我，多少算是吧。你情緒崩潰，而我在對著自己吟唱〈女友昏迷不醒〉……

看到卡蘿和保羅進來，眞好。天，我希望這些事可不要毀了婚禮。

2

「我們的對手是醫生嗎？」

索恩講出這個問題的時候，索恩知道賀蘭德腦袋裡在想些什麼。安妮．寇本絕對是多數男人期盼能出現在自己面前的那種醫生，多數男人會以她爲對象，編出有關冰涼雙手與巡床的低級笑話。她身材高瘦，優雅，他覺得就像是間諜影集《復仇者》裡、飾演騷浪熟女的女演員。索恩猜她應該是四十出頭，也許比他自己大一兩歲。雖然從她的湛藍眼眸看來，她的頭髮曾經是金黃色，但他也挺喜歡她現在的髮型——銀色短髮。她斜靠在凌亂的小書桌，啜飲咖啡，與前一天相比，現在簡直像是一派輕鬆。

先前在皇家醫院的時候，她曾經怒氣沖沖把索恩攆出去。當他尷尬回到走廊的時候，還聽到那三十多名醫學院學生的笑聲。上腦部掃描課看到老師狠狠修理高階警官，他們也能稍稍喘氣，顯然大家都很開心。安妮．寇本不喜歡被打擾，後來，當索恩打電話給她、重新安排會面的時候，她還爲此一事件道歉，最後，他們相約在大家俗稱的皇后廣場，也就是她的工作處所、治療艾莉森．維列茲的醫院。

她又喝了一口咖啡，重複索恩的問題。她的語調輕快，不拖泥帶水，悅耳好聽，這種聲音顯然可以迷倒那些如純潔白紙般的醫學院學生，也能嚇唬中年男性警察。「我們面對的這個人是醫生嗎？嗯，當然是具有醫療專業學位的人，能夠阻斷基底動脈，引發中風，當然需要具備醫學專業知識。而那種中風還能引發閉鎖症候群，就更高段了……就算有人很清楚知道自己在幹什麼，但成功機會很低，可能試個十幾次都無法成功，我們現在所討論的這個案子是百分之幾的機率而已。」

光是這百分之幾，已經讓三名女子喪命。索恩腦中突然乍現艾莉森．維列茲的心像，所以算是四名女子。也許他們應該把這數字當成是天賜好運，這個瘋子居然如此專業，應該要感謝上帝。或者，他們現在應該要擔心才是，這傢伙已經爐火純青，正積極尋找再次犯案的機會。寇本醫生還沒有講完，「當然，除此之外，還有路程的問題。」

索恩點點頭，他也早已想到了這件事，賀蘭德則面露困惑。

「就我所得到的資料看來，你們認爲艾莉森是在倫敦東南區的自宅裡中風，」寇本說道，「在他把她送到醫院之前，絕對不能讓她斷氣，也就是說這路程至少……」

「五英里。」

「沒錯，這一路上還有其他醫院，他爲什麼要把她專程送到倫敦皇家醫院？」

索恩沒有答案，但他已經先做了一點功課，「從坎伯威爾到白教堂，他跳過了三間大型醫院，就算他走的是最直接的路線好了，該怎麼讓她一路不斷氣？」

「最顯而易見的答案，袋瓣罩甦醒器。他可能每隔十分鐘左右就得停車，擠壓球袋五、六次，但這動作其實相當簡單。」

「所以，是個醫生囉？」

「我想也是，對，很可能是中輟的醫學院學生——脊骨神經科，有這個可能……博學多聞的物理治療師，性格偏鋒，我不知道你打算從哪裡著手。」

賀蘭德忙抄筆記的手突然停了下來，「皮下注射器（音節類似物理治療師）塞在草堆（音節類似性格偏鋒）裡？」

索恩看到寇本的表情，他知道她也和他一樣，覺得賀蘭德的反應很好笑。

「賀蘭德，我看你還是翻一下字典吧，」索恩回他，「我們明天見，你先搭計程車回去。」

索恩與寇本醫生朝艾莉森的病房走去，每跨出一步，某種近似恐懼的情緒也不斷在心裡蔓延。說來殘忍，但他覺得如果艾莉森是漢卓克斯的「病人」的話，狀況反而比較簡單一點。他忍不住心想，也許對艾莉森來說，未嘗不是如此。他們到達錢德勒側廳，搭乘電梯到了三樓的加護病房。

「探長，你不喜歡醫院吧，對嗎？」

奇怪的問題，索恩難以想像會有任何人喜歡醫院。「我有段時間一直待在醫院。」

「是因爲工作關係還是……？」她話沒講完，因爲問不下去，該找出怎麼樣的措辭才好？

「還是因爲工作之外的因素。」

索恩盯著她，「去年我動過一場小手術，」但眞正原因並非如此，「我母親過世前，臥病在床多年。」

寇本會意點頭，「中風。」

「三次，十八個月前。我想妳非常了解腦部退化的狀況，是吧？」

她露出微笑，他也微笑以對，兩人步出電梯。

「對了，我是疝氣進醫院。」

索恩看到牆上的科別招牌，覺得很有意思：動作與平衡；老化；癡呆，甚至還有頭痛門診。這裡相當忙碌，但與他們擦身而過的那些人卻不像一般四處走動的受傷病患，他看不到血跡，沒有繃帶與石膏。走廊與候診區似乎擠滿了行動緩慢謹慎的人，表情迷茫困惑，索恩不知道自己在他們的眼中又是什麼模樣。

也差不多吧，他很有自知之明。

他們兩人沉默不語，繼續往前走，經過某間餐廳，裡面充滿了閒聊人聲，讓索恩聯想到大型工廠或辦公室，他不知這些人是否能聞得到食物的氣味。

「你覺得醫生怎麼樣？我們是不是在你拒絕往來的黑名單裡？」

聽到這個問題，他一度懷疑她想要引誘他，然後他想起那些醫學院學生的臉龐，這女子讓人捉摸不定。「嗯，反正現在是沒興趣，看過太多例子害我們卻步不前，看妳就知道了。」

「我想這都得歸功在我先生頭上。」她的語氣尖酸，完全聽不出有絲毫客氣的意思。她看到索恩偷瞄她的手，理應戴上婚戒的那個位置，「我還是得講清楚，馬上就要變成前夫了。其實，剛才的話也不算什麼，在相對殘酷的『我們該如何處理離婚』的過程中，剛才的話已經算是很有禮貌了。」

索恩目光望向前方，不發一語，天，他真是標準英國人！

「瓷器歸誰？貓誰養？妳有沒有聽說最近那個瘋子的事？在倫敦到處把女人搞成中風？妳一

定很清楚這種事的……」

恐懼，死亡，離婚。索恩覺得他們之間也許該轉換話題了，談談中東危機比較好。

「在艾莉森入院的四十八小時之後，我們給她做了核磁共振，頸部韌帶周邊出現水腫——片子出現亮白色的斑痕，頸部扭傷的患者很常見，但出現在艾莉森身上就很不尋常，再加上我先生告訴我的事——」

「速眠安呢？」

「他選用的苯二氮平類藥物？他非常聰明，其實，艾莉森被送到急診室的時候，他們可能給的也是相同藥物，這種障眼法很厲害吧？」

索恩停下腳步，他們已經到了艾莉森的病房外頭，「我們可以確認一下嗎？」

「我確認過了，沒錯。我認識當天晚上在倫敦皇家醫院執勤的麻醉醫師。毒物報告顯示艾莉森的血液裡確實有速眠安，但反正一定會有的——因爲她在急診室裡面被施打的鎮靜劑就是那一種。不過，我們在病人剛入院時一定會抽血，所以我特地查了一下，第一份血液樣本裡也有速眠安，所以我決定通知警方。」

索恩點點頭，這傢伙是醫生，準沒錯，「還有什麼狀況會使用速眠安？」

她思索了一會兒，「某些特定範圍，加護病房，急診室，麻醉科，差不多是這樣。」

「他從哪裡取得藥物？醫院？能不能在網路上買到這種東西？」

「這麼大的用量，不可能。」

依這種狀況看來，索恩知道必須聯絡全國醫院、提供速眠安的竊案紀錄。他不知道該從多久以前開始追溯？六個月？兩年？他還是應該要小心爲上，而且，他知道這正好可以讓賀蘭德好好加班。

寇本推開艾莉森的病房房門。

「她聽得到我們說話嗎？」索恩壓低聲音問道。

她撥開艾莉森臉上的髮絲，對他粲然一笑，「嗯，如果她聽不到，絕對不是因爲她聽力受損。」

索恩知道自己臉紅了，白癡。爲什麼大家一到了病床邊就開始輕聲細語？

「老實說，我不確定。初期的指標還不錯，對於突如其來的噪音會眨眼，還有許多測試得做。反正，我一直都會和她講話。現在她已經知道哪個櫃台人員是酒鬼，還有哪一個顧問把他的三個學生搞上床。」

索恩挑眉，一臉好奇，寇本已經坐下來，握住艾莉森的手。

「抱歉，探長，女生悄悄話時間！」

索恩什麼也不能做，只能望著她，被一團管線與儀器所緊緊包圍，連接某個年輕女孩的管線與機器。他聆聽艾莉森呼吸器的嘶嘶聲，感受著她被電腦監控的搏動，他心想，某個不知躲在何處的醫生的確在他的黑名單之列。

他坐在地鐵裡，想要猜測坐在自己對面的那個商人還能活多久，這是他樂此不疲的遊戲。

昨天，當索恩直視著他的時候，還眞是讓人爽快的一刻。其實，索恩不算看到他：不過就是半秒的時間，而他只是個拉起帽兜、匆匆經過的路人而已，但這額外的好處眞是美妙，從那警察的表情看來，他已經看懂了那張字條的含意。現在他只需要好整以暇，享受接下來的步驟。等到他一回家，他會躺在浴缸裡，仔細回味一下，想想索恩的那張臉，然後他會小睡個幾小時，再繼續工作。

坐在對面的男子滿臉漲紅，想必今天在辦公室一定不好受。他看起來有吸菸習慣，臉色蒼白，處處斑痕，雙頰靜脈破裂，很可能是血液循環不良與飲酒過度的徵狀。眼瞼上的奶白色小塊，也就是黃斑瘤，幾乎等於是膽固醇過高的明證，動脈內壁想必已經相當肥厚。

那名商人在翻報紙，發出刺耳的咬牙聲。

他看這傢伙最多再活十年吧。

索恩開著自己那台佈滿刮痕的藍色蒙蒂歐，在清晨的馬里波恩路上順暢前行，他把「強烈衝擊」樂團的卡帶塞進音響裡面，整個人回靠在座椅上。如果他想要輕鬆放空，他會精心挑選強尼·凱許或格蘭·帕森斯、漢克·威廉斯的音樂，但現在只有這種不斷重複、昏昏欲眠、適合二十五年前的他的重擊樂聲，才能讓他集中心緒。一如往常，當〈無盡憐憫〉如機械般的節拍聲從喇叭傳出來的時候，他的腦中浮現那個在連鎖唱片行Our Price打工的死小孩，對他露出懷疑的神情。自作聰明的小蠢蛋，彷彿把他當成了自以爲是內行人的老變態。

滿是痘疤的死小孩面孔，變成了安妮·寇本的臉龐，美麗動人多了。他不知道她喜歡聽什麼樣的音樂。可能是古典樂吧，但也許在莫札特與孟德爾頌後面偷偷塞了一兩張吉米·罕醉克斯的專輯。他喜好神遊舞曲與速度車庫音樂，不知道她對此作何感想？他猜她應該也覺得他是老變態。他把車停在紅綠燈前面，搖下車窗，任由轟隆隆的節拍流瀉出去，讓隔壁一臉臭屁的紳寶女車主好好欣賞一下，而索恩只是死盯著前方，當燈號變成黃色，他轉過頭去，對那女子眨眨眼，慢條斯理開車離去。

等到他待會兒回到總部的時候呢？想必會聽到許多人狀似幹練、講出頭頭是道的高論，還有匆忙來回翻找檔案的聲音，以及傳真機和數據機發出的嘰嘰嗶嗶噪響。索恩的手隨著音樂節奏在方向盤上不斷拍打，這串聲音集錦的背景是一面牆；仔細寫下性命、日期，以及行事手法的黑板，上方整齊排列著照片：克莉絲汀、瑪德蓮，還有蘇珊。乾淨的臉龐看起來都同樣蒼白空茫，但是，對索恩來說，這些影像似乎各自捕捉到那可怕的最後一瞬的某種陌生情緒，困惑、恐懼、悔恨，全都是垂死之前的神態。他調高音樂聲量，在倫敦各地的工廠與辦公室裡，上班的人偷瞄的是月曆女郎——「調皮珊卓拉」、「淘氣妮娜」、「邪惡溫蒂」。而索恩接下來要面對的每一天，每個禮拜，每個月，看到的都是「死去的克莉絲汀」、「死去的瑪德蓮」、「死去的蘇珊」的怒斥面容。

「現在怎麼樣了？湯米？」

克莉絲汀．歐文，三十四歲，被人發現躺在樓梯的最下方……

瑪德蓮．維克利，三十七歲，死於自家廚房地板，一鍋義大利麵全燒乾了……

「拜託你，湯米……」

蘇珊．卡立緒，二十六歲，陳屍在扶手椅裡面，看著電視……

「湯米，告訴我們接下來你要怎麼處理？」

當然，他們會建立名單，爲各個受害者整理出長長的名單，進行交叉比對。小警察們將會以同一套相同的問題、詢問數百個人，然後將他們的答案打入電腦，然後由警探消化供詞，打電話，打出他們自己的摘記，核對，標記，也許之後累積的線索就像堆滿了數千畝土地的製鞋牛皮一樣多，他們可能會瞎貓碰上死耗子……

「抱歉，各位，目前一籌莫展。」

索恩已經有了預感，照正常程序辦案，絕對逮不到這個傢伙。這不是驚悚小說作家筆下那種便宜行事的警察直覺——他很清楚。兇手可能希望自己被抓到，對，不無可能。側繪專家與心理學家認爲，在他們的內心深處，都藏有被抓到的欲望。下次等他見到安妮・寇本的時候，他會問問她對這件事的看法，要是能早一點看到她，他絕對不會有任何抱怨。

索恩把車停入停車場，關掉音樂。他抬頭望著那棟髒兮兮的褐色建築，裡面是「反手專案」的基地。這間位於埃奇維爾路的老舊派出所，已經在幾個月前貼上了關閉標誌，現在一片荒棄，但對這種專案而言，上頭的無人辦公室恰好是完美地點，對於那些不用在那裡天天工作的走運混蛋來說，非常完美。這裡是醜陋而巨大的開放空間——小魚們共用一個大魚缸，而周邊還有好幾個給大尾魚專用的小碗。

他好害怕，一度不敢進去，最後他下車，靠在引擎蓋上，讓恐懼慢慢消逝。

他慢慢踱步，走向大門，暗自做了一個決定，他絕對不允許任何人把艾莉森的照片貼在那面牆上。

十四個小時之後，索恩回家，打電話給老爸。索恩只要有空就會經常打電話，而他們見面的頻率也越來越低。索恩的父母，吉姆與毛琳在十年前就搬離了北倫敦，定居在聖奧爾本斯，但自從他母親過世之後，他覺得自己與父親之間的距離越來越遠。現在，父子兩人都是獨居，在電話裡交談的內容總是極其瑣碎。他父親總是想要告訴他最近流行的低級故事或酒吧笑話，而索恩也樂得當聽眾，他喜歡讓老爸逗他大笑——他也喜歡聽到父親的笑聲。他覺得除了這些令人開懷大笑的電話之外，父親應該不太笑了吧，他父親也很清楚這一點。

「湯姆，我要講兩件好笑的事給你聽。」

「說吧，爸爸。」

「湯姆，掛在上頭的一吋長圓頭是什麼？」

「我不知道。」

「蝙蝠。」

這笑話不算很優。

「掛下去的九吋長圓頭，是什麼？」

「不知道。」

他父親掛下了電話。

他坐下來，沉默不語，足足有好幾分鐘之久。然後，他開始說話，語氣溫柔，「也許，現在回想起來，擋風玻璃上的字條是有那麼一點……引人側目。真的，這一點也不像我，我不是那樣的人。我覺得我的本意只是要像其他人表達遺憾。嗯，但眞要老實說的話，我必須承認，其實我有點想要炫耀。而且，我覺得索恩是個可以讓我對話的人，他似乎能夠了解我對於成功出擊的驕傲。完美就是一切，對嗎？我一直接受這樣的教誨？你不用懷疑，我眞的是深得眞傳。

「我是說，這過程很困難，我絕對沒有未來不會出錯的意思，但我的作法給了我犯錯的權利，你說是吧？我覺得我遇到了……挫折，靠機器維生的感覺有多麼美妙，我只能想像而已。安全，乾淨，自在放鬆，心思任意飄遊，不會遇到亂七八糟的事。我把某具軀體從這種細碎可惡的壓迫環境中解放出來，我深以爲傲，當然，這也沒有什麼好被譴責的。我認爲，這是唯一值得奮戰的眞正的自由。不必受到笨拙行動的束縛，不再受傷……易感。從無聊日常裡解放出來，有人餵食，有人幫你潔淨身體，而且有人監看，照顧妳。當這一切神奇事物降臨的時候，妳可以完全體驗。屍體哪知道被別人清洗的感覺呢？能夠對這些有知有感一定很美妙。」

「天哪，我在想什麼？眞抱歉，我根本不需要在妳面前提起這些事。」

「妳說對嗎？艾莉森？」

蘇和凱莉昨天從托兒所來看我，我的視力已經好多了。蘇和平常一樣，眼線畫得太濃。她們講了好多八卦，顯然是因爲我躺在這裡，八卦的內容沒有以前豐富，但還是講了不少。瑪麗，我們的女經理，眞的讓每一個人都很不爽，她一屁股坐著動也不動，只是出張嘴糾正圖表上的錯字。丹尼爾還是有點難搞，她們說，他在上個禮拜一直哭著要找我，所以她們只好告訴他我去西班牙度假了。她們告訴我，等到我出院之後，我們要一起出去喝個爛醉，還有，她們說寧可自己躺在這裡，也不想一直換尿布、賺那一小時三點六英鎊的薪水……

之後，她們也沒說什麼了。

終於還是出現了一點緊張刺激的畫面。不知道是便盆清洗器還是什麼的塞住了。我知道這也算不上什麼驚天動地的大事，但水噴得到處都是，所有的護士都遭殃，大家看起來超不爽的。

我想，和平常相比，這算是很驚險了吧。

我夢到了媽媽，她好年輕，就像是我還在就學時的模樣一樣。她幫我穿衣服，我在跟她爭我要穿哪一件，她一直哭個不停……

我還夢見了那個對我下手的男人，我夢到他出現在我的病房裡，和我講話。我立刻認出他的聲音，但在事發之後，那聲音也曾經出現過。我的腦袋跟漿糊一樣。他坐在我的床邊，捏住我的手，想要告訴我他爲什麼要做出那件事，但我聽不太懂，他說，我應該要覺得好開心才是，那聲音先前曾經對我說，好好享受吧，他同時把香檳交給我，我喝了一大口。

我一定是自己邀請那男人進入屋內，我猜警察也很清楚，不知道他們有沒有告訴提姆這件事？

現在，那些夢境成了我最有感知的事物，變得好鮮活生動。如果你能夠按鈕選擇等一下要作什麼夢，一定很棒。當然，我一定得找人幫我按按鈕，但要是能夠夢到我想見到的親友、再講一點無傷大雅的低級笑話該有多好。

別忘了，要是整個人廢成這樣，打砲已經是不可能的事了，對吧？

3

索恩先前以爲夏天即將告別，他大錯特錯：它自行放假了兩週之後，又帶著一股黏稠的恨意回來了，而且自助洗衣店呼叫他的警示聲大作，讓他無法充耳不聞，當他坐在法蘭克・基博的辦公室裡討論名單的時候，他一直聞到自己身上所散發出的濃重氣味。

「長官，我們目前鎖定的是內倫敦地區服務執業的醫生。」

法蘭克・基博只比索恩大一兩歲而已，但看起來卻像是五十歲的人。這應該是他個人基因有點問題，而不是因爲壓力。從他那已經快要退到頭部後方的髮線看來，他一定是那種剛過青春期沒多久、就開始逐漸禿髮的人。他那所剩無幾、刺激毛髮生長的賀爾蒙，不知怎的改變路線轉到了眉毛，盤踞在那對淡藍色的眼眸上方，活像是兩條肥大的灰色毛毛蟲。那對眉毛表情豐富，也算是他幸運，爲他增添了一抹智慧的韻味。但不會有人羨慕他的這種好運——當你看起來像是隻被養得癡肥、罹患禿頭症的貓頭鷹的時候，也只能期待這個而已。

基博挑眉技巧高超，質疑味道十足，「湯姆，範圍最好還是要擴大一點。要是遇到最壞狀況，我們也已經有了萬全準備，完全沒有人力不足的問題。」

索恩面露懷疑，但是基博的語氣卻充滿自信。

「這是大案子，湯姆，你也很清楚這一點，如果你需要人手擴大偵查範圍，我來搞定。」

「長官，還是請他們來幫忙好了，反正這份名單是一大工程。不過，我確定他是本地人。」

「因爲那張字條？」

豆大雨滴入襯衫領口、在肩胛骨之間緩緩流下的感覺又回來了，索恩記得閱讀殺手留言時，雨水滑進眼裡、宛如淚水回流，而捏在指間的塑膠套的那股觸感，現在依然鮮明清晰。

兇手知道艾莉森的治療地點，顯然他在密切注意案件進度，包括了其他受害人以及艾莉森。

「對，那張字條，還有地點，我認爲他想要近距離觀察狀況。」

監控他的辦案進展。

「有沒有必要在醫院派人監守？」

「恕我冒昧，長官，那裡到處都是醫生……我看不出在這種時候派人過去要幹什麼。」他的目光飄到髒兮兮的黃色牆面——西部地區的景色，基博的家鄉是布里斯托……高溫讓人好難專心。索恩又解開了一顆襯衫鈕釦，聚酯纖維材質，失策。「能讓那個電扇轉一下嗎？」

「抱歉，湯姆，失禮了。」

基博按下他黑色桌上型風扇的開關，終於開始前後旋轉，每隔個三十秒左右，就能讓索恩得到一陣颯爽涼意。基博又躺靠在自己的椅背上，「湯姆，你覺得我們破不了案？」

電扇轉向索恩送風，他也閉上了眼。

「湯姆，是不是卡沃特的案子留下的陰影？」

索恩盯著月曆，他們發現艾莉森之後，已經過了兩個禮拜，但依然毫無頭緒，他們一籌莫展，想得頭都痛了卻依然不得其解。

「法蘭克，別鬧了。」

基博立刻傾身向前，擺出主管架勢，「湯姆，我對於心情這種事……沒有那麼遲鈍。這案子有股卡沃特的味道，不是指……案情發展，但就連我也感覺得到。」

索恩大笑，老同事眞是的，「就連你？法蘭克？」

「湯姆，我是認眞的。」

「卡沃特已經是陳年舊事。」

「我也希望如此。我希望你能夠專注——專注，而不是執念。」

基博覺得他看到索恩點了頭，但其實他不是很確定，他繼續講話，彷彿剛才的交會不曾發生過一樣。

「我覺得要是能抓到他的話，就能證明我講的確實不假。我看，我們應該先從那張字條所使用的打字機開始著手。」

基博嘆氣，點點頭。兇手使用老舊打字機，算是他們運氣好，追查起來當然比雷射印表機容易多了，不過，問題還是一樣，他們必須先找到嫌犯。這種狀況他已經遇到過許多次了，證據要是眞的能夠派上用場，也只能等到人被抓進去的那一天，這點難免讓人意興闌珊，程序得逐一遵守，但他們終究得先抓到兇手再說。基博知道程序是他的強項，他協調的能力很強，也正是這股自覺意識，讓他遙遙領先了其他警官，索恩心想，這種能力也確保了那些警察不至於憎恨程序。他了解別人的長處，也知道自己身上缺乏這些特質，他一手打造了團隊精神，大家都喜歡他。他盡可能提供各種協助，等到一下班就把工作拋諸腦後。索恩心想，他睡得安穩，而且婚姻幸福美滿——和其他警察完全不一樣。「湯姆，他一定會犯錯，等到我們掌握竊藥案件的線索之後，就可以縮小範圍。」

索恩整個人貼近電風扇，「如果沒問題的話，我想先告辭，過去皇后廣場一趟。好一陣子沒去看艾莉森了，我想知道她現在的狀況。」

基博點點頭，他經常以一對一的方式鼓舞士氣，這一次不算是很成功，不過，他萬萬沒想到湯姆．索恩是個這麼體貼的人，他清了清喉嚨，看著索恩起身，走到門口，又轉身回來。

「法蘭克，那張字條完美無瑕，我從來沒見識過這麼精簡的驗屍報告。而且，他處理屍體的手法異於常人，他行事非常，非常小心。」

基博把電扇轉向自己，他不知道索恩預期他會作何反應。「我一直在想，是不是應該交代手下送點花什麼的，我的意思是，我有想過，但……」

索恩點頭。

「是，長官，我懂，這個舉動幾乎沒有任何意義。」

「真的好漂亮，你們人真好。」安妮．寇本把鮮花整理好之後，關上艾莉森房間的百葉窗，陽光從窗戶直射進來，女孩的臉龐也微微發紅。

「我應該要早點送過來才是，但……」

她頷首表示諒解，「不過，你該寫張恭喜的字條才是。」

索恩低頭望著艾莉森，立刻懂得她話裡的意思。在那一堆令人眼花撩亂的維生器材之中，很難看出有某個機器消失了。她在呼吸，氣息短淺，節奏彷彿像是猶豫不決，但的確是她自己的呼吸。現在，有條管子通到她的氣管切口，臉上蓋了氧氣罩。

「昨晚她的呼吸器掉了，我們只好爲她做氣切。」

索恩嚇一跳，「驚心動魄的一晚。」

「哦，這裡總是刺激連連。先前還發生了小小的水災，你有沒有看過穿雨靴的護士？」

他咧嘴大笑，「在某些必須要偷偷觀賞的奇怪影片裡看過……」

這是他第一次聽到她哈哈大笑：邪惡的會心笑容。

索恩朝那些花點點頭，那是他在路上的某間車廠旁摘的野花，其實不像安妮．寇本說的那麼漂亮。「我覺得自己上次很像白癡，你知道，就是講話輕聲細語，如果她聽得到我說話，一定也可以聞到……」

「哦，她一定都聞得到。」

索恩突然又感覺到手臂下方的那股汗濕黏意，他面向艾莉森，「既然我們講到這個……抱歉，艾莉森，我一定臭死了。」理應得到對方回應的時刻，卻是一片靜默，不禁讓他好尷尬，他希望自己能夠早日習慣與脖子鼻孔插管的女人講話，她沒辦法清喉嚨，擱在粉紅花被外的那隻沉重蒼白的手也沒辦法抬起來，她就是……無能爲力。不過，索恩還是有私心，他期盼她對他有好印象，她能喜歡他這個人，他想要和她講話，其實，現在他就能感受到自己想要與她對話的需求。

「對話的空白，就由你自己塡補了，」寇本說道，「我就是這樣，有幾次我們還聊得很開心。」

病房門開了，某個打扮得一絲不茍、西裝筆挺的中年男子走進來，乍看之下，他的頭上彷彿頂著一團棉花糖。

「啊……」索恩發現寇本臉色瞬間僵住，「大衛，抱歉我在忙。」

他們對望彼此，她首先開口，打破了令人尷尬又充滿敵意的沉默，「這位是索恩探長，他是大衛．希金斯。」

馬上要變成前夫的男子，提供協助的那位病理學家。

「幸會。」索恩把手伸出去致意，那個西裝筆挺男也伸手回禮，但根本不看他——也不看艾莉森。

「妳自己說過這個時間很方便。」西裝男似笑非笑。

顯然是因爲索恩在場的關係，他努力裝出和顏悅色的模樣，但表情很不自然。仔細一看，那團棉花糖原來是刻意吹高、以髮膠固定的香草色額前鬈髮——對於這個年紀至少有五十五歲的男人而言，這麼矯揉做作也未免太好笑了一點：簡直就像是從《朝代》影集場景裡走出來的人物一樣。

「哦，本來是這樣沒錯啊。」寇本冷若冰霜。

「是我的錯，希金斯先生，」索恩說道，「我沒有先預約時間。」

希金斯走到門口，調整領帶，「好，那麼我之後最好還是先確定一下比較好。安妮，我等一下打電話給妳，重新來安排時間。」他靜悄悄關上門，外頭傳來低語聲，房門再次打開，進來了一個護士，艾莉森擦澡的時間到了。

安妮・寇本面向索恩，「你午餐通常吃什麼？」

他們坐在南安普敦大道的某間三明治小店的後面，法國長棍麵包搭配火腿與布里乳酪，加上一瓶礦泉水，另外一個是起司番茄三明治加咖啡，兩個忙碌的專業人士。

「艾莉森能夠良好恢復的機率……？」

「恐怕是零。我想，這還是得參考一下你對『良好』的定義，不過我們得面對現實。的確是有某些正式案例，看到病患恢復足夠的行動力、能夠操作功能複雜的輪椅。美國花了許多心力研究以頭杖控制的電腦，但老實說，預後無望。」

「法國不是有個這樣的人嗎？靠眼睫毛什麼的寫了一本書？」

「《潛水鐘與蝴蝶》——你應該看一下那本書，但那真的是極端罕見的例子。艾莉森的目光對人語有反應，似乎依然保有眨眼的能力，但無論她是否眞能控制眼部肌肉，現階段還很難說，我認爲她還沒有辦法給你供詞。」

「我提問不是爲了這個……不只是爲了這個而已。」索恩狠咬了一大口三明治。

大半時間都是安妮在講話，不過她早已吃完自己的午餐。她瞇起雙眼看著他，講話的語氣聽得出心機，「嗯，你已經看到了我慘不忍睹的家庭狀況，那你呢？」她喝了一小口礦泉水，她刻意挑動雙眉，盯著他咀嚼食物，還哈哈大笑了兩次，因爲，他想要回話，趕緊嚥下三明治，他這個動作做了兩次。

終於：「什麼——你是要問我也慘不忍睹？」

「不，只是要問……你結婚了嗎？」

索恩對這女人就是沒轍，脾氣兇巴巴，笑聲邪惡，問題單刀直入，似乎沒有必要繞圈子。

「我已經跳脫『慘不忍睹』，不費吹灰之力進入『完全無望』的階段。」

「那算是正常的進程？」

「我想應該是，有時候會看到短暫的『可憐』階段，但未必一定會出現。」

「哦，這樣啊，我就等著看吧。」

索恩望著她伸手拿菸盒，她揚了一下，「介意我抽菸嗎？」

他說沒關係，她隨即點了菸，他盯著她把菸氣從口中吐出來，避開了他的方向，他上次抽菸，已經是許久之前的事了。

「醫生抽菸的比例超出你的想像，腫瘤科醫生抽菸的人數之多，更會讓人嚇一跳。老實說，我很驚訝，我以為我們這一行吸毒的應該更多才是。那你呢？抽菸嗎？」索恩搖頭，「不抽菸的警察啊？那你一定喜歡喝酒囉？」

他笑了，「我想妳看電視的時間也未免太久了一點。」

她吸了一大口菸，發出愉悅的呻吟。

索恩回答得慢條斯理，臉上依然掛著笑意，「我想要再來一杯……」

「很好。」

「不過電視上演的雖然老套，但也很接近了。我不熱衷宗教，討厭歌劇，而且我超級不會玩填字謎遊戲。」

「那你一定是壓力很大吧？還是容易心煩？這樣講對嗎？」

索恩努力保持微笑，甚至在轉頭望向櫃台的時候、還努力擠出了乾笑。站在收銀機旁的女侍終於注意到他，他立刻拿起自己的咖啡杯，示意要續杯。

「好，那麼你的『險惡』與『絕望』包括了小孩嗎？」

索恩轉頭，「沒有，妳呢？」

她笑得開懷，而且笑意像水痘一樣充滿感染力，「有一個，瑞秋。十六歲，真是個麻煩精。」

十六歲？索恩挑眉，「到了這個年代，女人被問歲數還是會生氣嗎？」

她大力將手肘擱在桌上，掌心撐住下巴，裝出嚴厲模樣，「這個問題當然會生氣。」

「抱歉，」索恩也還以顏色，努力裝出悔罪表情，「那妳的體重呢？」

她朗聲大笑，不是邪惡，而是浪蕩。索恩也跟著大笑，女侍送來他的第二杯咖啡時，他也朝對方咧嘴一笑。就在杯子快要放到桌面的時候，寇本的傳呼機響起，她看了一眼，捻熄香菸，抓起地板上的包包，「我應該不算老菸槍，不過我倒是真的吃很多腸胃藥。」

索恩拿起椅背上的夾克，「我陪妳走回去。」

在回去皇后廣場的途中，氣氛變得又出奇拘謹。他們小聊了一下秋老虎的天氣之後，隨即陷入沉默，而路途還走不到一半而已。等到他們抵達她辦公室的時候，索恩在門口徘徊，他覺得自己該離開了，但在她急忙回電的時候，她伸手示意叫他別走，剛才呼叫器作響不是什麼急事。

「所以現在偵查狀況如何？」

索恩走進辦公室，關上房門，他原本以爲會在午餐時間出現這個話題。以前，他可以滔滔不絕對一般大衆鬼扯個不停，但他已經花了太多時間在長官身上演練這項特殊技能，現在的他已經懶得與那些隨口詢問的人賣關子。

「這個嘛……預後無望。」

她露出淺笑。

「報紙上每天都會出現某種好笑的新聞，持槍歹徒想挖地道進入建屋合作社搶錢，沒想到卻闖到了隔壁的商店，或者，竊賊在偷溜進去的屋子裡睡著了，不過，實情是這樣的，大多數的不法之徒都想盡辦法不要被抓到。至於殺人犯，除非是家暴或性侵案，才有機會將他們繩之以法。」

她躺靠在自己的椅背上，拿起玻璃杯，喝了一小口水。

索恩盯著她，「抱歉，我不是故意要發表長篇大論。」

「別這麼說，我是很有興趣，眞的。」

「任何形式的性衝動都會讓人粗心犯錯，他們在冒險，最後總會失手。無論這傢伙的犯案動機是不是與性有關，我就是不覺得他會失手。」

他的目光突然變得黯然委靡，「妳說是不是？」

「未必如此，他的確很變態……不過他——」

「他的行爲也太詭異了。」

這句話就事論事，索恩沒有什麼好反駁的，但他眞正驚駭的是她使用的是現在式。有人認爲或期盼（他就是後者）也許那面牆上不需要再貼上新的照片了。但他心裡有數，無論這個兇手自以為在執行什麼特殊任務，無論他希望達成什麼樣的目標，其實，他真正的行為就是在跟蹤女子、進入她們的家中，殺死她們，自我陶醉得不得了。索恩知道自己一想到這個，已經激動得滿臉漲紅。

「他沒有固定的犯罪模式，受害者的年齡對他來說似乎不重要，只要能夠下手就好。他只是挑選目標，當最後結果與他的預期不符，他就扔下她們不管。乾乾淨淨倒在椅子裡，或是躺臥在廚房地板上，等待愛侶發現屍體。沒有目擊者，也沒有人知道發生了什麼事。」

「除了艾莉森之外。」

彆扭的沉默又再次降臨，在這小小的辦公室裡面，那股氣息比窒悶的空氣更令人難受。索恩覺得自己剛才那一番話宛若緩遲的子彈在牆面間彈跳，此時手機響起，他常常覺得這東西很惱人，但此刻他卻滿心感激接起電話。

「反手專案」辦公室由尼克．圖根探長負責：組織團隊，彙整資訊，又是一個標準作業程序的信徒。他那悅耳的都柏林口音對資深警官很有用，不但可以讓他們心情平靜，也能發揮說服的效果。不過，圖根不像法蘭克．基博，他知道自己有硬脾氣，也不會花時間應付湯姆．索恩這種角色。從專案目前的進度看來，頗有他的個人風格，以不慌不忙的效率辦案，而且他從來不生氣。

「我們找到一筆速眠安的重大竊案。兩年前，在蘭開斯特皇家醫院，有五公克不見了。」

索恩在書桌上伸手找紙筆，安妮把筆記本推到他面前，他草草寫下細節，也許裡面可以發現什麼破綻。

「好，我們派賀蘭德去蘭開斯特一趟，取得所有的案情資料，還需要所有輪值者的名單，嗯，從一九九七年開始。」

「一九九六年開始才對，我已經處理好了，名單已經全部傳眞過來。」

圖根超前他一步，而且顯然非常享受這種快感，索恩知道圖根連下一個步驟也已經搞定，「那麼，接下來應該不用我特別開口問了……有沒有符合的資料？」

「兩個在東南區，還有六個在倫敦。但有一個特別引人注目，正好在皇家醫院工作。」

引人注目，說得一點都沒錯，安妮·寇本先前也注意到了。假設艾莉森是在自己家裡被歹徒攻擊，那麼，爲什麼要送到皇家醫院？而不是離她家最近的醫院？索恩寫下姓名，勉強說了短短幾句稱讚的話，彷彿滿心厭惡似的，然後，掛了電話。

「聽起來是好消息。」她偷聽別人講話，完全沒有要道歉的意思。

索恩越來越喜歡她了。他起身拿外套，「希望如此。五公克的速眠安，這份量是不是很多？」

「超誇張。我們對於正常體型的成年人，只要給個五毫克就能讓他們安靜下來，當然，是透過靜脈注射。」

她起身，繞過桌邊，準備目送他離開。當她走到門邊的時候，瞄了一下索恩還來不及拿起來的那張紙，她突然動也不動。

「啊，天哪！」她伸手拿起那張紙，索恩也趕緊去搶下來——他不該讓她看到這東西，但和她吵這個……不太得體，有什麼大不了的？他打開門，「探長，這就是……你要找的人？」她退回到自己的書桌旁邊，頹然坐下去。

「醫生，眞是抱歉，我想妳一定能夠諒解，我眞的不能——」

「我認識他，」她回道，「熟得不得了。」

索恩在門口徘徊，現在事情變得詭異。依照程序的要求，他必須立刻離開，找人去取得供詞，但他等著她繼續說下去。

「對，他在蘭開斯特工作，但他與偷竊藥品這種事絕對八竿子打不著關係。」

「醫生——」

「而且，就艾莉森．維列茲這個案子來說，他有不在場證明，而且鐵證如山。」

湯姆關上門，專心傾聽。

「艾莉森被送進來的那天晚上，傑洛米．比夏是皇家倫敦醫院的急診室待命麻醉醫生，對她施以治療的人是他。你記得嗎？我告訴過你我認識他，是他跟我講速眠安的事。」

索恩慢慢眨眼，死去的蘇珊，死去的克莉絲汀，死去的瑪德蓮。

「拜託，湯米，你一定有什麼線索吧？」

他睜開眼睛，看到她猛搖頭，她看到了上頭的日期，「抱歉，探長，雖然你這麼不喜歡警員賀蘭德……」

索恩欲言又止。

「……但派他去蘭開斯特一趟，也只是浪費時間而已。你要找的那個人的確是很聰明，但也未必曾經在蘭開斯特皇家醫院工作。」

索恩放下包包，再次坐下來，「爲什麼我開始覺得自己像是華生醫生？」

「八月一日是換值日。想要從醫院裡偷取大量藥物，通常理論上是得在那裡工作沒錯，對，醫院人員工作緊繃，偶爾效率不彰，但就危險藥品的管制來說，還是必須遵守適當程序。」

索恩最愛的關鍵字又出現了。

「不過，到了換值日，就沒那麼嚴謹了。我曾經待過某些醫院，到了八月一號的那一天，你甚至可以推著病床、帶著洗腎機走出醫院。很抱歉這麼說，但偷藥賊很可能是不知從哪裡冒出來的傢伙。」

索恩拿出手機，回撥給圖根。

蘇珊，克莉絲汀，瑪德蓮。「有眉目了，湯米，線索，有了……」

那是海倫．杜爾的第一輪酒而已，但她已經開始擔心不知道今晚自己得花多少錢，幾瓶漂亮酒身的酒加上兩三杯蘭姆可樂，已經等於是她三倍的時薪。

媽的，畢竟是妮塔生日，這種事她也只是偶一爲之。

她把所有飲料放在托盤上，望向坐在角落的同伴。其中三個打從在學校念書的時候就認識了，另外兩個也幾乎是同一時期的老友。酒吧裡人不多，少數的那幾個客人八成因爲她們發出的喧鬧聲而不爽。就在這個時候，她們一夥人爆出笑聲，喬的高頻尖笑最刺耳，可能是安卓亞又講了一個黃色笑話……

海倫慢慢走回桌邊，當她放下托盤，將飲料一一發送給大家，女孩們雀躍歡欣，彷彿這是當夜的第一杯酒。

「妳怎麼沒買洋芋片啊？」

「忘了，抱歉……」

「豬頭啊。」

「快跟她講那個笑話……」

「媽的裡面加了多少冰塊啦？」

海倫喝了一大口自己的酒，望著瓶身上的標籤，成分寫得不清不楚。她已經試了好幾種，胡契，美茲，冰銳。她一直不是很確定自己喝下了什麼，也不知道那些算是什麼酒，但她喜歡它們的顏色，將那纖長、冰涼的酒瓶握在手中的時候，她覺得自己好時尚，優雅。妮塔已經喝了一半的蘭姆可樂，喬也喝光了她的淡啤酒，大聲打嗝。

「妳幹嘛喝這種東西啊？跟氣泡礦泉水一樣！」

海倫覺得自己臉一陣紅燙，「我喜歡這味道。」

「問題是那怎麼會好喝啊？」

妮塔和琳奇哈哈大笑，海倫聳肩，又喝了一大口，安卓亞以手肘推了她一下，「好像妳多會挑一樣！」

有人發出呻吟，喬把兩根手指伸進喉嚨。海倫知道她們在聊什麼，但她倒是有些期盼，她們還是不要講這個比較好，安卓亞老是喜歡把性愛掛在嘴邊。

「喬，他的老二有多大，再講一次啦。」

先前是安卓亞提議要找脫衣舞男來開心一下，妮塔看到他之後似乎很驚喜。海倫覺得那男人身材好好，全身塗滿了油，而且他眞的讓她面紅耳赤，只是獻給妮塔的詩不怎麼樣。當喬抓住他的下體的時候，海倫看得出來他和她自己一樣尷尬，而且，他的臉上還曾經閃過一抹暴怒的神情。然後，在大家忙著吹口哨歡呼的時候，他笑了一下，立刻抓起方才脫丟在地上的衣服。海倫也跟她們一樣在吹口哨歡呼，不過，她眞希望自己應該要多喝一點，不要那麼清醒就好了。

「夠大啦！」

「不只是含嘴剛剛好而已哦。」

海倫靠向琳奇，「工作的事還好嗎？」

她應該算與琳奇最要好了吧，但是她們整晚也沒能聊上幾句。

「靠，我不幹了啦……就先找點短期的工作吧。」

「這樣啊。」

海倫好愛她的工作。薪水少得可憐，但這圈子的人都很好，就算她必須貼補一點錢給父母，但畢竟住在家裡還是很便宜。她覺得不需要搬出去住，除非等到遇到合適對象再說。像喬或妮塔一樣租間髒兮兮的公寓又是何必呢？反正安卓亞也還是住家裡，天知道她是在哪裡和別人上床……

點唱機傳出〈讓我給你快樂〉的歌聲。這是她的最愛之一，她自顧自頻頻點頭、隨著韻律打節拍，還跟著默唱。她想起了五年級的迪斯可舞會，一個穿耳洞、擁有褐色憂愁雙眼、吐納散發蘋果酒氣味的男孩。等到副歌出現的時候，其他女孩一起開口齊唱，海倫立刻閉上嘴巴。

搖鈴聲響起，酒保不知在叫嚷什麼。安卓亞與喬準備要再喝一輪，海倫大笑，但她知道自己該回家了，要是再喝下去，她早上一定會很難受，而且她爸爸有等門的習慣。她已經有了微醺感，該回家了，而且她出門前應該先喝杯茶，還有，也該換衣服才是。黑色工作裙加樸素上衣讓她覺得自己好邋遢，渾身不對勁。等一下在回家的路上，她會買包洋芋片，以及爲父親買一份炸魚。

安卓亞站起來，大聲嚷嚷她們還要喝一輪。海倫和其他女孩一起歡呼，隨後又喝光了瓶內的酒，把手伸進錢包裡，摸出幾塊銅板。

索恩坐著不動，閉目欣賞強尼．凱許的歌聲。他來回轉動頭部，喜歡聽到軟骨不停吱嘎作響。

現在，這位帶著低沉危險嗓音的「黑衣人」吟唱著自己要衝破鏽斑牢籠的心情。索恩睜開雙眼，環顧自己這間整齊舒適的公寓——其實，這不是牢籠，但他懂得強尼在說什麼。

這間只有一間臥房的花園公寓當然是很小沒錯，但很好整理，而且距離繁忙的肯特緒鎮路也很近，可以確保他家永遠不缺牛奶或茶，或者酒也一樣。公寓樓上的那對夫妻很安靜，從來不曾對他造成任何困擾。他終於賣掉海布里的房子，搬到這裡來，住的時間還不到六個月，但對於這屋裡的每一吋空間都瞭如指掌。他在某個悲慘星期天到了「宜居宜家」，爲新家添購整套的家具，接下來又花三個禮拜的時間組裝，剩下的四個月都在想自己是何苦來哉。

珍離開他之後，他倒也不能說自己過得不開心。天，他們離婚三年了，而她拋棄他也已經將近五年，但一切，依然感覺……很不順。他原本以爲搬出兩人共住的房子，遷入這間明亮的嶄新公寓應該能夠讓他改頭換面，他一直很樂觀。不過，他雖然與這些物件朝夕相處，他卻根本沒有……眞正的歸屬感。一切都是功能取向，不消幾秒鐘的時間，他可以立刻離開椅子，倒在床上睡覺，不過，這床太新了一點，而且，悲慘的是，還沒有任何女人上過這張床。

他覺得自己像是個沒有面孔的商人，住在沒有編號的飯店房間裡面。

如果說珍離開他的原因是因爲這份工作，那麼他的心裡也許會好過一點。這種事他看多了，而且那也是電視長壽警匪劇的老梗——警員妻子無法忍受自己只能當工作配角什麼的。珍從來就不是一般的警察太太，她棄他而去有她自己的理由。在他們一場糊塗的婚姻生活中，唯一牽涉到工作的部分，就是她每週三下午必須與她創意寫作課的講師見面。

一直到被他撞見才東窗事發。大白天，窗簾低垂。

床邊點了蠟燭，天啊……

後來，珍說出自己的疑惑，她不明白索恩爲什麼沒有扁那個人，而他也從來沒告訴她爲什麼。就連那瘦巴巴的畜牲跳下床、老二抖個不停、拚命摸抓眼鏡的時候，索恩也知道自己絕對不會出手傷人。當痛苦襲身的時候，他知道雖然自己暈眩，傷痕累累，但他萬萬不能忍受聽到她尖叫，看到她眼中隱隱閃動著憎惡，望見她衝向那個跌靠在衣櫥邊的蠢蛋、頻頻哄他，聽她發出痛苦呻吟，想要替他止血。

幾個禮拜之後，他等在大學外頭，一路跟蹤他，進入商店，看著他與學生們在街上聊天，回到伊斯林頓的某間小公寓，外頭停放了五顏六色的腳踏車，窗戶上貼了海報。對他來說夠了，知道就好。

如果我決定要來找你，你只能任我宰割。

但過了一陣子之後，他連這個念頭都覺得好丟人，他決定放下。現在只有深夜、紅酒還有低沉危險嗓音的歌者。

對，他會把工作帶回家——尤其在卡沃特事件之後，現在往事一股腦流瀉出來——他們太早結婚了，真的，不過如此而已，也許有小孩的話會不一樣……

索恩開始翻閱《旗報》的電視節目頁，乏善可陳。更糟糕的事，「天空」頻道已經在八點鐘播出了熱刺對巴拉福特的比賽，他完全忘記有這回事。熱刺有主場優勢——雙方共進三球三分。足球迷最好的朋友，電傳文訊，告訴了他球賽已經結束的壞消息。

她癱軟在地，背脊抵住了腿，屁股壓在腳後跟上頭，膝關節貼住光潔的木頭地板條。他站在她後方，雙手擱在她的頸後部位，準備下手。他瞄了一下四周，一切就緒，只要伸手就可以拿得到器材。

她的嘴突然張得好大，一股濕答答的聲響泉湧而出。這種時候何必還要講話呢，而且，他已經聽她講了太多廢話了。

一個半小時之前，他看著那群女孩逐漸散去，其中有兩個信步走向地鐵站，還有的走向巴士站，有個落單的女孩在霍樂威路上蹣跚而行，他猜，應該是住這附近的人，也許她會願意與他喝一杯。

他左轉，車子繞了大街一圈，最後在她前方二十碼左右的地方停下來。等到她與自己的距離只剩下幾英尺的時候，他立刻下車，製造邂逅機會。他講話略帶含糊，喝醉的正常反應，而語氣超級溫文儒雅。

「抱歉……打擾了……但我似乎迷路了。」

「你打算去哪？」

態度提防，也是很正常的反應。但真的不需要擔心，哎，只是個在拱門圓環迷路的微醺男子罷了。他拿下眼鏡，看起來似乎目光無法聚焦……

「漢普斯特德……抱歉……喝得有點多……老實說，我不該開車才是。」

「老兄，沒關係，我自己也醉得不像話……」

「去夜店玩啊？」

「不是，只是待在一般酒吧——朋友過生日……超好玩的。」

不錯，看到她這麼開心，他也很高興，人生夫復何求，所以……

「我猜妳應該沒辦法喝睡前酒了吧？」他的手伸入車窗裡，以花俏的姿勢把它取出來。

「哇，你要慶祝什麼呀？」

天，這些女孩是怎樣？一瓶冒泡飲料的效果，就和催眠師的金錶一樣。

「剛從派對裡偷拿的，」然後是咯咯竊笑，「喝一點再走吧？」

大約等了一個半小時。聽她胡言亂語抱怨了三十分鐘，她終於願意離開。她一直在自說自話，妮塔的男友……琳奇的工作態度問題……還有好幾個黃色笑話。他含笑點頭，還哈哈大笑，努力裝出專心聆聽的模樣。然後，整齣情境喜劇變得語無倫次，他乖乖點頭的動作也越來越敷衍，這個看來一臉無害的男人，把自己喝得不省人事的女友推進車後座、把她帶回自己住處的時候到了。

然後，他打了電話，讓她就定位。

現在海倫沒那麼吵了。

又是一陣汩汩聲響，發自某個深處，猛烈難擋。

「噓，海倫，放鬆就是了，要不了多少時間的。」

他的大拇指壓了上去，碰觸頭蓋骨基底骨頭凸塊的兩側，摸到了肌肉，他湊上去對她說話，……「海倫，感覺到那兩塊肌肉了嗎？」

她悶哼了一聲。

「胸鎖乳突肌。我知道，這名稱又蠢又長，但不要擔心，這兩塊肌肉一路連接到妳的鎖骨，現在我要找的是下面的……」他碰到了，倒抽一口氣，「就在那裡。」

他的手指慢慢環緊，一扣住頸動脈，立刻施壓。

他閉上眼睛，在心裡默默數秒，兩分鐘就夠了。他感受到她全身一陣抽動，而且那股力道還穿透了手術手套、進入他的手指。他點點頭，充滿敬意，就連這麼輕微的動作，想必也費了她好大一番力氣，讓他好佩服。

他開始注意到她的胴體，想像可以怎麼撫摸她。現在她是他的人，他愛怎麼玩弄都可以。他的雙手可以立刻放開她的頭、直接伸入她的襯衫。他也可以把她轉過來，撐開她的嘴，把自己那根掏出來、送入她的齒間。但他不會這麼做。先前處理其他人的時候，他也動過這個念頭，但這與性無關。

先前，他琢磨許久之後終於想清楚了，他的反應是正常健康的衝動。當某個女子任你宰割、讓你予取予求的時候，所有男人都會有相同反應吧？當然的。但這想法不太妥當，他不希望他們……把這歸類爲性犯罪。

那當然很省事，也會讓他們找不到線索，而且他對DNA瞭如指掌。

海倫的喉嚨深處發出咆哮，她對這一切依然有感，有知覺，而且死命反抗。

他聽到了一陣如鼓擊的噪音，他沒抬頭，垂目望見她的手指不停抽搐、敲打著地板。腎上腺素正在奮力對藥物進行垂死抵抗。他心想，搞不好她會有機會，畢竟她的求生欲望如此強烈。

「馬上就好……請妳稍安勿躁。」

一分四十五秒，他的手指緊掐不動，他傾身向前，雙唇貼附在她的耳邊，輕聲低語，「安安，瞌睡蟲……」

她停止呼吸。

現在是關鍵時刻，他的動作必須快速準確。他慢慢減輕對動脈的施壓力道，把她的頭猛力向前推、直到下巴碰到了胸口。他等了幾秒鐘之後，又把她拉回來，讓自己俯視她的臉。她的雙眼瞪得好大，顎部鬆弛，唾液滴到了下巴。他眞想低頭吻她，但還是克制住了衝動，又把她的頭移回中央位置，恢復成自然姿態。然後，他又把她的頭扭回左肩，然後緊緊抓住她的褐色長髮，十指與髮絲夾纏在一起。

凝住不動。

接下來是右肩。每一次的扭轉都會造成椎動脈的內側斷裂，現在就等著看她的反應了。

他將她輕輕放到地上，將她的肢體調整成復甦體位。他滿頭大汗，弄了一杯冷水，坐在椅子上觀察她，等她出現呼吸。

他心思放空，全神貫注、眼睛眨也不眨盯著她的臉龐與胸口。應該要看到短淺的呼吸，他仔細觀察，滿心期盼能夠看到那最細微的動作，每隔個幾秒鐘，他就會趨前檢查脈搏。

海倫的身體動也不動。

他伸手拿起袋瓣罩甦醒器，該是介入的時候了。接下來的十分鐘，他瘋狂擠壓，對著她大吼：

「拜託，海倫，幫幫忙好嗎！」他對著她的臉，「我要妳堅強起來！」

她不夠堅強。

他頹坐在椅子裡，上氣不接下氣，望著那具已死絕的屍體。她的襯衫掉了一顆釦子，然後又望向她身旁的黑色平底鞋，整整齊齊擺在一起，旁邊還有個不鏽鋼盤子，裡頭是她的珠寶、廉價手鐲，還有醜陋的大耳環。

他爲她感到哀痛，也好恨她。

他得要立刻行動，現在只是棄屍的問題而已，快速簡單。

他開始剝她的衣服。

索恩從椅邊拿起紅酒，又倒了一杯。也許男人到了四十一歲，還是獨居在整齊舒適的小公寓裡比較好。習慣不好的四十一歲男子，心情搖擺不定的程度遠勝於搖擺樂大師格倫．米勒，再加上二十多年的婚姻生活，讓他也沒什麼機會，此外，偏好西部鄉村音樂，也不會對交女友有什麼加分效果。

強尼的歌聲在吟詠記憶，索恩心想，下次要記得改CD播放器的設定，一定要跳過這首歌了。當法蘭克問起卡沃特案件是否依然陰魂不散的時候，是不是被他說中了？

發現一具剛死沒多久的柔軟屍體……

扛著這個重擔長達十五年，也未免太久了一點。反正那不是他的包袱，他不記得到底怎麼會落到他身上，那時候的他只有二十五歲，在他上頭的高層扛下了罪責，因為那是他們的本分。他一直沒有機會坦蕩面對這件事，但就算有的話，他有這個勇氣嗎？

放了一個男人……

在那次偵訊，也就是第四次的偵訊結束之後，他無權作主，也只能放走卡沃特。接下來，在那間屋子裡，那道走廊裡所發生的事，他所接受到的資訊似乎與大家一樣。他曾經直覺認定卡沃特就是那個人，但他是不是記錯了？或者，這只是在他目睹那個週一早晨的狀況之後、他憑著想像力所描繪出的細節？反正只要一切開始浮現，關於他的部分多半被遺忘了。

死了四個女孩……

而且，他的創傷——天，好蠢的字眼——怎麼能和那個家庭的小女兒們相比？照理說，她們依然可以活蹦亂跳，而且，現在也應該有了自己的小孩。

記憶由此而生。

他拿起遙控器，關掉音樂，電話響了。

「我是湯姆．索恩。」

「長官，我是賀蘭德，我覺得我們又發現了一具屍體。」

「你覺得？」

他的胃一陣翻攪。走出偵訊室的時候、臉上還掛著微笑的卡沃特，雙眼盯著空氣的艾莉森，死掉的蘇珊，死掉的克莉絲汀，死掉的瑪德蓮，全都做出交叉手指的動作、祝禱好運。

「長官，看起來和先前的狀況一樣。他們還沒有把案子移交給我們，但她身上沒有外傷。」

「地址呢？」

「長官，重點來了，屍體在外頭，高門站後方的樹林裡。」

他一口氣喝光了剩下的紅酒，「賀蘭德，你最好派車過來，我喝了酒。」

「長官，我還沒講出最棒的部分……」

「最棒？」

「我們找到了目擊證人，有人看到他棄屍。」

我感覺得出來，提姆真的很想知道那些花是從哪裡來的。他什麼都沒說，但是我知道他死盯著不放，他就是沒有問我。也許他眞的很想得到解答，而不是對著已經變得癡傻的前女友講些空洞的話。

抱歉，提姆。這種事讓人措手不及，對嗎？我的意思是，兩人在一起，會歷經各種生活日常，一起度假，認識彼此的朋友。他從來不需要處理會面家長的事，這傢伙運氣好，因爲他爸媽很可怕，見過一次就夠了！但這種事絕對不可能是兩人世界裡的一部分，對嗎？剛熱戀的情侶不可能會閒聊「要是我得要靠維生器材才能活下去，而且再也動不了，也沒辦法溝通的話，你該怎麼辦？」之類的問題吧？是不是？

哦，我現在有了氣墊床，顯然是爲了讓我不要長褥瘡。應該算是非常舒適吧，不過有點吵，低頻的電子噪音。有時候我在一片漆黑中醒來，會誤以爲隔壁房間的人在半夜使用吸塵器。

我猜，安妮應該是煞到那個警察了。眞的，他看起來的確不錯，反正，比她的前夫好多了，那傢伙看起來就是個討厭鬼。不過，那警察很搞笑，當他因爲自己的一點體臭而向我道歉的時候，我快要笑死了。我聽到提姆向某個護士詢問鮮花的事，看不到署名卡片，所以護士又去問她的同事了。我猜提姆在懷疑我與警察有染。如果眞是如此，顯然這警察個性很古怪，喜歡看女人穿廉價的黃色睡衣，愛的是死也不會回話的超乖巧女友。

有個關於完美女人的老笑話是怎麼說的？如果我是個狂放浪女，再加上我爸爸是釀酒廠老闆，那麼就算他賺到了……

4

他們的福特新銳停在戰術指揮車的後方，索恩一下車，立刻就發現到事情頗棘手。雖然已經是凌晨兩點鐘，依然很悶熱，不過，也快要下雨了。現場將立刻變得泥濘不堪，珍貴的跡證也會隨之消失。各個攝影師、犯罪現場的警察，還有法醫勘驗的小組成員必須展現效率行事。他們知道自己的時間不多，派得上用場的證據，通常都是在第一個小時內發現，黃金時段。反正圖根已經張羅好了一切：他已經事先打電話詢問過氣象預報，這是他們在犯罪現場的第一次採證，沒有人想要冒險。

索恩步下通往高門捷運站的陡峭階梯，前往皇后森林——拱門路周邊的林地。他邁步向前，看到從樹叢間透出的弧燈強光，還有穿著塑膠連身衣的鑑識專家的身影，他們正忙著從女孩的衣物身上找尋意外遺落的纖維或是毛髮。他聽到有人在大吼大叫發號施令，還有相機閃光燈重新充電的嘶嘶聲響，以及可攜式發電機的持續嗡嗚。以前他也遇過不少這樣的現場，其實次數可多了，但現在卻像是在觀看天龍特攻隊在工作。現在這些人所展現的毅力，他先前也只見識過一次而已。漆黑夜色中完全聽不見口哨聲，也沒有人講黑色笑話，也看不到裝熱茶的保溫瓶。

等到索恩鑽過欄杆，接過身旁犯罪現場警察遞過來的塑膠鞋套、穿上之後，他才驚覺這裡的鑑識工作何其困難，他也立刻發現兇手有多麼冷酷無情，居然以這樣的方式棄屍。屍體緊貼著環山步道的高大鐵欄，其中一面是大馬路，而另外一邊，則是連接高門地鐵站、約有數百英尺的濃林陡丘。接近屍體的唯一方法就是爬上山丘，穿越樹林。雖然現在已經出現一條踩踏跡痕鮮明的小徑。但就算依循這條路也還是很耗時，現在的地面依然乾硬，但只要下個十分鐘的雨，就會變成泥濘不堪的滑道。等到他們到達現場、搭起聚乙烯帳篷保護現場的時候，這個動作很可能已經徒勞無功。他希望他們能夠迅速取得所需要的跡證，他希望眞的能找到重要的線索。

戴夫·賀蘭德以小跑姿態下山坡、朝他的方向而來。在弧燈的照耀之下，他整個人成了漂亮的黑色剪影，索恩還清楚看到他手中揮動的筆記本剪影。索恩心想，他實在不像個警察，比較像是學校的班長。雖然他有一點鬍碴，但那一頭整齊的金髮加上粉潤的膚色，綜藝節目只要聊到「最近警察是不是看起來很幼齒」的話題，他就會立刻中槍，他很對銀髮族的胃口。索恩依稀記得賀蘭德的父親也曾經是警察，而在索恩的經驗中，沒有父子問題的還眞是少之又少。他覺得這傢伙連移動的方式都不像個警察，警察不會像山羊一樣跳下山坡，警察的移動方式該像是……救護車。

「長官，要不要喝茶？」

好吧，也許他就是一直這樣，有點傻氣，要喝茶也不差這個時候。

「不需要，快跟我說目擊者的事。」

「好，不用太興奮啦。」

索恩的心陡然一沉，顯然不會是什麼驚天動地的消息。

「只有模糊的外型描述，得到的線索不多。」

「有多模糊？」

「身高，體型，深色的車子。目擊者是喬治．漢默德。」

媽的又得看筆記本了，他眞想把它塞進那驕傲小笨蛋的屁眼裡。

「站在離大馬路上方百碼的步道頂端，他以爲那傢伙是要丟垃圾。」

索恩的猜測也是如此。他一定是把屍體扛上去、把她拋過護欄，看起來的確像是扔垃圾袋。

「就這樣？身高和體型？」

「對於車子的描述比較多，他說他覺得那台車不錯，看起來很貴。」

索恩緩緩點頭。目擊證人，又是一件讓索恩感到百般無奈的事。就連那些敏銳度比較高的人看到了同一事件，也會講出矛盾的證詞。

「長官，漢默德先生的視力不是很優，他年紀很大了，他只是出來遛狗而已，我們已經讓他先待在車子裡。」

「等一下，那些護欄有六呎，他說那男人有多高？」

「六呎二吋或三吋（約一八八至一九〇公分）左右，長官，他個頭不大。」

索恩瞇眼，望向光亮處，「好，我馬上就去問那位視障的漢默德先生，我們一起把這事搞清楚。」

菲爾．漢卓克斯蹲在屍體旁邊，他的馬尾藏在醒目的黃色套帽裡。鑑識人員已經完成了刮擦與膠帶沾黏的工作，現在換漢卓克斯接手。這位病理學家測量屍溫，進行在移屍之前的粗略驗屍工作，索恩對這套流程再熟悉不過了。每隔個幾分鐘，他就會發出嗯呀聲，站起來，對著他的小型錄音機喃喃低語。一如往常，這整套程序的所有細節，都會永久留存在警察攝影師的膠卷裡面。索恩對那樣的角色總是充滿好奇，他們當中的某些人似乎把自己當成了電影工作者——有一次，他眞的被逼到大聲罵人，因爲他聽到攝影師大喊「殺青」。有些人則是顯露出討人厭的閃爍目光，彷彿在告訴別人，「你應該過來我這裡，好好看一下我拍的影片段落，到了聖誕節的時候，我會拿出來給小朋友好好欣賞一下。」他忍不住心想，這些人是不是在等待某些性喜攝製無腦眞人實境秀的製作公司來挖角？也許他太苛刻了，他對賀蘭德也一樣苛刻，可能是因爲那燙得漂亮的斜紋布長褲與樂福鞋讓他看了很礙眼，或者，也可能只因爲賀蘭德是個周到有禮的小警察。

難道他以前不是這樣嗎？不，十五年前的他，專門惹麻煩。

漢卓克斯開始收拾自己的配備，還抬頭看著索恩。這是他們在其他場合互動時也經常出現的神情，在那些菜鳥的眼中看來，這種「任務就交給你了」的態度，宛若兩個打撞球的人換手球桿一樣率性。照理說，病理學家應該比他們還冷酷，但索恩很清楚，漢卓克斯除了曼徹斯特人的粗魯無禮、濃厚鼻音，還有黑色幽默感之外，其實內心非常易感。他經常看到漢卓克斯的淚水滴落在酒杯裡，索恩自己倒是從來不曾在他面前做過這種事。

「如果你要問我的話，兇手現在變得有點隨便。」漢卓克斯開始玩弄自己身上的穿環，索恩上次幫他算的時候，一共有八個。厚重眼鏡玻璃爲他帶來一抹書卷氣，但是那些穿環，更別提那些低調但造成大家轟動的刺青，還有他對誇張頭飾的癖好。說他與眾不同，已經算是最客氣的講法了。索恩認識這位個性合群、走哥德風格的病理學家已經長達五年，他比自己小了十歲，效率超高；索恩好喜歡他。

「我沒打算要問，但還是謝謝你的觀察。」

「老哥，你們在主場對決巴拉福特，居然只踢出二比一？難怪你火氣這麼大。」

「覺得被陰了。」

「感覺得出來你心情不好。」

索恩的脖子依然僵硬，他頭一低，又猛然抬起，凝望清朗夜空。他認得北斗七星，總是在找尋它的蹤影：這是他肉眼所能辨識出的唯一星座。「所以，是他了，對嗎？」

「一早我就可以給你確定的答案，我覺得就是他。但她怎麼會在這裡？那裡有條交通繁忙的大馬路，他很可能會被人看到。」

「很不幸，眞的被『脫線先生』看到了。反正我覺得他在這裡的時間也不長，只是稍作停留把她丟包罷了。」

漢卓克斯讓到一旁，索恩低頭看著那名女子，幾個小時之後，她的身分就會獲得確認，海倫・泰瑞莎・杜爾。還只是個女孩而已，十八、九歲的年紀。她的上衣被掀起，露出了肚臍環。耳朵戴著大大的環狀耳環，裙子被扯爛了，可以看到她大腿上方的長型傷口。

漢卓克斯喀一聲闔上包包，「我看是那畜牲把她從欄杆上頭扔過去的時候、所擦破的傷口。」

有某個東西吸引了索恩的目光，他瞄向右邊，距離他二十英尺左右的地方，有隻小狐狸在瞪著他。他猜，應該是雌狐吧。她站著不動，緊盯著眼前的詭異活動，他們佔住了她的地盤。索恩突然覺得一陣羞慚，他聽過農夫與遊說團體人士抱怨，這些動物在殺戮的時候有多麼殘暴，但他很懷疑，如果生物進行殺戮的目的是爲了餵飽自己與下一代，怎麼可能會有什麼快感？嗜血所滿足的是某種聰明特殊物種的慾念。山坡頂端傳來一陣吼叫，小狐本來準備要逃跑，但後來又鬆了一口氣。索恩看著牠，目光緊追不離，牠一直盯著在人工光照下、詭異的人類殺戮現場畫面，這是眞正的殘暴。過了半分鐘之後，狐狸嗅了嗅地面，好奇心終於得到了滿足，小跑離開了。

索恩瞄了漢卓克斯一眼，他也在看著那隻雌狐，索恩深吸一口氣，又將目光移回到女孩的身上。

錯綜複雜的情緒。

看到屍體的時候，他心中一凜，對於殺人惡行的憤怒，對於受害者家屬的憐憫，還有，一想到要面對他們、看到他們悲憤模樣的恐懼。

他心覺一陣焦躁。

犯罪現場，第一犯罪現場的暗潮洶湧。可能會讓案情豁然開朗的線索，可能就在他們的眼前，等候，祈求有人發現。

要是眞的有，他一定會找到。

她的屍體……

她的褐色長髮上沾了數片落葉，雙眼圓睜。索恩看得出來她身材不錯，他雖然起了這個念頭，卻拚命想要把它拋諸腦後。

「他以前比較肯花時間吧，是不是？」漢卓克斯想了一會兒，「簡單俐落。以前還會花功夫把她們搞得像在看電視或煮晚餐的時候突然中風，這一次似乎眞的也懶得搞這一套，有點慌忙。」

索恩盯著他，開口問了那個問題。

「最多一兩個小時吧，屍身還沒變冷。」

索恩彎身，握著那女孩的手。漢卓克斯摘掉浴帽，又猛力扯開橡膠手套，瞬間噴出了些許滑石粉。索恩向前，闔上那女孩的雙眼，他的腦海中依然充斥著發電機的嗡嗡響聲，漢卓克斯的聲音似乎從遠方飄來。

「我還聞得到酚皀的味道。」

忙亂的一天終於結束，安妮．寇本呆坐在黑漆漆的房間裡，這一切原本該在三小時前全部結束才是。菜鳥醫生送出的報告總是與資深醫師有空的時間不對盤，剛好都在他們腦袋快要爆炸的時候。與行政單位開會本來一小時就該結束了，卻拖了三個小時，害她開始頭痛，現在症狀才剛開始減輕。先前她上了兩堂課、參加了一次會診、和某個專科醫生吵架、應付堆積如山的文件，疼痛感一直在她腦內狂虐。而且，大衛依然對她很挑釁……

她倒坐在椅子裡，按摩太陽穴。天，這些椅子眞難坐。難道當初設計的用意是爲了要逼那些訪客扔下水果、趕緊走人嗎？

也許，要是以前大衛還在家的話，她會丟下報告趕回去，但那種日子早就是過去式了。現在家裡一定很安靜，瑞秋應該已經在被窩裡，盯著MTV台裡某個眼線超濃的嗑藥皮包骨在活蹦亂跳。

她想到女兒，沉思了好一會兒。

她們最近處得不是很好，會考讓母女二人都承受了極大的壓力，瑞秋就直接發洩了出來，她爲了考試超拚命。安妮早就想好了，一等到她成績出來，要好好送她一份大禮，稱讚她這麼用功，表現優異。也許，就換台新電腦吧，但她心想，也許現在就送給她也好。

然後，她想到了湯姆．索恩。

她看著他送來的花，想到他對艾莉森的道歉話語，臉上不禁泛起笑容……他是怎麼說的來著？

我一定臭死了。她覺得他散發出很棒的氣息，有誠實的味道。要在他身上發現魅力，一點也不難。她應該是比他大了好幾歲，但她一看就知道他不是那種會介意姐弟戀的人。他身材粗胖，不……應該說是精壯。他看起來是經過大風大浪的人。如果讓她老實說——自從她和大衛在多年前草草收場之後，能夠深深吸引她的就是這種類型的男子。

索恩左側的灰髮比較濃密，好奇怪，還有，她一直很喜歡褐色眼珠的男人。

安妮驚覺自己居然把心底想的事全說出來了，深夜與艾莉森談話，如今已經變成了她的生活例常，護士們也已經很習慣看到她在夜晚對著病床喋喋不休。她開始殷殷期盼與艾莉森的對話時間，刺激艾莉森的腦部活動，是安妮的治療方式之一，當然很重要，但她覺得對她自己來說也同樣具有療癒效果。這種感覺奇妙又刺激，能夠坦然說出自己心中的話，但是卻……不必聽別人的評語，就像是告解，但絕對不會聽到對方的驚悚回話。也許艾莉森不知道在什麼時候正在評斷她，搞不好有一大堆意見——「那個火爆警察爛死了！找個年輕可愛的醫學院學生啦！」

總有一天，安妮會知道艾莉森究竟在想什麼。現在，機器的嗡鳴聲讓她昏昏欲睡。她站起來，伸手拿了潤滑的眼藥，輕輕將它擠入艾莉森的眼中，然後又闔上眼皮、讓她度過漫漫長夜。她脫掉外套，把它揉成一團墊在後腦勺，再次坐下。她閉上雙眼，與艾莉森輕聲道晚安，然後，立刻就睡著了。

隔天早上七點三十分，屍體身分正式得到確認。海倫．杜爾的父母因為女兒沒回家而打電話報警，也就是在那個時候，喬治．漢默德看到她翻落欄杆、栽進了皇后森林裡。在他們的第一通心焦電話結束的幾個小時之後，索恩靠在牆上，望著他們慢慢步出走廊、離開了停屍間。麥可．杜爾啜泣不止，他的妻子，艾琳，目光堅強凝望遠方，緊捏著丈夫的手臂。他們走到外頭，她的高跟鞋踩在石階上，不斷發出喀噠聲響，兩人準備迎接這耀眼清新、尋常至極、沒有女兒的第一個黎明。

現在，索恩貼背的是不一樣的牆。死去的海倫有了位置．與其他人並列在一起，雖然她還沒有對索恩喊話，但聽到她開口也只是時間遲早的問題而已。現在，四十多名不同職階的警察、還有後勤與文職人員都坐著不動、等待索恩開口發表談話。一如往常，他覺得自己像是個爛職校的副校長，衣著邋遢。他的聽眾在底下交換無聊的玩笑或幼稚髒話，團隊裡的少數幾名女性坐在一起，對於那些態度隨便、充滿性別歧視、以為「騷擾」就只是罵幹的同事所開的玩笑，也只能轉移話題。十多縷菸氣裊裊飄揚，往日光燈管的方向飛升，索恩就算回到一天抽二十根的日子也沒差了。

「今天凌晨，一點半剛過，我們在高門站的皇后森林發現海倫．杜爾的屍體。最後被人看見是在半夜十一點十五分，她離開霍樂威路的馬堡艾姆斯酒吧。目前依然在進行驗屍工作，但我們的假設是，殺害她的兇手，也就是必須爲克莉絲汀·歐文、瑪德蓮·維克利，以及莎拉·卡立緒之死負責的那個人……」

死去的女孩們齊聲呼喊：「哦，拜託，湯米，你明明知道就是他。」

「……還包括了謀殺艾莉森·維列茲未遂的那起案件。」

但那不算是殺人未遂，對嗎？其實兇手另有目的。索恩不知道該講出哪一個字描述這個狀況。如果能夠抓到他的話，他們很可能會爲此特別創設一個專有名詞吧。他清了清喉嚨，繼續說下去。

「發現屍體的是喬治·漢默德，他看到某個男子把屍體從他的車內抬出來，丟棄在現場，他描述了對方的長相，不是很明確，六呎一吋或兩吋（約一八五至一八八公分），中等體型，髮色應該偏深，也許有戴眼鏡。車子可能是藍色或黑色的轎車，目前沒有線索也不知道型號。受害者是在離開酒吧、返回溫莎路家中的路上遭到綁架，這段路程不過只有半英里，時間點約在十一點十五分到三十分之間。目前我們還沒有接到任何人的通報，但一定有人看到。拜託各位，我要找到這些人，讓我們多知道一點車子的線索，對嫌犯特徵的精確供述……」

索恩停頓了一會兒，他看到有一兩個警官在交換眼神。原本應該能夠提振辦案士氣的重要訊息與瑣碎的事實細節、從他口中說出來，居然不到一分鐘就結束了。

法蘭克·基博站起來，「還有，這個就不需要我多說了，但還是拜託一下，記得要提醒大家這次和往常一樣，必須要對媒體全面封鎖消息。」媒體還不知道這些兇殺案，完全不知道有名男子犯下了此等罪行。這些案件發生的地點並非集中在單一地區，而且掩飾的手法相當高超，所以媒體自然很難發現異狀，光是警察自己拼湊出來就花了好長一段時間。不過，索恩依然很驚訝：「反手」專案成立與運作了好幾個禮拜，媒體在最高機密等級的專案裡通常還是找得到消息來源，最後事情曝光，大家又開始互相推卸責任。八卦小報會替殺手取可怕的綽號，想要搏版面的政客會講些關於法律與社會秩序的蠢話，然後基博會針對「引來的壓力」訓他一頓，但目前看起來是還好。

基博對索恩點點頭，他可以繼續說下去了。

「海倫．杜爾十八歲……」他停頓下來，看到同事們露出嫌惡表情，他之所以中斷，並非爲了什麼效果，他突然覺得腹中的那塊疙瘩抽了一下，滑溜不定，無法控制。

海倫也不過比卡沃特的大女兒大幾歲而已。

「她與其他受害者不一樣，不是在自己家裡遇襲。看來他顯然並非在街上動手，而且就殺人手法看來，他也不是在車內行兇，所以，他到底是在哪裡取走她的性命？」索恩又說了一些其他的話，很一般的內容。顯然他們還在等待驗屍團隊的報告。這是第一次由他們主導的驗屍工作，他充滿了希望，大家應該都充滿了希望，很可能會得到突破性的結果，是該出動的時候了，他們一定會抓到人，大家開始吧……

逐戶巡查的工作分配完成，還有人在討論還原現場的電視節目，然後，大家把椅子拉回去，點三明治，法蘭克．基博等一下得進去警司辦公室。

「這是搞什麼？他明明知道反正下午的時候我得要向他報告。」

「他可能想要叫你參加早餐會報，對了，看來你自己先吃飽了。」索恩指了一下基恩的襯衫，上頭沾了番茄醬污漬。

「鬼扯。」他對著食指吐口水，想要用力抹去那塊鮮紅色斑。

「他昨天晚上又搞砸了，而且他很不爽。」索恩說道。

基博抬頭看著他，手指依然搓揉個不停，現在他伸手到口袋裡拿手帕。

「他處理女孩屍體的動作如此快速，法蘭克，他只是想要趕快把她扔了而已。經過艾莉森事件之後，他以爲自己找到了竅門，但他一發現自己又搞砸的時候，我猜他非常惱火。他越來越沒有耐心，而且更加傲慢。這些女人與女孩，在他的眼中只是任由他擺弄的身體，有死有活。他只是對她們施作同一套程序，我覺得他搞砸的時候，就會把怒氣發洩在她們身上，不是眞正的暴力，但他滿腹怒火倒是沒錯。」

「如果他這麼急著棄屍，那洗手洗得那麼乾淨又是怎麼回事？」

「我不知道，應該是……有醫學上的理由吧。」

「那王八蛋洗得那麼乾淨，以爲自己是要動外科手術啊。」基博悶哼一聲，索恩的目光飄向他的頭頂上方，「哦，湯姆，你也幫幫忙，這不就是我們想要看到的結果嗎？如果他的耐心越來越有限還是什麼的，很有可能在某個環節出錯，等於給了我們求之不得的機會，能夠將他繩之以法。」

「或者只是殺人的節奏變快了，距離艾莉森．維列茲被攻擊才二十二天，而蘇珊．卡立緒則是在那之前六週的事……」

基博撫摸頭皮，「我知道，湯姆。」這是在宣示效率，表明他的能力卓越，但索恩發現他別有他意：暗示不要輕舉妄動，警告。他見多了，在親切詢問或是關心眼神的背後，經常看到這類相同的意涵。當然，特別是在有兇嫌出現的時候，無論是什麼樣的兇嫌，他看到這種暗示的次數最是頻繁。他覺得全身灼燙，但他可以諒解。衆人的共同記憶裡也包含了卡沃特的案子，那幾乎等於是民間傳說了，就像是殺人魔薩克里夫一樣，大家都背負了罪惡感，只是程度有別而已，但他自己與這案件有所牽連，其他人沒有，他……根本就是深陷其中。

基博轉身，朝電梯方向大步走去，底下已經有車在等著他、準備要載他到城市的另外一頭開會。他按了向下鍵，又面向索恩，「漢卓克斯只要一有消息，立刻讓我知道。」

索恩望著基博進入電梯，在等待雙門緩緩關起的那十五秒之間，兩人都只能無奈聳肩。基博將會稟告警司雖然目前正在等待檢驗結果，但也許有機會能看到具體突破。一定有人看到兇手挾持了那個女孩，這絕對是他們殷殷期盼的重大進展。

自從索恩在自己車上發現那張字條之後，他不知道他們是否願意好好調查這條線索。兇手所要表達的訊息可能是「來抓我啊」，而海倫．杜爾的棄屍手法如此拙劣，也許算是一種對他們的嘲弄，但有一點倒是很明確：兇手已經懶得掩飾他的惡行，因爲他發現他們已經鎖定了對象。如果兇手因爲知道警察拼湊出了案件全貌，而開始行事粗率，索恩當然很開心，但他眞正擔心的是，這傢伙到底是怎麼知道的？

媽的他們爲什麼不能把我治好啊？他們可以把人耳黏在老鼠身上，還可以搞出複製羊。天。弄什麼複製羊啊，這眞是有史以來最沒有意義的工程了，要是每隻羊都長得一模一樣，你是要怎麼分哪？而且，我又沒怎麼樣！！！

我算是……沒怎樣吧。

撫摸（又意中風），聽起來感覺好舒服溫柔，我倒是不覺得自己被什麼東西摸了一下，而是被電鑽襲擊。我的祖母也中風過，但病發之後還是可以講話，只是口齒不清，而且服藥之後也讓她變得不太正常，她開始一直碎碎唸……你懂吧，就是老人家愛嘮叨的事。她是沒誇張到在公車站與陌生人閒聊她有多老，但你也知道，老人總是掛在嘴上的那一套。他們對她投藥之後，讓她變成了表演有聲詩的老人。她會躺在床上咆哮，病房晚上聽得到摩托車的呼嘯聲有多麼惱人，每個看護都好飢渴，想要和她上床。眞的，這實在太好笑了——她八十六歲了耶！但至少她講的話大家還聽得懂。那男人害我中風，安妮告訴過我他是怎麼動手的，扭彎某條動脈，我就中風了，那他們就不能把它扭回來嗎？一定有什麼專家或是治療方法什麼的。我躺在這裡尖叫，怒吼，而從我身旁經過的護士都對我溫柔低語，彷彿我是在充滿陽光的午後悠閒小憩。他們一定已經做完了全部的檢驗，想必知道我還在，依然在與我自己對話，叫嚷，胡言亂語，搞得我自己頭昏腦脹。看到沒？拜託，我還是很有幽默感啊。

安妮與那個條子，索恩，兩人之間的發展，果然被我料中了。我以前也遇過安妮這種類型的女子，她們只會煞到兩種人——會將腦中想法付諸實現的人，另一種則是會讓她們內褲裡面興奮難耐的那一種。兩者兼具的男子？算了吧。我覺得她前夫是屬於哪一種類型，答案已經非常明顯。該是改變的時候了，所以如果你問我的話，我覺得那條子很走運。

我覺得，從現在開始必須要好好鍛鍊腦力才行。

提姆今天早上只是坐在我的旁邊，他現在連話都懶得跟我說了。

5

索恩窩在無隔間的調查室，倚靠在圖根的桌邊。圖根的雙手忙著操作滑鼠、在鍵盤上飛舞，索恩覺得自己幾乎已經看到了這個愛爾蘭男人的僵直背脊，他知道自己是個討厭鬼。

「湯姆，難道你就沒有一點正經事好做嗎？」

菲爾．漢卓克斯熬夜工作了一整晚，在基博與總警司共享咖啡與可頌之前，索恩已經拿到了他所需要的資訊。海倫．杜爾遭人下毒，體內有大量的速眠安，因中風而導致死亡。雖然屍體是在戶外發現，這種手法也打破了先前的習慣，但她的確是這名兇手的第五名受害者，無庸置疑。這和他們料想的差不多，只不過鑑識組在海倫．杜爾的裙子與上衣採集到了一些纖維，光是講這通電話，索恩已經知道了所有的線索。

「那這些纖維是不是能給我們什麼好消息？」

「我們也只能亂猜而已。」

「好吧，那你就亂挑一個最有可能的答案給我吧。」

「地毯纖維，應該是後車廂裡面的。」

「有沒有進一步線索？」

「你把這當成了什麼？匡蒂科？[1]」

[1] 美國聯邦調查局實驗室所在地。

「那是哪裡?」

「當我沒說。好,我們換個方向好了,要是能找到與它相符的東西,應該就可以派上用場……」

作案模式發生改變,讓索恩苦思不已,而他們目前還面臨相同的問題亟待解答。他是怎麼說服那些女子?願意讓他進入她們的家中?就海倫·杜爾的狀況看來,他還說服她上了自己的車?海倫·杜爾的屍體與艾莉森·維列茲、蘇珊·卡立緒一樣,外表完全無傷,但體內的藥量與酒精濃度超高,鎮靜劑一定是混在酒精裡,但他是怎麼辦到的?兇手一整夜都在觀察海倫?趁她離開酒吧前偷偷在她的飲料裡下藥?這難度頗高——她與一堆朋友聚會,而且,要挑選合適時機下手的機會更是微乎其微,他怎麼能夠精確掌握藥效發揮作用的時間點?但這依然是目前最合理的假設。所以索恩決定要盡量追查當時也在酒吧裡的人,換言之,除了海倫返家路線的基本盤查之外,他們還需要法蘭克·基博加派人手,如果他眞的能提供增員的話。索恩希望可以找到海倫離開酒吧之後的目擊者,他還是搞不清楚,爲什麼這個兇手如此膽大妄爲,但這也提振了他低迷多日的信心。

「有沒有什麼我可以幫得上忙的地方?」

圖根的微笑很燦爛,但是他那眼神簡直像是載玻片上的標本。這傢伙的體型宛若惠比特犬般一樣削瘦,而且腦袋超級靈活,他的聲音之銳利,不下手術刀,絕對能夠將戰情室裡的笑語切得支離破碎。圖根的那兩片薄唇,總讓索恩聯想到某些瘋子打電話到蘇格蘭警場預告攻擊的時候、對著話筒低語的模樣。圖根很能幹,他爲這起調查事件也有諸多貢獻,索恩不是不知好歹:如果有必要的話，索恩自己也有方法找檔案。但他對打字就是一竅不通，還有，螢幕保護程式對他有出奇的催眠效果。有的人只要看到新事證出現，立刻就會出動校對軟體與檔案搜尋器去爬梳案情，圖根就是那種人。索恩知道要是他們能在十五年前就擁有尼克．圖根這樣的人才，而不是上千份的文件夾……如果當時他們擁有的是一套福爾摩斯電腦系統，而非過時的卡片索引資料庫，那麼卡沃特的案子也許就不會被他搞成那樣了。

「喂，湯米，不要管卡沃特那個案子了，我們的呢？」

「湯姆？」

「對……抱歉，尼克。你手邊有沒有那份蘭開斯特／倫敦的比對結果？」

圖根嗯哼兩聲，移動滑鼠，點擊了兩下，辦公室另外一頭的印表機開始低聲作響。其實索恩滿心期望圖根手邊就有紙本資料，他可以更快回到自己的小尾金魚缸區域、把文件擱到桌上，他自己的效率雖然小勝一籌，但他也不會向圖根抱怨什麼，因爲其實他看對方什麼都不順眼，圖根對他的態度亦然。

索恩盯著名單，當年在蘭開斯特醫院速眠安藥物失竊時輪値、如今在倫敦市區醫院工作的醫生有六個。安妮．寇本曾經解釋過失竊日期的特殊性，多少影響了追查這條線索的熱度，而且，發現海倫．杜爾的屍體之後，立刻吸引了大家的注意力，但索恩依然覺得這是一大關鍵。藥品失竊日期固然特殊，但也可以從相反的角度來觀察，難道兇手（如果偷藥賊就是兇手的話）不就是想要掩飾自己在那間醫院工作的身分、佯裝竊案可能是外人所爲，所以才特別挑選了這個日期嗎？此外，他們正在清查倫敦地區的執業醫生，名單更爲龐雜，反正他們遲早總得要調查這一批人。

名單上的第二位，就是傑洛米．比夏的名字。

當索恩與賀蘭德搭乘電梯向下、前往停車場的時候，索恩發現只能以笑得尷尬來形容賀蘭德的表情，「我記得他是寇本醫生的朋友吧？」

「她認識他，沒錯，而且就理論上來說，他的不在場證明也查過了，沒問題。」

在急診室治療艾莉森．維列茲的是傑洛米．比夏，這一點毫無疑問。

「但是艾莉森．維列茲被送到皇家醫院一定是基於某個理由，」索恩開始解釋，彷彿在對小孩講話，「我想要查清楚，當她入院的時候，比夏究竟是從什麼時候開始當班？」

賀蘭德臉上的尷尬笑容不曾消退，他很清楚索恩爲什麼要造訪皇后廣場，是爲了要看艾莉森．維列茲？還是她的主治醫生？他當然知道要查比夏打通電話就夠了，要不然，至少派別人過去也可以。

索恩覺得也沒有必要向賀蘭德多作解釋。當他們步出電梯、走向停放在一樓的車子的時候，他不斷想要說服自己，他之所以想要盡快把比夏從調查名單中刪除，主因並非是安妮．寇本，——這個引他遐想程度已經超越他本分的女子——與比夏之間的好交情。

他的早餐吃得晚，拚命狼吞虎嚥，心中浮現索恩在那天早晨八點到達工作地點時的神情，何其疲憊。他透過油膩湯匙的背面觀察他，這個警察靠在自己車上好一會兒之後，才終於起身，蹣蹣走向大門。他完全沒想到索恩會是那種步履沉重的人，這也正是他先前發現這傢伙參與辦案的時候、他如此開心的原因，除此之外，他還有其他理由。他覺得索恩固執、頑強，這些特質正合他意。當然，還有那高人一等的才智，對他來說也有好處，這一點絕對不可或缺，總而言之，索恩是完美人選。但那天看到那樣的倦容，不禁令他很憂心，他希望這位探長的倦累只是生理層次，而不是身心俱疲。絕對不是，他的疲態也算是自然反應……畢竟前一晚得出任務，他們立刻就發現了她，這倒是讓他嚇了一跳。所以索恩度過了奔波辛苦的一晚，其實他們兩人都是。

五個裡面，只中了一個，原本是百分之二十五的成功機率，現在降到了百分之二十。當然，勝率是立刻揭曉。他打了該打的那通電話，然後開始動手幹活，但顯然才不過一兩分鐘的時間，她就讓他大失所望，喝得爛醉的笨母豬。他那原本因爲打算飛衝到醫院、讓她與另外一具靠機器維生的身體在一起而激烈搏動的心臟，已經立刻慢了下來，恢復爲平常的規律心跳。而她的完全無用、充滿膽固醇的心臟，也懶得跳動了。看他給了她多麼難得的機會，但她卻讓他傷心，愚蠢的小生命散逝無蹤。哦，他幾乎很確定自己棄屍的時候被人看到了，他們現在應該已經得到了一些證述，又怎樣呢？搞不好還有人看到了車子，那就更好了。

他大嚼吐司，眺望窗外的倫敦街景，濃霧漸散，又是個美好的一天。海倫與其他人一樣，可以輕鬆解決，其實更省事。他越來越得心應手，先前那幾次的嘗試結果亂七八糟，但最近他出手已經從容有餘。

克莉絲蒂和瑪德蓮一開始很提防，她們一開始不太願意讓他進門，但她們畢竟是獨居女子，而且他又長得英挺好看，她們想要聊天，而且想要的還不只如此。他勸誘功夫一流，蘇珊與艾莉森幾乎是立刻就邀請他進入屋內，開心猛灌酒，自己就喝茫了，的確是喝到不省人事。他自顧自露出得意笑容。香檳是他受到啓發之後所產生的靈感，他本來考慮的是注射，但一定會搞得亂七八糟，他可不想看到對方有任何掙扎。當然，使用香檳得要等久一點，但他喜歡欣賞她們慢慢發作的過程，眼見她們即將被他擺佈所帶來的震顫，讓他回味無窮。另外一個——他還沒有時間找出她的姓名——根本就是一口氣把香檳喝光。但那時候他卻得立刻離開，因爲時間點就是……不恰當。但他確定這女子什麼都沒說，當她的老公或男友或是女友返家的時候，看到她喝得不省人事，想必是很難解釋清楚，哪還敢提起自己邀請陌生男子進入屋內的事呢？

能夠在自己家裡處理海倫，的確讓他鬆了一大口氣。他討厭僞裝，他痛恨進入那些陰暗的屋子，每當他要踏入又髒又油膩的浴室、把肥皂與藥瓶擱在那裡的時候，總是全身起雞皮疙瘩，積了一堆髒內褲與污垢的洗手台。他討厭把手放在上面，她們的頭上，雖然隔著手套，他依然感受得到她們髮絲裡的髒垢與油脂。他可以對天發誓，他簡直覺得頭皮上有東西……在動。但他現在可以在乾淨舒適的環境中動手，現在，他知道她們當初一定知道他的那種感覺……

他吹起口哨，哼起自己亂編的小曲，搭配剛才的那個疊句，努力讓自己保持清醒，承受壓力的不是只有索恩一個人，他得再喝點咖啡。他閉上眼睛好一會兒，想起了艾莉森。她沒有讓他失望，她想要活下去。他還想再去看她一次，但也許有點冒險，最近，加護病房的維安戒備相當森嚴。那一場淹水效果很好，但恐怕也只能玩一次而已。他開始心思飄渺，如果他想要再去看艾莉森、不要被人抓到的話，得要想其他理由。

千萬不能撞見安妮·寇本。

「艾莉森，有沒有哪個地方在痛？」安妮．寇本醫生與史提夫．克拉克，凝望著那張蒼白安詳的臉龐，沒有回應。安妮又試了一次，「艾莉森，眨一次眼睛，代表『是』。」過了一會兒之後，出現了一個極其微小的動作——艾莉森左眼周邊似乎抽搐了一下。安妮望著那位專業治療師，他正忙著在自己的夾紙板上草草寫下筆記，他對安妮點點頭，她繼續問道：「艾莉森？有哪裡在痛嗎？妳剛才要講『是』嗎？」沒回應。史提夫．克拉克放下筆，艾莉森左眼眼瞼迅速連跳三下，「沒關係，艾莉森。」

「安妮，也許她只是很疲倦。我知道妳說得沒錯，現在只是她能否掌握足夠控制力的問題而已。」

安妮．寇本與史提夫．克拉克共事了很長一段時間，他是優秀的治療師，也是好人，但是他撒謊技巧實在很爛，他一點也不覺得她有能力溝通，但她覺得明明有，「這感覺好像我找人來修電視，然後跟我說沒事，轉個方向就好了……哦媽的，你懂我的意思，史提夫。」

「我只是覺得妳可能稍微急了一點。」

「史提夫，我一直遵守標準綱領行事，心電圖顯示出的是正常腦部的活動狀況。」

「沒有人會和妳爭辯那個，但這也不表示她一定具有溝通能力。我同意眼部有動作出現，但我完全看不到證據、能夠說服我那是自主動作。」

「史提夫，不只是我而已，你也可以問照護人員，我確定她已經準備好溝通了。」

「她有可能準備好——」

「而且也有能力，我親眼看到的。她告訴我她在痛，她很累，史提夫，而且她還……向我打招呼。」

克拉克推開病房大門，他急著想要離開，「也許她不太適應這種……表演的壓力。」

之後，等到安妮稍微冷靜下來，她會發現他其實是出於一片好心。但當下的她又生氣又挫敗，不只是因爲她自己，也因爲艾莉森。「她不是演員，而這也不是虛僞的作戲手段……」

但的確就是那種感覺。

賀蘭德開著無警察標誌的路華汽車、行經巴特錫的靜謐林蔭馬路，他在經過減速丘的時候搞鬼，故意加快速度，車子底盤掉了好幾層的漆，也順勢粗魯喚醒了他的上司。

「拜託，賀蘭德……」

「抱歉，長官……」

「我知道這只是公務車，但你也幫幫忙好嗎！」

陽光耀眼，索恩不曾闔眼入睡的時間已經長達二十八個小時，每一道光束對他來說都很刺目。而賀蘭德居然爲他開車門！索恩覺得這可能算是對他職級的尊重，但也等於是這個小他年輕十五歲的小傢伙在偷偷提醒他，歲月催人老。

傑洛米．比夏住在雅緻的三層樓房，前院還有個小歸小、但養護得很好的花園。看來可能是四房，索恩猜應該裝潢得很有品味，而且到處都是那種比較油條（如果他們的油條程度眞有差別的話）的仲介所說的「古色古香」的東西，看來這房子應該只花了區區五十萬英鎊。而且，外頭還停放了一台富豪，顯然比夏生活無虞。

賀蘭德按電鈴，索恩的目光則飄向窗戶，窗簾依然低垂不動。過了一兩分鐘之後，大門打開，賀蘭德自我介紹，然後他與索恩被睡眼惺忪的傑洛米．比夏請入屋內。

賀蘭德站在一旁展現效率，筆記本已經拿在手中，索恩則癱坐在椅子裡，滿心感激接下咖啡，拚命在想傑洛米．比夏怎麼看起來如此面善。索恩猜這男人應該是四十多或是接近五十的歲數，雖然臉上滿是鬍碴，眼睛周圍發紅，但看起來比實際年齡小了十歲。他個子很高，約有六呎二吋或三吋，索恩看到他，不禁聯想到理查．金柏醫生，哈里遜．福特在電影《絕命追殺令》中所扮演的角色。一頭短髮，灰絲叢生，加上他的細邊眼鏡，整個人的模樣就是非常「出衆」。這一點讓索恩非常惱火：他也有白髮，但他看起來就是「蒼老」。媽的比夏應該連灰色陰毛也沒有，毫無疑問，這傢伙一定經常是護校學生心目中的幻想對象——「哦，醫生！到洗滌室裡面嗎？」他想到了安妮．寇本，他拚命拋卻她在洗滌室裡面寬衣解帶的畫面。難道現在的醫生都不再面目可憎了嗎？他想起自己小時候、常被父母拖去看的那個臭兮兮老家醫：恐怖的老太婆，剪的是男人的髮型，嘴邊還有鬍鬚，身上散發出起司的味道，而且當她以那令人費解的東歐口音在低聲講話的時候，嘴裡總是叼了根「黑貓」牌香菸。傑洛米．比夏不會有這種問題，他的和緩語調可以讓癲癇發作的病人立刻安靜下來。

「我猜你們是爲了艾莉森．維列茲而來。」

賀蘭德看著索恩，但他專心啜飲咖啡，就讓這菜鳥警察去應付吧。

「先生，爲什麼你會這麼認爲呢？」

索恩的目光穿透咖啡杯飄散的熱氣、望向賀蘭德。很好的開場：譏諷、展現優越、聽得出些許侵略的味道，卻依然能讓對方降低心防。

比夏完全不為所動，「艾莉森・維列茲遭到攻擊，重傷入院。當初是我負責治療，而且，我們的政府也不會因為你沒繳停車罰款而派探長來你家拜訪。」他露出微笑，望向賀蘭德，他手足無措，只能靠著「自行摸索」的問案綱領走下一步。

「我們正在調查一起超級重大案件，就是……」

「他又做了？」

坐在椅子裡的索恩突然挺身，咖啡差點潑出來，賀蘭德則一臉不知所措望著他。比夏看到賀蘭德的表情，覺得很樂，而這一切索恩都看在眼裡。他猜比夏也應該見過不少菜鳥醫生突然不知所措、趕緊尋求肯定，或是期待資深同事能伸出援手。索恩決定現在最好採取換手策略。「先生，他又做了什麼？」

「麻煩兩位聽好，如果我沒有權利知道其他受害者的事，我在此道歉。就我來說，這只是把我的病人放在事件脈絡裡的一個問題而已。有人告訴我還有其他的攻擊案，安妮・寇本與我是多年好朋友，探長，我想你也非常清楚這一點。」

索恩的確非常清楚——法蘭克・基博雖然保密到家，但不久之後這個案子的保密蓋就會破功。他其實沒想過案子也會有蓋子……鍋子有鍋蓋……案子有……什麼？……大鎖？……嗯，只需要開關的功能而已，對了，案子能不能開關很重要嗎？天他好累啊……

「先生，很抱歉打擾你的清夢。」

比夏攤開雙臂、擱在沙發後方，「嗯，探長，看起來我的臉色跟你一樣淒慘，」索恩聞言不禁挑眉，「基於種種原因，我經常與睡眠不足的人在一起，眼睛會立刻洩漏這個秘密。我待命了一整夜，那你的原因又是什麼？」然後，是一陣介於竊笑與嗤之以鼻之間的笑聲。

索恩也哈哈大笑回應，同時打了一個深長的哈欠。「對……忙了整晚，先生你呢？」

比夏盯著他，「哦……不，其實不算很忙。半夜三點的時候，我過去治療某個吸毒過量的病患，在五點三十分回家。不過，就算沒有被叫進去，一直盯著呼叫器也很難放鬆下來，感謝上帝，有線電視可以讓我打發時間。」

「有什麼好節目嗎？」

「我就是愛亂轉頻道而已。一堆重播的情境喜劇、奇怪的黑白電影，以及許多鹹濕片。」他揚頭，笑望賀蘭德，一臉不可置信，「警員先生，你真的把這些話全寫下來？」

索恩也常在心底自問同一個問題，「只有鹹濕片的那一句而已，賀蘭德警員的日常生活缺乏刺激。」索恩看到賀蘭德真的臉紅，不禁嚇了一跳。

比夏起身伸懶腰，「我要再去倒杯咖啡，有誰要？」

索恩跟他一起進廚房，兩人在咕嚕嚕的煮水壺旁邊聊天。

「所以你治療艾莉森．維列茲的那天晚上，是什麼時候進去的？」

「我記得他們呼叫我的時間是凌晨三點。加一顆糖吧？是不是？」索恩點頭，等著比夏繼續說下去，「在清潔人員出入口的外頭，發現了病患……我想這些你都很清楚了……然後她被直接送入急診室。」

「發現呼叫器響起的時候，你有沒有打電話進去？」

「不需要。訊息顯示爲重傷，二話不說趕去醫院。有時候你可能會有分機號碼，或者是要求你打電話進去的訊息，但如果看到重傷呼叫，立刻開車過去就是了。」

「艾莉森・維列茲入院的時候，你是第一個治療她的醫生？」

「沒錯，我檢查瞳孔——有反應。我拿起甦醒器，蓋住她的口鼻，插管，打速眠安，做腦部斷層與心電圖，再交給年輕麻醉師處理。」比夏喝了一小口咖啡，「抱歉，我這樣講話，搞得自己很像是在演影集《急診室》。」

索恩笑了，「其實比較像是《急診室的春天》。《急診室》裡面的醫生通常喝的是甜茶，加幾顆阿斯匹靈。」

比夏大笑，「說得一點都沒錯，而且《急診室》裡面的演員長得也不是很好看。」

「所以你的呼叫器是在半夜三點響起，到那裡的時候應該是，三點半左右？」

「差不多吧。」

「而艾莉森，也就是這位病患，是在三點四十五分送入醫院？」比夏喝了一口咖啡，點點頭，「所以爲什麼反而是你的呼叫器會先響？」

「恐怕我也沒有答案。這種事也不算反常——有時候你得費好長一段時間才知道自己爲什麼被叫進醫院。呼叫器提前響起的狀況，我以前也遇過。至於那個特殊的夜晚，我倒是不曾仔細想過，我的意思是，如果我當時知道當下發生了什麼事——又或者，已經掌握了我們後來才發現的內情——對於當晚事件的順序，我應該可以搞得更清楚一點。但當下只是一般的緊急救護事件而已，抱歉。」

索恩放下咖啡杯，「先生，別擔心，我相信我們一定會找出答案。」

比夏微笑，拿起索恩的杯子，將未喝完的咖啡殘汁倒入水槽，又打開洗碗機的門，「爲什麼四個禮拜前的那個星期二我會被叫回醫院？探長，純粹運氣問題。」

他們的車子在艾伯特大橋的壅塞車流裡緩慢前進。賀蘭德有一堆問題想要詢問長官，但還是決定忍了下來。爲什麼我們要特地跑這一趟？你覺得傑洛米·比夏是不是和安妮·寇本有一腿？爲什麼要一直取笑我？爲什麼你覺得自己比別人厲害？

賀蘭德望向索恩，他癱靠在副座上，雙眼緊閉，但其實他非常清醒。

索恩只對賀蘭德講了一句話，他們暫時不回辦公室。他連眼皮也沒睜開，直接吩咐他右轉，順著河岸前往白教堂區。他們準備先去倫敦皇家醫院，看看傑洛米·比夏的不在場鐵證到底有多少眞實性。

媽的要不是我演得不太好，就可以直接叫我「眼皮表演女達人」了！對不對？

我曾經和某個男演員約會過一次，他告訴過我一個不斷在他腦海出現的夢境，他站在舞台上，準備要開始表演自己的角色，然後，所有話一股腦傾瀉而出，速度之快簡直像是水龍頭的嘩嘩水流進了排水口，當安妮請我眨眼的時候，我也有這種感覺。天，我想爲了她努力眨眼，不……是爲了我自己。我可以的，我知道我一定沒問題。我旁邊沒人的時候，我一直在眨眼，先前安妮問我，我也成功了。她問我是不是在痛，我眨了一下眼睛，對。眨一下。只是微不足道的眼部小動作，我卻覺得自己像是中了樂透、和梅爾．吉勃遜打砲，還贏得了一年份的免費巧克力。

其實，我覺得我就像是剛跑完了倫敦馬拉松，才眨幾下眼睛，我已經累得半死。而當治療師在看我的時候，我就是沒辦法。

我在腦中對著我的眼皮拚命叫喊，我覺得訊號從我的腦部發送了出去，但很緩慢。它像是某台又老又爛的舊俄時代拉達車，沿著線路在兜轉，我不確定那東西是不是叫線路，還是什麼神經高速公路。它已經進入正確的通道，但卻被不知哪個施工中的地方給擋住了，彷彿也懶得繼續前進。我知道我可以，但就是無法控制動作。沒想要眨眼的時候，我的眼皮可以眨得像瘋子一樣快，但等到我想眨眼的時候卻動彈不得。

如果我全身上下只剩下眨眼功能，我一定會成爲你們前所未見的超級眨眼人。安妮，不要放棄我，我有好多事情想要告訴妳，我發誓，我會像代表英格蘭參加眨眼比賽一樣拚命。

我感受到她聲音裡的失望之情，我好想哭，但我連哭也無能爲力……

6

「先生，要去哪裡？」

「請到穆斯威爾丘。」

「沒問題，先生，請問那是在哪裡？」

索恩大嘆一口氣，從肯特緒鎮的自家公寓出發，這麼簡單的一段路，突然變得好麻煩。要叫迷你計程車的人是他自己，他能怪誰？他怎麼會如此愛貪小便宜？

他拚命想要將案情拋諸腦後——今晚應該要輕鬆休息才是，但他只能自嘲，只要在計程車開到他家路底的這段時間、能夠放空一下就不錯了。要是今晚不必看到他那些古怪的月曆女郎有多好，但一想到等一下要去的地方、會看到的人，營造這種好心情何其困難。看來如果要與安妮·寇本聊天，傑洛米·比夏很可能是她的禁忌話題。顯然他們非常要好，這兩人之間的情誼是否比這個還要曖昧？索恩不願再繼續想下去了。無論如何，他們之間的關係讓一切變得很詭譎，尤其，牽涉到程序的部分更是棘手。

索恩討厭大家對於直覺型警察的偏見，就和他痛恨那種冷硬派警察的概念一樣。但直覺型警察之所以會產生這種偏見，他知道，其實是因為內含了事實的因子。直覺只會帶來麻煩，如果是錯的，就會引來難堪、痛苦、罪惡感諸如此類的事，而正確的直覺所造成的後果更加可怕。警察……優秀的警察，不會具備這類天生直覺，他們靠的是後天養成的過程。畢竟，會計人員能夠精通數字，也是靠他們每天在其中打轉，只要遇到有人說謊，就連一般素質的警察也能夠立刻察覺異狀。但卻有少數人會培養出對人的情感、品味，以及意識。

他們是不幸的一群人。

迷你計程車司機塞給他一本破爛地圖。索恩心想，幫幫忙好嗎，你是要我替你開車嗎？

「我不需要地圖，我可以直接告訴你，拱門路直走。」

「先生，拿去吧。」

「先生，就照你說的好了，那是哪條路呢？」

索恩望向窗外，又是一個溫暖的八月底夜晚，穿著T恤的長型人龍正準備魚貫進入「廣場」演唱會館，享受熱情的週六夜晚。當車子開過去的時候，他趕緊轉頭，想要看樂團叫什麼名字，但只看到最後那個字，「……瘋子」，好樣的。

現在他的住所與他自小長大的地方很近，距離還不到半英里。他十多歲的時候，這裡早已被他摸得爛熟。肯特緒鎮、卡姆登、高門，還有拱門路。他曾經在霍樂威路的派出所工作了六個月，他知道海倫．杜爾住的那條路，他也曾在「馬堡阿姆斯」喝得爛醉，他希望那天晚上她喝得開心……

傑洛米．比夏。

對，一開始有種詭異的熟悉感，現在他還是想不出來，但似乎越來越強烈，自從前幾天他第一次看到那男人之後，他的感覺就開始揮之不去。

當索恩告訴比夏，他要追查艾莉森入院當晚、他被呼叫執勤的正確時刻的時候，比夏露出微笑，過沒多久之後，索恩終於恍然大悟他那笑容的含意。原來，呼叫醫生的撥出電話根本無法追查來源，他好驚訝，沒有任何的官方紀錄，任何地方、任何帳號都可以進行呼叫，就算是自己呼叫自己也不成問題。艾莉森．維列茲入院的那個晚上，所有可能呼叫比夏的人都想不起來到底自己有沒有做過這件事，索恩找過資深住院醫生、專科醫生，還有菜鳥麻醉醫生，而結果就和比夏先前預料的一樣，大家對於當晚事件的回憶都很模糊。當她被送進急診室的時候，比夏的確在那裡，但就她被襲擊與送醫的時間點看來，他的不在場證明也不像安妮．寇本一開始想像的那麼確鑿無疑。

他還沒有辦法拼湊全貌，根本毫無頭緒，但反正還找得到其他……細節。

針對海倫．杜爾失蹤區域的地毯式搜查，已經得到了一些成果，至少有三個人看到她離開酒吧，其中一個還是與她相熟的鄰居。所有目擊者都表示看到她站在路底與某名男子講話，至於她的反應，證詞則出現了不同版本，「看起來很開心」、「大聲嚷嚷」、「似乎很生氣」。對於那名男子的描述有些許差異，但也有一些共同點，個子很高，灰色短髮，戴眼鏡。年紀約三、四十歲，他們以爲他是海倫．杜爾的新男友，或是她爸爸。

有件事倒是讓所有的目擊者一致同意，海倫當時的確在喝香檳。現在他們知道他是怎麼下藥的了，如此簡單、狡猾。當受害者的反抗能力逐漸消退，她們會有……什麼感覺？特殊？複雜？索恩猜兇手一定覺得這種字眼非常適合自己。

司機打開收音機，《舞韻》合唱團的老歌。索恩立刻傾身向前，請他關掉。

計程車右轉離開A1公路，朝高門森林前進。

「走伯洛德威知道嗎？」

「伯洛德威……」

索恩從照後鏡看到司機的表情，雖然滿臉歉意，但依然不是很想鳥他的樣子。

「如果黑牌計程車司機聽得懂我講的話，那你們是怎樣？」

「抱歉，老弟，你說什麼？」

「沒事。」

他足足等了一天，才向法蘭克．基博報告狀況。在踏進督察長的辦公室之前，他已經準備得相當充分、要把自己看到的疑點講出來——諸多細節都指向了比夏。十分鐘之後，他走出來，覺得自己像是個剛從警校大門走出來的菜鳥。

「湯姆，我必須要明講。對，他的不在場證明算不上非常充分，但……」

「長官，就謀殺案來說，根本不成立。我查過……」

「但就你手上所取得的那堆資料看來，也不能說他有嫌疑，嗯，供詞是怎麼說的呢？有兩名證人表示那名男子的年紀是三十多歲。」

「法蘭克，但身高相符，而且比夏的外表看起來比實際年齡小多了。」

就在那一刻，索恩突然發現他講的話已經完全沒有說服力了，他決定還是趕快住口，以免說出什麼聽起來像是狗急跳牆的蠢話，「而且他是醫生！而且我……真的不是很喜歡他……」

當晚，他走進自己的公寓裡面，聽到客廳裡傳出女聲。

「……在辦公室。天，我實在很討厭對著答錄機講話——抱歉，反正，請你回個電話給我，有件事我真的很開心。」

他開心大笑，一個專門研究人類腦部的女子，怎麼對答錄機講話這麼笨拙？他覺得她好可愛，但隨即想到她一定覺得他這樣很臭屁，他立刻接起電話。

「湯姆？」

她這是什麼意思？「你是湯姆嗎？」或是「我喊你湯姆可以嗎？」反正不管是哪一個，他的答案都一樣。

「是，嗨……」

「我是安妮．寇本——抱歉，我只是想要和你閒聊一下，我打電話到你辦公室，但你不在，所以我打你家裡電話，希望你別介意。」

他曾經在交給她名片的時候、在背面寫下了自己家裡的電話。他把外套丟在沙發上，把電話拉到了椅子旁邊，「沒關係，我只是剛進門而已，好，什麼事讓妳這麼開心？」

「抱歉？」

「妳剛說妳很開心，我進來的時候聽到妳講了這句話。」

「哦，對。是艾莉森，我覺得她真的可以開始溝通了。」

他正準備要彎腰、拿起擱在椅邊的半瓶紅酒，聽到這句話立刻又坐得直挺，「什麼？太好了！」

「聽我說，我的意思是開始，而且，我得要強調，我認為那些運動絕非只是不自主反應，但也有人抱持存疑，不過，我還是覺得你該親眼看一下。」

「是，當然……」

「他又殺了一個女孩，對嗎？」

索恩癱靠在椅子上，他把話筒夾在耳朵與肩膀之間，騰出雙手，爲自己倒一杯滿滿的紅酒。難道是媒體曝光了消息？他什麼都沒看到。就算有，也不可能與其他謀殺案產生連結，所以她到底是怎麼……？

比夏。顯然是他把他們的辦案狀況告訴了她。她又對他講了多少其他案件的事？他得要問清楚才行，而且必須不露痕跡。

「嗯，湯姆，如果你不想討論，我可以諒解。」

「妳誤會了，我只是在想其他事情。對，我們找到了另外一具屍體。」

現在輪到她語氣遲疑了，「我知道我說過艾莉森不可能給你任何證詞，永遠不會有機會，我指的是傳統方法，但也許……你聽我說，我只是不希望讓你有錯誤的期待。」

「妳覺得她有辦法回答問題嗎？」

「還沒有，但我覺得可以，沒問題。簡單的就好，是非題。我們也許可以弄出一套溝通機制。抱歉，我又離題了。當然我們得好好談一談，但我只是想要告訴你……」

「很謝謝妳。」

其實，她是要開口請他共進晚餐。

當她一打開大門，他立刻把塑膠袋送上去，裡面裝的是他最喜歡的紅酒。

「謝謝，但眞的不必這麼客氣。」

「不需要太興奮，只是塑膠袋。」

她朗聲大笑，趨前親吻他的臉頰，她的香水味道好好聞。她穿的是橘棕色的無袖上衣，搭配奶白色麻質長褲，運動鞋。他嚇了一跳，但倒沒有不開心，因爲他發現她還比他高了一兩吋，這種事他早就習慣了。他覺得今晚一定會很開心才是。不過，他的好心情瞬間蒸發，他在她肩膀後方看到了另外一個男人，站在門廳另外一頭的廚房。

傑洛米．比夏正倚在流理台邊，開香檳。

安妮側身，示意索恩進入屋內，看到了他的神情，「對不起。」她張嘴默聲道歉，又聳聳肩。

索恩脫掉皮衣外套，開口嘖嘖讚嘆屋內的獨特天花板飾線。他不知道她的話是什麼意思，對不起？她應該不可能知道他對比夏這個人的眞正看法，所以她爲什麼要道歉？當他走向廚房的時候，他想出了令人寬心的結論，她會開口道歉，是因爲他們無法獨處。比夏伸手，對他微笑，索恩也回報了笑容。對不起？他感受不到那傢伙有任何的歉意。

「探長，你到的時間剛剛好。」比夏遞給他一杯香檳，索恩接過來，全身不禁起了一陣寒顫。比夏看起來十分自在，簡直把這裡當成自己的家一樣，而且對廚房動線非常熟悉。他穿著整齊熨燙的斜紋棉褲，無領襯衫，可能是眞絲，他覺得那該叫作女裝短衫才對。索恩突然覺得自己的領帶太正式了一點，他不假思索、立刻解開襯衫最上頭的那顆鈕子，當然，他自己身上的這一件絕對是男裝襯衫。

比夏將自己的香檳一飲而盡，「最近還有疝氣的困擾嗎？」

「什麼？」

「等到你和你的警員離開之後，我才想起來這件事，別跟我說你覺得這只是小毛病——少來了。你去年動疝氣手術的時候……我是你的麻醉醫生。」他沒等索恩回答——理應要等一下才是——就立刻面向安妮，「吉米，我已經攪拌過妳的麵醬了，現在我要去洗手間。」他把酒杯給了安妮，逕自走過索恩身邊，上樓。

他們就這麼站著，沉默不語，直到聽見浴室門關上之後才開口。

「湯姆，你是不是覺得很彆扭？如果不舒服要老實跟我說。」

「怎麼會呢？」

「我沒有請他來。」

也算是好消息，索恩粲然一笑，「沒關係。」

「我不知道他會來。他突然到我家，如果不留他下來很失禮。我知道你在懷疑他，但這真的是他媽的太好笑了……」

索恩喝了一口香檳，他對這種飲料完全沒興趣。

「所以？」

「所以怎樣？」

「所以是不是很彆扭啊？」

彆扭這個字還算是客氣了，索恩不記得自己什麼時候曾與頭號嫌犯一起悠閒共進晚餐。

索恩想起在基博辦公室裡的場景，他講出了他的頭號嫌犯。

不過，這個局面也算有趣。他已經知道了一些對方的基本資料，兩個小孩，太太已經過世。但要是能知道另外一方的說法……當然很值得。安妮一臉專注看著他，他還沒有回答她，乾脆用另外一個問題堵回去，「爲什麼叫妳吉米？」

「念醫學院時的綽號。詹姆斯．寇本，你知道吧，電影《豪勇七蛟龍》裡的演員，而他自己是帶刀的那個。」

「很好，專長是拿手術刀殺人嗎？」

她哈哈大笑，「我不知道究竟是什麼原因誤導了你，讓你一直去質疑傑洛米，我很清楚，現在是害你受委屈了，但我有兩個很好的理由鼓勵你一定要留下來吃晚餐。」索恩沒有要離開的意思，但能聽到她好言相勸當然開心，「一、我很希望能好好款待你；二、我做的義大利培根蛋麵，絕對是北倫敦的第一名。」

✦

晚餐美味極了，絕對是索恩這一陣子以來吃的最好的一餐，但這是因爲他平常實在吃得太爛了。在他收到英國電訊因抽獎活動寄來的親友名單之後，他才驚覺自己的飲食習慣變得越來越亂七八糟。其實，他們大可以寄給他印有浮雕字體「你是可憐蟲」的電話卡就夠了。湯姆最常撥出電話的前十名，都稱不上是他的親友，他只希望自己千萬不要贏得大獎──與親朋好友一起去西班牙度假，與「孟加拉騎兵隊」餐廳經理、一堆長痘痘的披薩機車快遞男孩在蘭薩羅特島共度兩週，實在很難讓人動心。

「探長，希望在你拷問完我之後，對案情有幫助。」比夏強調他職階的那種語氣，彷彿是在朗讀業餘劇院的兇案劇試鏡名單一樣，從他毫不掩飾的歡欣表情看來，索恩知道這傢伙躍躍欲試、很想要跟他來玩一段，但安妮卻立刻澆他冷水。

「拜託，傑洛米。我不覺得湯姆想討論這件事，就算他想講，恐怕也不能開口多說什麼。」

這句話剛好正中索恩下懷，他不想討論案情，他希望能讓比夏自己滔滔不絕，而等到劃清攻守界線之後，果然沒讓索恩失望。比夏講了一大堆的事，他心情似乎一直不錯，不只是因爲他可以劈哩啪啦講個不停，而且似乎覺得他們自在而微妙的三角關係很有趣。當然，這對索恩來說也沒問題。這個麻醉醫生主導了整個場面，偶爾做球給警察，讓他一起跟著閒扯。

「對了，湯姆，你住哪裡？」

「肯特緒鎮的瑞蘭路。」

「我對那裡不熟，應該是不錯吧？」

索恩點點頭。不，也算不上什麼特別好的地方。

比夏機智詼諧，風趣健談——勉強算是吧。雖然索恩看到他的同桌男客以俐落優雅的純熟方式捲起義大利麵的時候，覺得自己笨手笨腳，拙樣百出，但他還是盡量在該配合的時候哈哈大笑。

「……這兩個老朋友坐在那裡聊天，談到了牛肉出口危機，還有他們想要展現消費者的權利、正面迎戰法國。」

「急診室裡面哪有權力鬥爭？」安妮面向索恩，「通常就是大家講蠢話講個不停，足球啦，或是連續劇，不然就是聽到有人在講『我知道這傷口很可怕，但他以前從來沒有打過我，眞的』。」

「結局超殺，你們聽好了……」比夏喝光了杯裡的紅酒，讓他們等候他講出笑點，「我聽到他們說，一定要全力抵制薯條（French fries）！」

索恩微笑，比夏對安妮挑眉，兩人咯咯笑個不停，然後異口同聲說出，「NFN!」

安妮依然在咯咯笑個不停，她靠到索恩旁邊，「意思是『這種事在諾福克很平常』。」

索恩露出輕笑，「對，犯蠢，或是近親交配。」比夏點頭，索恩聳聳肩。我只是個警察，笨得要命。

安妮依然在笑，他們已經喝光了兩瓶紅酒，但義大利麵依然還沒有吃完。「就是不知道哪裡有醫生沒事幹，總是在編這些笑話，一大堆，大部分都很惡毒。」

「拜託，吉米，只是好玩的笑話而已。我猜湯姆工作的時候也得處理一堆 JP FROG，你說是不是？湯姆？」

「哦，八九不離十。這次代表什麼意思？」索恩挑眉問道。

「就是他媽的玩完了，」安妮解釋，「指的是病人快要死亡的時刻。我討厭這一個……」她爲自己又斟滿了一杯酒，躺靠在椅子上暫時歇息，等待比夏自己繼續把話題接下去。

「這些笑話幫助我們撐過了每一天，但吉米對於某些比較殘忍的部分比較敏感，動不動就會生氣。但說眞格的，想要與同事快速溝通的時候，類似這樣的某些簡稱是眞的很方便。」

「然後讓病人聽得霧煞煞？」

比夏伸出食指指節、將酒杯往外推，索恩注意到他的指甲修剪得美觀整齊。「沒錯。吉米對這個也是恨之入骨，但如果你問我的話，我覺得目前看來這就是最好的策略。他們明明聽不懂的事情。卻還得要解釋給他們聽，何必呢？如果你全講出來，他們都懂了，恐怕也只會把他們嚇死而已。」

安妮開始收拾碗盤。

「所以完全不知道狀況的病人，還是比『就是他媽的玩完了』的病人幸運，對嗎？」比夏向索恩舉起酒杯，假意敬酒，「但這還不是最妙的，我必須處理許多『就是他媽的玩完了』的病患，但吉米呢，她的專長是治療無可救藥的人，簡直像是TF BUNDY的守護神啊。」他咧嘴大笑，露出了他的完美齒列，「那個簡語的意思是，整個人壞掉了，但很倒楣就是死不了。」

索恩聽見安妮在廚房忙著把碗盤送入洗碗機的聲音。他想起幾天前比夏把咖啡杯放在洗碗機上頭的時候、他一臉沾沾自喜，現在他也掛著一模一樣的表情。索恩也對他回笑，「所以艾莉森．維列茲呢？她算是『整個人壞掉了，但很倒楣就是死不了』？」

索恩立刻發現，要是他以爲這樣就可以將比夏一軍，那麼也太小看他了。顯然這位醫生的反應是覺得好笑，而且毫不掩飾，他挑眉，對著廚房裡大喊，「天，吉米，我覺得現在比數是二比一了！」他面向索恩，突然之間，那吊兒郎當的表情閃過一抹冷硬，「少來了，湯姆，你剛才那句話所顯露的義憤塡膺，是爲了要表明你很在乎你的……受害者，超過了我們關心病患的程度？我們全都是無血無淚的禽獸，而刑案調查部（CID）裡面全都是像你一樣善良的敏感靈魂？」

「天，湯米，這畜牲多麼得意啊……」

蘇珊、瑪德蓮、克莉絲汀，還有海倫……

「我沒有要表態的意思，只是那種話聽起來有點刺耳，如此而已。」

「湯姆，那只是一份工作。有時候不是很令人舒服，對，薪水很不錯，那是你花了七年苦讀受訓、然後拍馬屁之後才能掙到一個像樣的位置。」這段話何其熟悉，「我們拿薪水，是要叫我們治療病人，而不是關心他們。叫我們要關切病患，健保反正是負擔不起，就這麼簡單。」

安妮把一大盤起司蛋糕放在桌子的正中央，「瑪莎買來的，恐怕不怎麼樣，義大利麵好吃，甜點像狗屎。」她回到廚房，讓比夏動手分蛋糕。

「我總是告訴學生，他們有選擇的機會。他們可以把病患當成約翰或艾希還是鮑伯都好，然後犧牲自己的寶貴睡眠……」

索恩拿起自己的盤子，等待起司蛋糕送上來，「或者……？」

「或者，他們也可以當好醫生，治療一具具的人體，無論死活，就是人體而已。」

索恩先前對基博是怎麼說的？

「湯米，你就這麼算了嗎？讓他逃之夭夭？」

「我不知道該怎麼辦，爲什麼妳們不幫我？是他嗎？他是兇手？」

這個問題，她們永遠無法講出答案。

索恩開始吃甜點，「好，那大部分的學生選哪一種？」

比夏聳肩，吃了一口之後，露出輕笑，「還有另外一個選項。」

「什麼？」

「CID，不是刑案調查部，而是另外一個簡稱。」

安妮回座，爲自己弄了一塊蛋糕，索恩微笑看著她，比夏哼哼兩聲，想要喚起聽衆的注意力，顯然他是想到了什麼精采答案。索恩轉頭看著他，準備要聽那超殺的答案……

「乾脆去當『邋遢的條子』（Coppers In Disarray）吧？」

先離開的是比夏，他向索恩握手道別，然後……好像還對他眨眨眼？安妮送他到門廳拿外套，留索恩一個人坐在沙發上喝紅酒，聽他們道別。這兩人顯然非常要好，索恩只要一想到就渾身不自在。今晚的下半場，無論會出現什麼狀況，都必須小心處理才是。他們兩人講話的聲音越來越低，但比夏在吻別安妮時發出了滿足的哼聲，這鐵定錯不了。索恩很好奇，當比夏吃下小警察重拳的時候，還能展現多少的機鋒、還能滔滔不絕多久，他也不知道當這傢伙待在窒悶的偵訊室的時候，還能有多囂張，他不知道自己到底該怎麼做，才能給他致命一擊。

他聽到大門關上的聲響，趕緊深吸一口氣。現在他終於能和安妮獨處，他十分雀躍，期待的並不只是從她身上套問到比夏的事情而已。

她回到客廳，發現索恩對著空氣在傻笑，「什麼事這麼開心？」索恩聳肩，他不想破壞自己的形象，千萬不能講出他剛才爲傑洛米．比夏所想出的小小簡稱，超適合案情，GAS。

惡行重大，宛若滔天之罪（Guilty As Sin）。

「瑞秋呢？妳是不是把她鎖在她的房間裡面？讓她看《辣妹》合唱團的影片？」

「她今晚出去了，慶祝會考結果。」

「天，當然，今天考試啊。」報紙上都是會考的消息，通過的門檻變高，女學生與男學生之間的差距越來越大，有六歲小孩可以在數學科拿到優等。「慶祝？那她一定考得很好？」

安妮聳肩，「我想應該是很不錯吧。其實還有一兩科可以更努力一點才是，但我們已經覺得很滿意了。」

索恩點頭微笑，我們？「嗯……強勢的媽媽。」

她哈哈大笑，一屁股坐在他對面的扶手椅裡面，拿起了自己的紅酒杯，索恩傾身向前，爲自己斟滿了酒。

「跟我說說傑洛米太太的事。」

她大嘆一口氣，「你是以警察的身分在問話嗎？」

「朋友。」他說謊。

她沉吟了足足好幾秒之後，才開口回答，「莎拉是我的好友，我在念醫學院的時候就認識他們兩個，我還是他們小孩的教母，所以我才會這麼確定你這麼注意他也只是浪費時間而已。我不想嘮叨，但這其實有點……滿羞辱人的。」

索恩不想對她說謊，但他不得不如此，「安妮，這只是例常性調查。」

她踢掉鞋子，盤起雙腳，「莎拉十年前橫死……你一定早就都知道了。」

「只知道一點梗概而已。」

「很慘的一段日子，他一直沒有走出來。我知道他看起來是有點……狂妄，但他們過得非常幸福，他再也不曾對任何女人產生興趣。」

「連對妳也不會動心？」

她臉紅了，「嗯，至少我還聽得出來，這不算正式問題吧。」

「當然不是，而且擺明了就是要挖人隱私，我知道，但我眞的很好奇……」

「以前我們曾經在一起，多年前的事了，那時候我們兩個都還是學生。」

「之後呢？抱歉……」

「我先生從來沒有懷疑過，希望這個答案能夠稍微滿足一點你的好奇心。大衛一直對傑洛米有意見，但充其量只是專業上的競爭關係，他就是喜歡把它搞得煞有其事。」

索恩心想，就跟他的頭髮一樣。

他想要加快問話的速度，安妮喝得比他多，但他已經開始覺得有點頭暈了。

「他的小孩在做什麼？」

詹姆斯，二十四歲，還有蘿貝卡，二十六歲，她也是醫生。這些資料與其他內容都在他書桌抽屜的筆記本裡面，足足有三頁。

「蘿貝卡是整形科醫生，在布里斯托工作。」

索恩點頭，有意思，快講些我不知道的事情。

「詹姆斯呢，嗯，過去這幾年他嘗試了各種各樣的工作。客氣一點的說法，他運氣不是很好。」

「不客氣的說法呢？」

「這個嘛，他也算是啃老族吧。傑洛米很好講話的，他們兩人感情不錯。當年發生意外的時候，詹姆斯也在車上，他有一陣子狀況很糟糕。」她緩緩吐了一口長氣，「我已經好久都沒講這個了……」

索恩突然覺得心頭一緊，他好想抱她，但他卻決定不如自告奮勇、再去泡另外一杯咖啡，兩人剛好在同一時間站起來。

「黑咖啡還是……？」

「湯姆，眞的，我一定要講清楚。」索恩覺得她有點不高興，「我不知道你覺得傑洛米這個人怎麼樣，我也不知道你為什麼一定要去質疑他……其實，我根本不敢多想，但無論你的理由是什麼，我衷心希望你不要再浪費時間了。我們在討論的這個人是我的多年老友之一，我知道他喜歡把自己搞得像個強硬又憤世嫉俗的醫生，但他只是想搞笑而已，這種話我聽過上百次了。他非常關心自己的病人，很注意艾莉森的進展……」

艾莉森，本來應該是今晚的話題人物，但他們一直沒提起她。

「其實，我正好要和妳談這件事，妳知道我們必須擋下某些事，不能讓媒體知道？」

她的臉色一沉，「這是在訓我嗎？」她快要動怒了。

「他似乎很了解案情，我只是覺得奇怪，是否……」

她朝他逼近了一步——完全不畏戰。「對於這個病人，他知道得很多，沒錯。我們經常討論艾莉森的病況，而他之所以知道其他攻擊案，是因為那與艾莉森息息相關。」

「安妮，抱歉，我的意思並不是——」

「他在工作上所提供的意見，我很重視，而且他的謹愼程度你絕對可以放心。我實在很想說相信我就對了，但顯然我的保證沒有什麼用。」

她怒氣沖沖瞪著他，他立刻想到了那天早上在講堂的時候，她的表情何其令人害怕。看來他是沒有相同能耐嚇阻她。他臉上似乎出現了什麼變化，他自己並不知道，突然讓她覺得很好笑，表情也轉趨柔和。

「嗯，我們認識多久了？幾個禮拜吧？已經是第二次嚴重爭吵了，這不是什麼好兆頭吧？」

索恩微笑，這段話太振奮人心了，「這個嘛，如果妳眞要算清楚的話，我覺得第一次應該是訓斥。」

「你要不要去拿個咖啡什麼的？」

索恩拿起咖啡壺，正準備倒入杯內的時候，她的吼叫聲從客廳傳來，「我來放點音樂，古典？不，我來猜一下你喜歡聽什麼……」

索恩又加了一點牛奶，他心想，打死你也猜不到，他立刻回吼，「放妳喜歡聽的就好……我隨便。」當他帶著咖啡走回客廳，他差點失聲大笑，因爲她轉過身來，手裡拿著一張精采的老舊黑膠唱片，《電幻魔女國》。

當他搭上計程車——這次是黑色的了，他不會犯相同錯誤——載他回去肯特緒鎭的時候，晚上的對話內容宛若信封裡的銅板一樣、在他腦海裡翻攪，一字一句他都記得清清楚楚。

比夏在嘲笑他。

計程車開進了拱門路，朝自殺橋的方向前進，他們經過皇后森林，他把頭別過去，腦中浮現了那隻狐狸在迅速移動的畫面，牠悄悄穿越樹林，準備鑽進自己的土裡。有隻小兔在牠的嘴裡抽搐，在返巢的路上，看得到滴落在落葉與枯枝的斑斑血跡。飢渴的一群小狐正忙著把牠們的豐盛晚餐撕成碎片——咬下海倫．杜勒的死白色肉塊，而牠們的母親站著不動，緊盯四方，深恐危險出現……

索恩望著閃逝的商店櫥窗，寢具店、書店、熟食店，還有按摩院。他閉上雙眼，苦悶的男人，冷若冰霜的女子，共處一室，度過在雙方完事之後都想要忘卻的十幾二十分鐘。不怎麼賞心悅目……但就目前來說，也比剛才的畫面好多了。

他知道海倫、艾莉森與其他人將會在早晨再次出現，陪伴著他，潛伏在他的宿醉裡徘徊不去，但他現在只願意想著安妮。在門口的那一吻，彷彿觸動了什麼，再加上那眞實美妙的激情緩緩從他臉上消逝的感覺，讓他出現了許久未見的暢快心情。

雖然時間已經很晚了，但他還是決定一進門就打電話給老爸。說來好笑，他已經四十歲了，但他想要把這個他剛認識的女子的事告訴他爸爸——天，這女人的女兒都已經十幾歲了。當他要準備離開的時候，瑞秋正好回來，他匆匆打過招呼之後就趕快閃人，以免聽到她們爲了晚歸而無可避免的爭吵。

他想要告訴父親，「也許」，加上一堆「可能」，「算了，門都沒有」，他們父子當中有一個人，可能在不久之後、就會結束一個人過生活的日子。

除了六英鎊的車資之外，他又多給了兩英鎊的小費，付完錢之後，他走向大門的步道，笑得像個白癡一樣。開計程車一直是個危險行業，對吧，萬一遇到不爽的嫖客？到底最後會是拿到豐厚的小費？還是遇到客人在後座吐得亂七八糟？嗯，這是賭博遊戲，你需要的只是好運而已。

索恩把鑰匙插入大門鎖孔，嘴裡還在哼唱〈沿追瞭望塔〉，隱約感覺夜色之中冒出了幽暗人影，跑到了他背後的小徑，他才剛轉身，對方面罩裡的嘴發出如野獸般的悶哼聲，剎那間他覺得好難受，彷彿腦袋裡有燈泡爆炸。

然後，他突然回神，已經是許久之後的事了。

客廳裡的物品全都在游泳池的下方。音響、扶手椅，還有喝了一半的酒瓶在他面前晃動，閃閃發亮。他拚命維持專注，想要找回一點平衡感，但他的那些日常生活用品依然呈顛倒狀，看起來異常陌生。他抬頭一望，天花板慢慢朝他逼壓而來，他拚命使出所有力量、強迫自己翻身，他的臉貼住地毯，開始大吐特吐，然後，睡著了。

有人講話喚醒了他，對方的聲音嘶啞，充滿風霜，「湯姆，你看起來好難受。來吧，老弟……」

他抬頭，屋內擠滿了人。瑪德蓮、蘇珊、克莉絲汀一字排開，坐在沙發上，雙腿整齊疊在一起，宛若等待面試的秘書，沒有人在看他。一旁站的是海倫．杜爾，她盯著地板，神色緊張在咬指甲。還有三個小女孩，瑟縮在單人扶手椅裡面，她們的頭髮梳得光潔，白色睡衣也燙得好漂亮。最小的女孩大約是五歲，對著他微笑，而她的姊姊卻像個媽媽一樣、把她狠狠拉到自己的胸前。有隻手朝他伸過來，逼他跪下，他的頭遭到猛烈撞擊，膽汁凝結在喉嚨裡。他舔了舔嘴唇，吃到了嘴邊的碎塊狀嘔吐物。

「湯姆，快起來，這裡站的是好人。現在，睜開你的眼睛，好好睜亮一點。」

他瞇眼望向那個靠在壁爐架的人影，法蘭西斯．卡沃特舉起了手，向他示意打招呼。「嗨，警員先生。」被菸氣燻得發黃的髒兮兮金髮，現在看起來更稀疏了一點，但他的笑容依然沒變。溫暖、熱誠、無比可怕。他的牙齒數目多得異常，全都已經蛀爛，「好久不見，湯姆。我應該要問候你最近過得怎麼樣，不過我看得出來……這裡還滿熱鬧的是吧？」

他想要開口講話，但舌頭好沉重，動彈不得，像條腐魚一樣躺在他的嘴裡。

卡沃特節節逼近，他把菸朝地毯上一丟，而且還突然亮槍。

索恩臉色驚恐，趕緊轉頭看著扶手椅裡的那幾個小女孩，消失了。

起碼，他不必目睹那悽慘景象。

他知道接下來的事自己也無能爲力，於是又把目光投回到卡沃特身上，他縮著肩膀，頭部被沉重鐵球撞偏過去，卡沃特對他大笑，以誇張姿態齜牙咧嘴，一口爛牙全露了出來。

他想要別開目光，但卻被對方死抓著頭髮、扯了回來，強迫他繼續盯著槍口。

「湯姆，這次是台前的好位置，眼前色彩會一片亮麗，希望你穿的不是新衣服……」

他努力想要閉上眼睛，然而眼瞼彷彿是防水布，被雨滴浸透得沉甸甸。

爆炸聲震耳欲聾。他看著卡沃特的後腦勺貼著牆壁，沾著濕黏的液體、緩緩滑了下去，活像似黏糊糊的小孩玩具。他伸出手臂、抹乾兩頰上的刺癢熱淚，他放下了手，已經一片血紅，指縫間還夾雜著腦漿。當他倒臥在地的時候，隱約察覺到海倫正朝沙發移動，與其他人坐在一起，帶引她們熱烈鼓掌，態度客氣卻眞心誠意。

現在的感覺宛若醉得厲害，同時又在犯嚴重宿醉，他知道自己再也不會昏昏欲眠了，那些面孔依然像是兒童手翻書裡的圖片一樣、在他的腦海裡跳動，但速度已經開始變慢，平衡感幾乎完全恢復了，但疼痛的程度超乎想像。

他獨自一人，只有自己，他慢慢爬過佈滿嘔吐物的地毯，一次一吋，每一次都是劇痛。他不知道現在是幾點鐘，屋內沒有任何窗外透入的光，深夜或凌晨了吧。

他的手指緊抓著廉價的尼龍地毯粗毛，深吸一口氣，緊咬著牙，他忍痛多時，最後還是受不了而叫喊出來。他只能以一次幾英寸的距離、拚命挪動膝蓋，他與電話之間，還隔著一條廣大殘酷的八英尺地毯。

第二部

遊戲

已經好幾天沒有和安妮說話了，其實，也不算是眞正的說話，嗯，乾脆講清楚吧，也許我一直把這些對話形容得像是笑語不斷、充滿了勁爆八卦與超猛笑話。我看還是不要耍白癡了，基本上，她講的都是肺腑之言，而我只能偶爾眨眨眼。別以爲我不行，我全都眨得很用力哦，但我覺得自己不是那種能當名嘴的料。

我猜她現在只要有空，一定都黏著她的乖乖小警察和他的「警棍」。我可以想出一堆對她搜身啦、警察的「小頭」盔之類的笑話，但我這個人實在太矜持了。

「只能摸奶，我可沒那麼隨便。」我就是這樣。

我的腦袋裡裝滿了低級笑話，但，拜託，我還能做什麼呢？我現在閒得發慌，而且幾乎連眼球都動不了，不是嗎？

我連自殺都不行，荒唐！

我希望她不要對我喪失了信心，我指的是安妮。我絕對沒有要逼醫生隨口急著瞎編什麼醫療奇蹟的意思，我很清楚自己的狀況。有時候，當我的心情比較穩定，我覺得自己只是身上暫時插了管線針頭什麼的，只要他們中止這些醫療動作，我就可以起床更衣，離開醫院，打電話給提姆。

新生活的開始。

很久以前，當我躺在床上的時候，我曾經做過這樣的事，努力想像一種嶄新，從來不曾存在的顏色，或者是從來沒有聽過的陌生聲音。我猜我應該是在哪本沒營養的女性雜誌裡看到了這個，有助內心平靜什麼鬼的。眞的好奇怪，過了一會兒之後，你會開始頭暈目眩，然後感覺有點茫然，我現在就是這種感覺。不然，有的時候我也會躺著不動，死盯著天花板許久，想像那其實是地板。如果你夠專心，眞的可以產生幻象，你開始緊抓著床板兩側，擔心自己會掉下去，如今一直躺在這裡，就是那種感覺，而我已經他媽的沒有辦法抓住床沿，是不是？

我正在墜落……

7

等到一切落幕之後，索恩會將自己身上的小傷、當作是加入「反手專案」受害者陣容的最低門檻。他覺得自己的位置不能放在名單的前頭，畢竟他的脖子不曾被技巧高超的手指轉扭、也沒有被致命的纖巧之手碰觸而奪去生命。他也不曾體會過當那白布掀開、露出女友或妻子或女兒面無表情的臉龐時，哽咽在喉的感受。

雖然她們與他沒有血緣關係，但他親眼看到她們下葬。他依然覺得難受……宛若喪親之痛。當然，這是他自己的選擇，他無能爲力，只能眼睜睜看著她們一個個接著入土。這整個過程，再加上他身旁的人低泣流淚，就各方面看來，都是一段漫長又痛苦的旅程，然而，當索恩睜開眼睛的那一瞬間，看到大衛·賀蘭德坐在他的床邊，翻閱《男人幫》雜誌的時候，他腦中的第一個念頭是開口大罵，但他的氣卻哽住了，只能發出力不從心的咂嘴聲。他閉上眼睛；等一下再試試看吧。

賀蘭德正在專心看某張照片，模特兒是益智問答節目的女主持人，長得超正，他覺得她應該沒那麼笨才是，但看到她訪談內容的摘句，實在太令人難忘了，「我想要動隆乳手術的主因就是因爲我想要有更大的咪咪。」他很好奇如果蘇菲有更大的咪咪不知道會是什麼樣子，他要是敢大膽提起，想必會惹來一頓臭罵，一想到這個，他的心不禁抽搐了一下。

他聽到聲響，立刻放下雜誌。「不倒翁」醒了，而且還想要講話。

「你要不要喝杯水還是……？」賀蘭德把手伸到床邊桌、拿起水壺，但索恩已經閉上了眼睛。

賀蘭德把雜誌丟到一旁，翻找椅子下方的塑膠袋，他拿出CD隨身聽，不知道該放在哪裡是好，乾脆擱在索恩的床邊。

「在你被送進來之後，我在你家拿了這個東西。我想你應該……你知道吧……然後我在Our Place唱片行買了這個……」他拿出CD，奮力拆開包裝紙，「我知道你喜歡聽西部鄉村音樂什麼的，我根本不懂——除了《就是紅》樂團之外，我什麼都不知道。反正……」

索恩再次睜開眼睛，音樂。挺好的，但要是能戴上墨鏡就更好了，或是來杯「血腥瑪麗」也可以。索恩的視線一片模糊，他瞇起眼睛，盯著賀蘭德手中揮舞的CD，努力想要定焦在他的袖口。一兩秒之後，他終於看清楚了，是肯尼．羅傑斯的專輯，他本想要哈哈大笑，卻沒想到已經又昏睡過去。

然後，漢卓克斯進來，告訴他一切的細節，被人敲昏了頭，還被下藥。哦，還有熱刺隊已經開始考慮要撤換經理了。

之後進來的是基博。他們搜過了公寓，一無所獲。等到他康復之後，他們會再告訴他詳情，還有，大家對他獻上最誠摯的祝福。

最後是安妮．寇本。當隔簾拉開的時候，索恩正坐在床邊準備穿鞋。她咧嘴大笑，「很好——如果我穿著雨靴，我還滿想趁現在打個快砲。」

索恩露出與她分別之後的第一次微笑，「拜託，怎麼不把我送進皇家免費醫院呢？我可以好好休息個一兩天。」

安妮坐在他旁邊，凝望著這間病房，「其實，這裡也不算太糟，只是名聲沒那麼好而已。」

「我覺得在這裡待久的人不會覺得有哪裡好吧。一看到毯子上的醫院名稱，嚇得我立刻就病好了一半。」他打量病房，衷心希望這是他最後一次的顧盼。也許他們已經努力改頭換面，但似乎稍微過火了一點。東歐風格的淡綠色牆面，已經換成了更爲開朗進取的橘色，甚至還看得到奇怪的花窗簾，不過，這裡畢竟還是一家醫院。前晚他已經很難入睡，整夜都是推車轆轆來去，哼哼唱唱的清潔地板工人，還有不知是誰的尖叫聲。如果能待在附設有線電視的私人病房，加上靜脈注射紅酒與歌舞女郎的話，他會覺得自己沒那麼悲慘。

安妮伸手過去，想要摸他的頭，「可以嗎？」索恩低頭，她以手指輕輕撫過針縫處，「如果你能多待一個晚上，他們會比較放心。我知道你不喜歡醫院，但是腦震盪的狀況誰也不敢說……而且你被注射了滿滿的速眠安……」

「他那種手法也實在不夠溫柔，害我屁股上多了一塊和板球一樣大的瘀青，他應該在香檳裡下藥就好——我橫豎是喝醉了，應該會很哈才是。」

「也許你不是他的菜。」一陣邪惡笑聲……

索恩綁好鞋帶，凝望前方，「好，他總有一天會知道我是什麼樣的菜。」

安妮暫時把頭別過去，眼神倒也沒有特別在盯著什麼。她自己很清楚這個狀況有多麼嚴重。

「湯姆，他給你的劑量很驚人，一定很……不舒服。」

「的確很難受。」

「這樣說或許有點奇怪，但這正是我們之所以會使用它的原因。速眠安摧毀短期記憶，讓你脫離現實，進入夢鄉。所以我們才能趁十歲小孩盯著白牆、眼前出現美麗景象的時候，趕快爲他們縫好傷口。」

「我看到的景象倒是不怎麼特別美麗。」他面向她，努力擠出飽滿微笑，「傑洛米呢？」

她想要擺臭臉，但根本裝不出來。「很好。當我告訴他你出事的時候，他也算是相當關心你了，畢竟你們似乎非常合不來。」

「所以他安全返家了？」

她瞅著他，他知道自己咄咄逼人，他一直很笨拙，但她聰明絕頂，「我的意思是，如果他和我一樣喝得半醉，搞不好會發生危險。」他的咯咯笑聲很牽強，他知道她一定看得出來，現在也只能使出另外一招，他握住她的手，「我不知道我們兩個能不能合得來，但你們兩個曾經在一起過。」

「那也是二十五年前的事了。」

「一樣，我根本懶得找他去酒吧，不需要吧？」

她捏了捏他的手，露出微笑，兩人都不發一語。不講實話不等於說謊，要不是因爲他覺得比夏這個人太過詭異，他早就開始吃醋了，讓她誤以爲他是嫉妒發作也好，好多了。

索恩慢慢眨眼，屏住呼吸。這裡的氣味……吱嘎作響的床墊，摩擦地板出聲的鞋子，床邊那些人臉上的尷尬微笑。當年他坐在母親床邊，捏著她的手，望著她淡藍色眼眸、想要知道她的魂飄到何方的時候，是否也一直露出那樣的笑意？

「湯姆……」

隔簾再次拉開，出現的是戴夫．賀蘭德，索恩放開安妮的手，「我的計程車來了……」

安妮起身走向隔簾，索恩看到她對賀蘭德微笑，還把自己的手擱在他的手臂上，這是哪招？

好好照顧那個可憐的老傢伙？

她這時候才轉身過來，「打電話給我，湯姆……」

她離開了，索恩緊盯著賀蘭德，他以爲會看到這傢伙在嘻笑，沒有，而且也沒看到筆記本，顯然他的視力還沒有恢復到正常水準。

他們朝停車的位置走去，索恩感受到一股寒意，八月終於進入尾聲，惡劣天氣來勢洶洶。老實說，他比較喜歡那樣的天氣，能穿著大衣，掩蓋重重罪惡的安全裹毯，反而讓他比較開心。

他步出計程車，微醺歌唱的那個暖夜，似乎已經是許久前的事了。他知道都是因爲自己在與安妮調情、聊吉米．漢卓克斯與兩人失敗婚姻的時候，他灌酒灌得兇，不然這整起事件現在早已落幕了，他搞不好還有機會被大家戲稱爲英雄。要不是他喝醉了，他應該會有所警覺，也許可以提前一秒轉身，抓住兇手，至少，應該有機會躲過那一擊。不過，那個帶著鐵棒與針筒的蒙面男子，顯然還是佔了上風。

他知道索恩喝醉了，不是嗎？

賀蘭德爲索恩撐住車門，索恩沒說話，他倒不覺得這算是冒犯。他們進入車內，朝高門丘陵的方向前進。

「你有吃東西嗎？我稍微看了一下，這附近沒什麼吃的。」

「賀蘭德，你是自己肚子餓了吧？」

「要不要先找個地方停下來？我記得路上有家博根森超市的樣子。」

「等我們進辦公室之後，你可以去幫我買個三明治。」

「長官？」

賀蘭德側頭望著索恩，他把頭枕在車窗上，半閉雙眼。他誤會「不倒翁」了，現在的索恩看起來搖搖欲墜。

「老實說，現在沒有什麼狀況，督察長說你最好——」

「去辦公室。」

賀蘭德立刻踩下油門。

他站在公車站，望著索恩與年輕警察進入車內、離開了現場。索恩待在醫院的時間還不到三十六個小時，了不起。

好，現在呢？

他們辦案的進度應該會快一點了吧？當然，索恩一定是準備全面迎戰，他們就是喜歡針對個人，標準警察作風。要是你和他們有了過節，就得小心了！但索恩和其他警察不一樣，對吧？他討厭那樣的思維。他開始懂得這男人，雖然是一點一滴，但他對這一點倒是很篤定，現在，只需要小小的激怒一下，如此而已。

公車來了，他後退一步冷眼旁觀，大家卡得動彈不得，每個人的臉色都蒼白痛苦。他滿臉嫌惡，別過頭去，朝拱門路的地鐵站走去。

他對索恩做出那種事，可能會被他們當成了一種警告。隨他們去吧，索恩自己知道……不只如此而已，當挑戰降臨的時候，他心裡有數，他感覺得出來，當他那雙棕色大眼第一次望著艾莉森的當下，應該已經將自己投射在這個案件之中，那個敏感蠢蛋對她充滿了愧疚，是不是？他除了機器之外，什麼都看不見，他也聞不到自由的氣味。而且他眞的很關心那幾個死掉的人，哦，他眞的非常在乎。

就目前的一切看來，進展很順利，與安妮所發生的糾葛，更是漂亮加分。

他停下腳步，望著衛浴用品店面櫥窗裡的展示品，仿古的冷熱水龍頭，還有其他鬼東西，富有座位與把手的浴盆，老人與體衰者專用。

蠢。

他想到了索恩的那間小公寓，當然，是寂寞男人的家，不，不能算家。不過，算得上是整齊清潔——除了那些空酒瓶以外。那天晚上，在索恩家門外頭，他知道自己略佔上風，要是這傢伙沒喝醉的話，他知道自己連想都不用想了。

天氣開始變冷，他拉下帽子，朝地鐵站入口走去。現在，他需要一點突破，他已經把事情搞大了，他們一定得想出對策。好，就讓那些側繪專家，那些不夠格的草包愛怎麼自稱都行，如果他們得靠唬爛付貸款的話，他們愛編出「呼救」或是「被人阻止的欲望」之類的理論也就隨便吧。但索恩不會有時間聽那些鬼扯的心理學理論，這一點他十分確定。當初他把手放在那些女子身上、對她們下手的時候，她們到底有什麼感覺？現在，他終於懂了。

他在學校的時候，認識不少類似索恩這樣的小孩，只需要激怒他們，他們就會奮不顧身。對付那些瘋狂的孩子，只要逼他們一下——如果你打中痛處的話，他們就會把書桌扔出窗外，或是在操場殺死松鼠，索恩就跟那些孩子沒兩樣。既然他已經踢中了他的小腿，攻擊了他的頸背，現在，索恩絕對不會罷手。

有個推著嬰兒車的高瘦女子在售票機前面撞到了他。趁她在便宜塑膠錢包裡找零錢、盯著宛若中文般的難解站名的時候，他緊盯著她削瘦的後頸，可能是單親媽媽吧。可憐的笨女人被榨得精疲力竭，渴望得到一點安慰，一天抽四十根香菸，再來兩粒煩寧錠，暫時麻醉一下痛苦，可以幫助她度過下午時光。

現在他只要看到任何一個女子，就會幫她們思考出路，他看得到她們每個人的需求，每一個都……可以下手。

「湯姆，看到你回來眞好。」

圖根的細唇勉強抿出了算是微笑的嘴型，索恩覺得他活像個滴水嘴獸。賀蘭德早已偷偷溜走，索恩坐在探長同事的對面。其他警官已經向他打過招呼，點頭致意，加上輕鬆笑語，某些人的笑容眞誠無疑，但也有些人的臉孔他寧可再也不要看到了。

「湯米，你的頭還好嗎？老哥，現在你知道那種感覺了吧……」

他的月曆女郎。

對，他現在懂了，掌控自己身體的能力被奪走是什麼感覺。他以前也曾經多次遇過失控的狀況，感覺可算是很熟悉，但那晚的失控卻伴隨著一股酒精催化的溫暖昏眠感覺。在撞到家具或是磨破關節的時候，紅酒發揮了些許減痛的特殊效果，但藥效卻把他帶入了不堪回首的境地。

「他奪走了我們的一切，湯米……」

「我想要反抗……」

「我們大家都一樣……」

「……為了自己的生命而奮戰，湯米。」

圖根的嘴動個不停，但聲音彷彿從遠方飄來。

克莉絲汀、蘇珊、瑪德蓮，還有海倫，全部都被下藥而昏厥、面對的是禽獸，而他眼前空無一物，只需要面對的是鬼魂，鬼魂的記憶。他想到了艾莉森，他得要見她一面，他希望能讓她知道，他依然活著，而這一切全都是因為出於那畜牲的期待，他痛恨那個王八蛋居然有操控他生死的權力，而且決定放了他一馬。

「他應該殺了我才對。」

「湯米，別這麼說，以後我們還有誰可以對話呢？」

「湯姆？你還好嗎？你不該進來辦公室的。」

索恩的目光移向牆面，他站起來，繞過書桌，當他把手搭在尼克·圖根的肩上時，剛好瞄到了賀蘭德，「還沒抓到人吧，所以呢？尼克？」

圖根哈哈大笑，如指甲刮擦黑板的尖銳笑聲。「湯姆，這就留給你了，你有天生直覺，對吧？」索恩哼了一聲，「也有豐富經驗。」圖根的語氣彷彿像是在指控戀童癖，「我們也就只是繼續辦案，追查線索，其實，其中有一兩條是你身上的線索。」

「湯姆……」

基博在他自己的辦公室門口喊人，索恩抬頭，基博立刻退回去，請他進去的意思不言而喻。

「尼克，我等一下過來找你，要不要把你現在的進展寄電郵給我？」

索恩朝向基博的辦公室走去，途中聽到賀蘭德與其他警員在談笑，一切如常，只有他的世界變得不一樣。

✦

安妮想要與艾莉森說話。她的工作量等於擺明了每天與艾莉森好好相處的難度越來越高，他們還有一大堆事情要做。

她進入電梯，隔了一兩秒之後，他也跟著進去。

「大衛。」

「我猜妳要去看妳的閉鎖症候病患吧，有沒有進展？」

「你在乎嗎？」

他按下按鍵，電梯門漸漸關上，現在看起來幾乎是無計可施，這一段註定難堪收場的偶遇是在所難免了，她在想不知能否利用檢查口從電梯逃出去，她經常在電影裡看到有人這麼做。

「我聽說妳的警察朋友遭人攻擊，很遺憾。」

電影《火燒摩天輪》裡就有這個橋段。

「就在你和他、與傑洛米的愉快晚餐『三人行』之後出的事，對嗎？」

還有《沉默的羔羊》裡的殺人魔漢尼拔·雷克特也一樣，就在他把那男人的臉割爛之後，嗯。

「安妮？」

電梯到了三樓，門一開，安妮就立刻衝出去。希金斯站在門隙之間，不想讓它們關起來，「安妮，妳居然會和警察在一起，實在讓人跌破眼鏡。」

「大衛，我要幹什麼，你也未免知道得太多了。不過，利用我們的女兒當間諜，你眞的很令人作嘔。」

「哦，我以爲妳們兩個之間沒有秘密？」

通常是沒有，但也許改變的時候到了，她需要找瑞秋好好談一談。他露出醜惡竊笑，她記得只要他略佔上風或是期待妻子該盡本分做愛的時候，就會出現這種神情。安妮對他微笑，她完全無感，只覺得這傢伙可憐。

「大衛，你來這裡幹什麼？」

「我們雖然在辦離婚手續，但也並不表示我對妳的私生活不感興趣，我想要好好了解一下。」

她朝他節節逼近，她好像看到他的臉在抽搐？「最近有集《歐普拉》或是《莉琪·雷克》脫口秀在討論離婚夫婦，不知道你看了沒？受訪女子說，一直到她與杜安還是馬龍什麼的離婚的那一刻，她才發現自己有多愛他。好奇怪，因爲我只會想起自己一開始就有多想要和你離婚。」

賊笑瞬間消失，她看得出來他的那撮額前鬈髮已經有點塌了，但她依然記得自己與他待在車裡時、被打了一巴掌的強烈刺痛感，他在某間義大利餐廳對她吐口水之後的神情，也歷歷在目。現在他拚命裝出厭世冷漠的模樣，但看起來只是盡顯老態。

「安妮，妳越來越刻薄了。」

「你的頭髮笑死人了。大衛，我很忙。」

電梯門再度關上，希金斯發現自己已經很難站穩，「安妮，妳對我的生活，我在忙些什麼，都完全沒有興趣嗎？」

他的招數快用光了——居然送出那種球給她打，她也不客氣，乾脆就直接揮出全壘打，「好，大衛，你是不是還在和那個放射線治療師打砲？」

她大步邁向走廊，聽到電梯門關上的聲響，他雖然低聲氣弱講出「代我向傑洛米問好」的道別語，但安妮知道他根本不確定她能不能聽到，但反正這也不重要了。

她迫不及待想要與艾莉森分享一切。

「坐下，湯姆。」

索恩走到那褐色塑膠椅前面，坐了下來。「媽的，你的語氣聽起來有點嚴重。我是不是要被罵到臭頭挫賽啊？」

「湯姆，你怎麼會在這裡？你覺得我們少了你就辦不了案子啦？」

「沒有，長官。」

「湯姆，不要再給我耍嘴皮。」基博伸手抹臉，這個動作似乎是要故作沉思貌，但索恩覺得基博也可能只是累了。他放下手之後，看不出若有所思的神情，只見到毛茸茸的雙眉亂成一團，簡直像是個禿頭狼人。他吐出一口長氣，問道：「你還是很不舒服吧？」

「圖根提到的線索是什麼？」

「湯姆，我們找到了一張字條。」

索恩立刻站起來，「在我的公寓裡面？快給我看……」

基博打開抽屜，拿出一張有摺痕記號的Ａ４複印紙，交給了索恩。「原件還放在蘭貝斯。」

索恩點點頭，法醫鑑識實驗室的所在地，「只是浪費時間……」

「我知道。」

索恩坐回椅內，開始閱讀字條內容，同樣的打字機字體，每一句都看得到熟悉的譏諷，樂在其中又自以爲是的獨特冷調幽默感，相同的變態自戀……

湯姆，我沒有暴力傾向。（他還刻意爲了乾笑而留白，也正好讓探長摸一下自己痛得要死的頭。）你需要縫針嗎？抱歉，希望你不要太驚恐。酒精與苯二氮平類藥物絕非是什麼床邊良伴，很可惜，我沒有留下來觀賞。我只希望你能夠稍微體會一下投降的滋味。我知道這不能算是眞正的屈從繳械，但誰有時間在那裡咬文嚼字呢？畢竟你還得去抓殺人嫌犯，唯有讓你承受一點痛苦，才能加快你的辦案速度。我要提醒你一點，那些女孩沒有任何感覺。我必須向海倫道歉，但她眞的不想活了，艾莉森是唯一努力奮戰、活下來的人。那個歷史悠久的廣告詞是怎麼說的？「那是約翰・魏斯特罐頭公司看不上眼的魚……」這種講法很老套，但我確定你聽得懂我的重點。湯姆，我知道你在發火，但千萬不要任由那股怒氣把你消蝕殆盡。你要和我學學，妥善運用它，那麼，天底下就沒有你達不到的目標，我已經把臂鎧丟出來了……

或者，至少也是外科手套！！

下次再聊。

備註：我的性能力十分健康，小時候也不曾被關在地窖，所以不要浪費大把鈔票或資源去找江湖術士了。

索恩覺得一陣噁心。他深吸一口氣，把那張紙放回書桌、推回去。法蘭克・基博抬頭，索恩盯著他的雙眼，「是比夏。」

基博把字條收進抽屜，啪一聲關上，「不，湯姆，不是。」

索恩沒辦法看他，他的目光飄忽，先是綠色金屬字紙簍、廉價的黑色塑膠帽架、昂貴的巴伯爾外套，然後又對著髒兮兮的黃色牆面東張西望，最後終於落在月曆上頭，鬆了一口氣。九月，相當無趣的埃克斯摩爾地區霧中風景，看來已死亡多時的雄鹿的平面圖像，是這個房間裡最生氣勃勃的東西。

「所以你和比夏醫生共進晚餐的狀況如何？」

他們拼湊案情的速度如此之快，不禁讓索恩惱羞成怒。他覺得自己平常的如雷聲音被偷走了，現在他只能點點頭，好吃驚，充滿了疑惑。

「寇本醫生曾經在你的答錄機裡面留言，她說，希望你晚上玩得開心，我們打了電話給她。」

「嗯。」

「對了，你那天晚上過得開心嗎？」

「是啊。」

「義大利麵好吃嗎？」

「媽的你怎麼……？」

「湯姆，你全吐在地毯上了。義大利麵，還有不少紅酒……」

索恩知道自己恐怕只剩下這麼一次機會了，他不能再像上次一樣那麼遜。現在得擺出稱兄道弟的語氣，密謀大計，讓我們一起對抗他。

「法蘭克，這傢伙狡猾得很，他比我先走，然後準備埋伏下手。」

「所以他可以猜得出來你的一舉一動？他離開的時候，字條早就準備好了，塞在口袋裡是嗎？大衣裡面還藏著鐵條與針管？」

索恩的腦袋動得飛快。比夏那天是不是有帶包包？他是不是曾經在安妮家的玄關看到公事包？他想不起來了，他倒是非常確定比夏那天是開車過來的。

「他早就把東西擱在自己的車裡。」他打死不退。

「拜託，湯姆……」

索恩起身的動作太快了一點，他覺得一陣暈眩，伸手亂揮了幾下，趕緊穩住重心，他自己注意到了，基博一直看在眼裡，不重要，「法蘭克，他絕對値得我們密切觀察。」

「對，圖根也都查過了，我們沒那麼笨，眞的一無所獲。」

「圖根討厭這條線索，因爲是我發現的……」

「尼克·圖根很專業……」

「狗屁。」

索恩拚命平抑自己的語氣，但他知道其他的團隊成員現在不費吹灰之力就可以偷聽他們的對話。

基博手一揚，「探長，控制一下。」

「長官，」索恩終於與基博四目相接，他的目光從牆面移開，也降低了音量，「我知道你在想什麼，而且我也很清楚自己多少算是有點名聲，因爲我可能具有某種能力……」

「湯姆，我們別講那個吧。」

索恩眼神兇狠，氣喘吁吁，「不，現在就講個清楚。」

基博不肯看他，「湯姆，沒有證據。」

「我們必須把傑洛米·比夏醫生視作嫌犯。速眠安竊案發生的時候，他正好在那家醫院服務。而他現在工作的醫院，也就是艾莉森·維列茲遇襲之後被送進去的地方。我認爲他之所以會把她送過去，是因爲他攻擊她之後，想要製造自己的不在場證明，但證據力卻很薄弱。其他的謀殺案，他也都無法證明自己不在場，而且，海倫·杜勒被殺害的那天晚上，曾經被人看見在街上與某名男子講話，比夏也與那人的基本特徵相符。」他把該講的話一股腦全說完了。

基博清了清喉嚨，現在他也有話要說，「比夏與寇本醫生有感情糾葛，對嗎？」

「多年前……是吧。」

「那你呢？」

他對於比夏的看法與他對安妮的好感，他們不可能會混爲一談吧？讓安妮誤以爲他是因爲那一點而討厭比夏，當然有其必要，但基博應當看得出來才是……

「專業的警察不是只有圖根而已……長官。」

「湯姆，我們還是理智對話吧，大家都有共識，我們要追查的對象是醫生。」

「但是？」

「如果那些失竊的藥物眞的是一開始就準備要拿來行兇的話，根據竊案日期看來，蘭開斯特醫院事件與本案的關聯性等於是一大誤導。而你對於維列茲不在場證明的推斷，在我看來，最多只能算是想像力十足罷了，而且前三名受害者喪命的時間，與他在做什麼或是沒做什麼也毫無關係。」

「什麼？」

「湯姆，你也知道遊戲規則。如果我們能逮捕他的話，檢方也根本不會鳥那前三起命案，現在要拼湊事件全貌，也未免隔得太久了。我們如果眞的想要讓兇嫌遭到起訴，必須專攻維列茲與杜勒這兩起案件，我們連前三名受害者的精確死亡時間都不知道。」

「他一鐵了心，我們就斷氣了，湯米，就是那時候出事的。」

「她們受害的那幾個晚上，比夏都剛好在待命，他每個禮拜只會待命一次，媽的這也太巧了，」他的聲音幾乎變得像是低聲呢喃，「法蘭克，我知道是他。」

「湯米，聽聽你自己講的話，這不是警察在辦案，這是……偏執。」

索恩突然覺得一陣熱辣，好，那就來吧。卡沃特，他的該隱印記，基博準備要摳下他的痂疤。

「很抱歉，但先提到名聲這個字眼的人是你。我對名聲完全沒有興趣，但如果我對自己在重蹈覆轍渾然不覺，我是不會貿然辦案的……」

「你簡直把我講得無藥可救一樣，過去十五年來，我抓到了多少殺人犯？」

「十五年前那一次你是對的，我知道。」

「而自此之後我也付出了慘痛代價，你不知道那有多麼可怕。」

「自此之後，也被你說中了很多次，但那並不表示你每次都能猜中。」

約莫一分鐘前，他覺得自己快要與基博大吵一架，他想要講清楚，但他突然覺得好累，無法負荷。「絕大多數的時候，我很幸運，要不然隨便就搞砸了。我也不是每次都有『預知』能力，但十五年前我的確感應到了，現在也是。」

基博搖頭，動作緩慢哀傷，「湯姆，真的什麼都查不到。」然後，他又補了一記，想要稍微壓抑一下索恩的怒火，他大手一揮，指向大調查室，「還有，你知道嗎，這間辦公室裡有一半的人都符合嫌犯的基本特徵。」

索恩不發一語。天，埃克斯摩爾看起來好淒絕，就連那隻壯碩的雄鹿似乎也對現在的狀況十分惱火。索恩看到自己走入霧中，一個小小的、遙遠的人影，將是是非非拋諸腦後，消失無蹤。

他發覺背後的濃密霧簾已緊鎖難解，黏涼的空氣貼在他肩上，他走過長滿青苔的濕滑地面，女孩們的呼喊回聲在後方迴響，他知道只有她們才會在乎他的去向。

「湯姆，現在給我坐下，我們談一談現在該怎麼辦。現場還原影片已經拍攝完成，過幾天就會播出了。」

「這個就讓圖根去忙吧。」

索恩快步朝門口走去，他已經得不到基博的支持，他不管了，打開門之後，他轉頭面向督察長，「你剛才提到，如果，」索恩搖頭，基博盯著他，「如果我們能逮捕他的話，而不是等到我們逮捕他的時候！法蘭克，你講的話果然鼓舞人心。」

「索恩探長——」基博站起來大吼，但索恩已經走到了調查室的正中央，那些會裝腔作勢的同事開始繼續剛才聊天的話題，懶得僞裝的就直接盯著自己的鞋子。當索恩經過圖根身邊的時候，他從電腦螢幕前抬起頭來，笑道：「湯姆，我不知道你爲什麼要這麼激動，他是醫生，又不是講師。」

索恩繼續往前走，總有一天，他會逼那畜牲付出代價，但當然不是這個時候。

賀蘭德站在角落，揚了揚手中的三明治，他看著自己的上司目不斜視、大步朝他走來，「長官？」

「好，賀蘭德警員，」索恩說道，「現在你可以載我回家了。」

瑞秋．希金斯躺在床上，聆聽母親在浴室裡走動的聲音。她已經調低了電視的音量，但三不五時就會瞄一下螢幕，想知道究竟在演什麼。現在播出的是第五頻道的深夜垃圾情色節目，所以猜測劇情並不難。她聽到馬桶的沖水聲，媽媽應該準備要上床睡覺了。

她拿起隨身聽，把棕色長髮攏在耳後，戴上了耳機。《狂街傳教士》的歌聲可以讓她暫時忘卻剛才與母親大吵一架，這整件事眞的超蠢，開端是她們經常爭執不休的重考話題，如果她的資訊與化學科目成績不如預期，又怎樣呢？反正她在六年級也不會再修科學學科了。她們吵了一會兒之後，兩個人都動氣了，然後母親開始提到她自己的「隱私」，她能夠好好擁抱生活的權利！拜託……

也許她和她媽媽不應該再裝下去了，她們才不是愚蠢影集《荒唐阿姨》裡的那種中產階級姊妹淘。如果她媽媽喜歡，那也沒關係，但她也只不過和爸爸聊天而已，幫幫忙好嗎，好像她媽媽先前曾經發佈過禁令一樣。

電視裡出現了某個肌肉軟趴趴的成音工程師，準備要脫掉合音歌手的胸罩，他可能是她的經理也說不定。他長得很醜，而她的那對奶子又老又鬆。

其實，她眞的很喜歡那個警察，就算她媽媽想和他在床上大幹一場，她也不在乎，但她母親卻在突然之間改變遊戲規則，某些事情被劃爲「她的私事」，她享有自己的私生活。

顯然那個軟肉男子是不會把老二掏出來了，她拿起遙控器，關了電視，靜靜躺在一片漆黑之中，努力不要讓眼淚掉下來。

隨身聽的音量已經轉到了最大，這樣的噪音可以讓她進入夢鄉，到了早上，與母親的不快也終將被遺忘。

反正，那也不是很重要，媽媽如果想要隱藏什麼，那是她的事。瑞秋自己也有一堆秘密。

安妮似乎在電梯口狠狠修理了她的老公，她的確是已經甩掉他了，我好希望我能開口告訴她，不要繼續跟他攪和，去找那個壯男警察繼續發展下去才是，他們已經共進過晚餐，當然，現在她應該要勇往直前。尤其最近有壞蛋敲昏他的頭，要趁男人沒什麼抗拒力的時候，立刻下手，既然他還在頭暈腦脹，趕快把他搞上床！

作媒一直是我的專長，當初彼得會去找卡蘿聊天，就是我慫恿他的。不知道他們度完蜜月沒有，應該還沒吧，不然他們一定會過來看我。

眞的，我和安妮笑得好開心。嗯，暢懷大笑的人是她，我只是在心底哈哈大笑。如果我把現在的情況一五一十講出來，你一定會嚇死了。當我陷入半昏迷的時候，現在絕大多數的時間都是如此。（我有沒有告訴過你？這裡的藥很讚？）我會開始想像，原本待在外頭眞實世界的所有的護士，全部都進入我的體內，然後，我假裝把他們當成綠野仙蹤裡的小矮人，在我的身體裡東奔西跑、聽從我腦袋的指示幹活。可愛的機動人體零件，幫我睜開眼睛，幫我擦汗，幫我抓癢癢的奶頭（哦，等到我知道該怎麼告訴他們那裡很癢的時候吧）。還記得老漫畫《糊塗蛋》嗎？有一群很搞笑的侏儒住在主角的腦袋裡。我只要想到「餓了」，就會有穿著藍色制服、頭戴硬帽、戴著錶面顚倒手錶的小東西走過來，把好吃東西塞進我的進食管。我一想到「尿尿」，搞定，另一個小奴隸就會清空我的導尿管。哎，媽的，還是得想辦法打發時間嘛。

那是另外一個問題，我真的完全沒有時間感。安妮會告訴我時間，但在她離開的十分鐘之後，我又開始覺得好迷惑，經常頭暈眼花（「好，那裡的尿布不用換了」，我居然會聽到托兒所的同事在對我喊話）。不知道那些小孩怎麼樣了？好幾個應該準備要搬到隔壁房間了，又有一大堆新東西可以讓丹尼爾大啃特啃，我真的好想念他們。

我還能懷孕嗎？我不知道。

8

漢卓克斯一到他家就猛灌便宜淡啤，到了九點十五分，他們兩個人的眼皮都快撐不住了。十分鐘之後，犯罪現場還原影片就要播出。漢卓克斯好發議論，看個新聞也能從頭批評到尾，索恩沉默不語，又多喝了一罐啤酒，他在想當初應該打電話找安妮·寇本過來才對。

當然，他很清楚自己爲什麼沒有打電話找她。問題的關鍵在於他已經滿腹心事，還要硬裝出一片坦然、究竟能撐多久。

他的解決方法就是不斷捏爆一罐又一罐的啤酒。

他知道，就算是最正式的會面，最尋常不過的話題，也都會因爲他小心翼翼、無法透露的那一個部分而露出破綻。當然，他知道，就程序面來說，不要與她發生牽連的確沒錯，他做得很好。但是他想要看到她，他想要向她傾訴一切。

所以……他被迫做出選擇。

他還是可以與她繼續見面，不要討論案情就是了，或者，避開艾莉森這個話題，還有，他當天的心情起伏……他雖然這麼需要她，但是他眞的沒辦法坦誠自己作爲回報，是吧？要不然，他也可以選擇全說出來，他認爲她的老友其實是殺人魔，不過，要是眞的講出他的心聲，兩人之間的曖昧關係很可能會變得充滿變數。如果他說出她的醫學院好友——別忘了，也是她的前男友——是個反社會人格的兇手，那麼她再也不會把他當成上床的主要人選了，是吧？

漢卓克斯躺在沙發上，發出一聲滿足的長嗝。只有酒精這種東西才會讓這個北方人變身成南方人，原本充滿睪酮素的小伙子變成了老先生。

現在還有這個得好好面對……

他平常很少看這個節目。他不能否認這種東西經常會帶來有用的線索，破案率也能隨之提升。

他與同事稱它為「舉報你的鄰居」，而居然有這麼多民眾樂於告密，著實令人好生驚訝，而真正讓他覺得困擾的是那還原的情節，還有粗粒子的監視器畫面，這種事就是會讓他忍不住暗中發笑。通常等到穿橘色衣服的主持人一講到「只要您想起了什麼」的時候，索恩就會開始若有所思。畢竟，這座城市裡到處都是活得開心的民眾，對於兩週前遇到的可怕持槍搶案會忘得一乾二淨，那種事很容易就忘了……

只有發生恐怖慘案的時候，他們才會做還原現場節目。他知道這是因為警方與電視台的預算有限，但這之所以是最後手段，還有其他原因，實在是太……在這整個過程中，有一種莫名感傷，讓索恩很不舒服，每當他們講到「一夜好眠」、「不要作惡夢」的時候，似乎都極為勉強。前一分鐘才讓你看到自己的鄰居被毆打、性侵、謀殺，然後又馬上拍胸脯向你保證這種犯罪情節「相當罕見」，任人操控的犯罪數據，所營造出的錯誤安全感。

一夜好眠，如果你是統計學家的話。

雖然節目的風格低調、哀傷、充滿了愁緒，但它畢竟是電視。畢竟，它骨子裡還是一種娛樂，或者，就算發揮到極致，也只能算是新聞吧，這一點讓他頗不以為然。

他想到了那些把鏡頭焦點對準海倫．杜勒的警方攝影師。

「開始了……」漢卓克斯坐直身體，伸手拿起遙控器。主持人與精心挑選過、適合上電視的警官，開始簡單介紹接下來四十五分鐘會有哪些慘案內容，反手專案是第一個。然後某名容貌上相的女性探長望著鏡頭、信誓旦旦，向電視機前的索恩保證被陌生人攻擊的事件非常、非常罕見。然後，畫面將他帶進了馬堡艾姆斯酒吧。

他看到某名年輕女演員與一群女孩在一起，哈哈大笑。他看著她走向吧台，買了大家的酒，此時旁白提醒觀眾這名女子的身分與職業，而且還幽幽暗示等一下會出事。他望著那年輕女演員拿起外套，與好幾個女孩一起走出門外。

然後，他看到海倫．杜勒走出酒吧、到了霍樂威路，與她的朋友們道別，信步離開，遇到了那個準備殺她的男子。他看到她的臉又有了血色，髮間的樹葉也飄落不見。在上衣與裙子的下方、漢卓克斯所劃開的那道Y形切口已消褪，那青春的肌膚恢復了原初的滑嫩，散發爽身粉的氣味。他喉頭突然一緊，鮮血從海倫．杜勒那雙蒼白扭曲的腿泉湧而出，那雙腿本來要帶她經過惠亭頓公園、走向某間屋宅，她的父母正在裡面殷殷等待她返家。

現在海倫與那男子高聲談笑，大口喝香檳，那男人個子很高，一頭灰髮，看起來三十多歲，他的實際年齡是不是應該更老一點？此刻的海倫開始有點不穩了，最後只能踉蹌摔進某台深色轎車裡，它立刻離開現場，把她載到了某個未知的地方，轎車的駕駛將會以純熟的技巧、靜靜奪走海倫．杜勒，以及深愛她的人所擁有的一切。

接下來現身的是全力展現友好姿態的尼克．圖根。索恩不能否認他表現稱職。外套與領帶都很素樸，充滿抑揚頓挫的語氣聽起來很舒服，這一點毫無疑問，而且他呼籲大家提供線索的話語簡單俐落，真誠懇切。改變，站出來，為了海倫，也為了海倫的家人。偵查室的電話公佈了，接下來，是西米德蘭地區的連續持槍搶案，索恩閉上了雙眼。

「湯米，你覺得怎麼樣？」

「我們現在也只能等了，看看會有什麼消息進來。」

「不……我的意思是……我好看嗎？湯米？告訴我，我看起來怎麼樣？」

「很好，親愛的，妳超正。」

漢卓克斯已經勉強站起來，伸手拿自己的皮衣，不小心踢翻了喝了一半的淡啤，酒液流得到處都是。

「抱歉……」

「笨手笨腳的王八蛋。去搭捷運要注意安全，你沒問題吧？」

漢卓克斯經過前窗的時候，對他揮手道別，還做出鬼臉。索恩拿廚房紙巾擦理完濕答答的地板，開始播放喬治．瓊斯的CD，躺靠在椅子裡。他很慶幸漢卓克斯已經離開他家，因為他想要安靜獨坐，等待賀蘭德打電話過來。

安妮關了電視，在房間裡來回走動，把燈一一關上。索恩曾經告訴過她香檳的事，還有兇手是如何毒害那可憐的女孩，以及艾莉森的事。看到這種事件在現場再次還原，令人不寒而慄。不知道為什麼，她覺得自己現在與海倫．杜勒產生了某種連結，而透過這女孩，她也突然發現自己與艾莉森產生了截然不同的連結感。她知道自己幻想力豐富，甚至情感太過澎湃，但她真的很希望能夠把艾莉森救回來，還有專業之外的其他理由。她期盼能看到那個攻擊艾莉森、殺死其他女孩的兇手慘敗，她希望自己能成爲他失敗的關鍵。

她站在黑漆漆的客廳裡，心裡覺得納悶，索恩爲什麼沒有上電視？也許他還沒有完全康復。上次在醫院看到他的時候，他似乎是已經好了，但也許不該那麼快出院才是。這個人很固執，但應該也善良溫柔。她想要打電話給他，但她知道一開口鐵定是一發不可收拾，今晚她得好好睡一下。

她忙著刷牙，想到了大衛，腦中浮現他被電梯門夾昏的畫面，把她逗得樂不可支，她對著鏡子抹晚霜，臉上的笑紋看得清清楚楚。她關了浴室的燈，看到重重幽影之中的湯姆．索恩，他坐在醫院病床邊，目光飄了過來，宛若千萬里之遠。

明天上班的時候，她會打電話給他，找他出來喝一杯。

她正準備要進入臥室，聽到隔壁房間傳出瑞秋在低聲講手機，女兒說了聲哈囉之後，用力關緊房門。安妮很不高興，但暫時不想拿這件事去質疑她，畢竟母女才剛大吵一架，現在挑她毛病也未免太急躁了一點。而且，她一大早還得去上學。

這種時候要是有朋友打電話找她，也就太不識相了。

十一點三十分剛過，賀蘭德打電話過來，索恩看了一下顯示名稱，他是用手機打的。「她從酒吧出來的時候，很多人都看到了，其中還有一個打電話告訴我們，當她走過他身邊的時候，她還在唱歌。」

她走路回家時一定很開心，那算是好事嗎？

「她唱的是什麼歌？」

「長官？」

「湯米，我不記得了，羅比．威廉斯的歌吧……」

「兇手呢？」

「嗯，等到她離開霍樂威路之後，顯然目擊者就沒那麼多了，但我們還是接到了幾條線索，對於嫌犯外觀的描述都差不多。有三個人打電話進來說嫌犯可能開的是富豪汽車……你有在聽嗎？」

「基博回家了嗎？」

「對，兩個小時前離開的，長官有事嗎？」

索恩發出悶哼聲，現在打電話給他會不會太晚？

「還有，我們覺得兇手也可能打了電話。」

索恩曾經想過有這個可能，但他聽到之後還是忍不住倒抽一口氣，「是誰接的電話？」

「珍妮．諾勃爾。通常我們會接到一堆瘋子打來的電話，但她說這傢伙的語氣聽起來十分可信。老實說，她現在有點不安。」

「繼續說吧。」

「低沉的聲音，口條清楚……」

索恩知道這傢伙講話的語調，「他說了什麼？」

「他說，他長得比那個飾演他的演員好看，海倫．杜勒根本沒那麼美，還有，他的香檳牌子高檔多了。」

當然，他一直很在乎那種細節。

「諾勃爾怎麼回答？」

「他還問你在哪裡。」

「長官，她說你病了。」

索恩很清楚接下來會發生什麼事，如果他真相信這種說法的話。

「謝謝你，賀蘭德，明天見……」

「那麼，晚安了，長官……」

「……對了，謝謝你的CD，我一直沒有機會……」

「不客氣，好聽嗎？」

他的心裡突然湧起一股罪惡感。那張肯尼．羅傑斯的《金曲精選》躺在他衣櫃下方的盒子裡，裡面還有一堆破爛的平裝書，以及他沒辦法搞定的自組式浴櫃，他正準備在週末把那箱東西送到慈善機構的二手店。

「長官？是不是現在的背景音樂？」

戴夫．賀蘭德把手機掛回腰際，與依然忙著接聽電話的警察同事道別之後，靜靜等電梯。他知道這種事在所難免，尤其是跟了索恩這樣的上司，但即便有了心理準備，他的生活卻依然沉重。其實他並不清楚接下來到底會發生什麼事，但必須裝笨、假裝看不見戰線。他知道蘇菲一定會逼他這麼做，類似基博或圖根這樣的人低頭了這麼多年，也無傷不是嗎？

或者，就和他爸爸一樣。

無傷。只要能領到還不錯的小小退休金，累積一些小故事。不必妄想在三十五年的警察生涯中得到些許類似滿足感之類的東西。他只能驕傲嚷出「自己從來不曾惹過任何麻煩」，直到他六十歲嗝屁，掛掉的那一天。

湯姆．索恩一生中從不低頭。也許他的腦袋只是……早就不見了。剛才賀蘭德打電話的時候，索恩一定是在喝啤酒，毫無疑問。

四天前，當救護車把他從自家公寓裡帶走的時候，索恩精神譫妄，不斷胡言亂語，賀蘭德則待在他家努力清理，他突然恍然大悟，索恩並沒有覺得自己比別人厲害，他沒有要與基博、圖根，或是四年前死去的警探布萊恩．賀蘭德一較高下的意思，他不過就是另外一種典型的警察，另外一種男人。也許，得到這種男人的認可，意義非凡，要是賀蘭德能夠贏得這種肯定，而且平安無事的話，也許就可以努力走下去才是。

他再次拿起電話，如果蘇菲還沒睡的話，他會在回去的路上買份咖哩。他讓電話響了四聲之後，隨即掛掉。電梯終於來了，他進入門內，心底其實很清楚，在接下來的這幾天，這幾個禮拜當中，其實不可能會有平安無事這個選項。

「法蘭克？」

「什麼事？湯姆？」

「比夏開的是富豪汽車。」

「對……」

「深藍色的富豪轎車。我最早的報告裡沒有寫，但是他家外頭停了一台。」

「尼克．圖根的報告裡有寫。」

「圖根知道？」

「我告訴過你了，他已經都查過了。」

「都查過了！」

「我們能不能等到早上再說？」

「難道今晚打進來的那些電話沒有改變偵查方向嗎？」

「與比夏符合的特徵是多了一項，但不符合的地方還是太多了。」

「你花太多時間與圖根討論案情了……」

「晚安，索恩……」

「長官，我要正式提出要求，退出本案。」

「早上我們一定會好好談一談……」

「安妮？我是湯姆．索恩。抱歉，是不是……？」

「喂？」

「我明天再打好了。」

「沒關係——說來好笑，一分鐘前我還在生瑞秋的氣，因為她還在講電話。才過了一分鐘嗎？我剛才一定是昏睡過去了。」

「瑞秋在講電話？我是不是——」

「她講的是手機。我真的很討厭這東西，但……」

「很安全的。」

「嗯。」

「我只是想知道艾莉森怎麼樣了，真的……呃，顯然……妳好嗎？」

「艾莉森……老樣子。我們還是樂觀一點吧。有好轉……艾莉森有進步，緩慢的進步。我還沒打算立刻找專業治療師回來，但狀況的確有改善。還有我很好……謝謝。」

「我很想見她，看看她現在的情形，妳提過已經可以和她進行更多的溝通。」

「沒錯，但只是……我覺得不太可靠。我正在弄一套系統，最後很可能只是一場災難，但反正……你頭部的傷呢？」

「所以，妳覺得呢？我可以過去看妳嗎？」

「她還是我？你剛才說——」

「抱歉？」

「我們兩個……對，星期五呢？」

「沒問題。」

「我現在都在忙艾莉森的事。」

「我知道……太好了。抱歉這麼晚打電話給妳，我……只是……」

「是不是多喝了幾杯？」

「各種東西都下肚了。」

「聽起來很有意思。」

「其實不然，我還是早點放妳回去睡覺……」

已經過了十二點。他坐在某張很難坐、還有個唸不出來的瑞典語名稱的椅子裡，重新安排自己的人生，或者，應該說是整個砍掉重練。爲什麼他覺得自己只有在惹火別人的時候、才會覺得自己搞出了一點名堂？他是酒吧裡的大嗓門，會對著益智問答的主持人咆哮，直到大家證明錯的是他之後，他才會罷手。他也是脾氣火爆的衝動型駕駛，直到別的駕駛指出交通號誌所顯示的路權之後，他才會摸摸鼻子算了。他還是那種不肯相信自己會出錯的愚蠢警察，喜怒哀樂全寫在自己臉上的白癡。他的臉透露出各種訊息，有時在喃喃低語，「你搞錯了。」還有的時候是在低聲抱怨，「聽我的準沒錯」，他的臉還會露出尖叫般的神情，「我知道！」他記得自己惹惱了不少人，同事因而對他敬而遠之，長官也被他氣得火冒三丈。

他的那張臉也告訴了法蘭西斯．卡沃特，去殺小孩吧。

還剩下一罐啤酒。他重新播放喬治．瓊斯專輯裡他最愛的一首歌，把音量調大，瓊斯與艾維斯・卡斯提洛的雙人對唱。

「屋內有個大家從沒見過的陌生人……但每個人都會說他長得和我很像。」

與基博交手，他必須小心爲上。索恩認定傑洛米・比夏就是兇手，基博雖然頗不以爲然，但他也知道兇手與索恩之間有某種關聯，第一張字條早在索恩認識比夏之前就出現了，其間必有詭譎。兇手希望與索恩維持近距離關係，所以，無論索恩做出什麼舉動，兇手一定知道基博會持續監控。然而索恩其實眞的不知道他接下來要怎麼做，更惱人的是，他也不知道比夏之後會採取什麼行動。等到索恩離開這個專案之後，他會有什麼反應？會不會覺得自己……被羞辱了？他會不會做出某些事情、博取他自認理應得到的關注？

苦思這些事情，可能會讓他對於自己的抉擇懊悔不已，他努力將這些想法拋諸腦後，他提醒自己，選擇無多，他們聽不進去。更令人挫敗的是，他們在批判他，把一切歸咎到卡沃特事件。十五年過去了，他依然無法洗刷身上的污點，只要出現直覺，都會被人稱之爲偏執。他所有的觀察心得，所有的想法都不斷被評估、審視，最後的結果都是不合格。

他再也忍受不了那種評斷，他不需要聽到生者對他的指責。

他每天都在聽死者對他的責難。

該是扭轉局勢的時候了。

他得趕緊上床睡覺才是。明天早上並不輕鬆，他必須盡可能保持頭腦靈活，但他還得要再打一通電話。他起床，走到壁爐架旁邊，拿起電話本，那些色情片攝影師的電話號碼，他不可能隨時記在腦袋裡。

我好開心，安妮現在與我在一起的時間又變多了。我起初以爲她有了一點進展，然而也許新鮮感慢慢消失了。我沒有怪她的意思，但我眞的好難想像她原來和我一樣會遇到這麼多麻煩。她告訴我，她的工作量越來越大，還有行政單位主管超雞巴，原來如此。對了，我要是再沒有起色，也許會被趕出醫院，有人急著在等床位。

我們現在已經算是解決了「是」與「不是」的溝通問題，還有，「好痛」是我的專長單字之一，但眨眼根本稱不上是世界語。眨一次代表「是」，眨兩次代表「不是」，說來簡單，但想要好好控制，卻讓我挫折不已，還有眨眼之間的空檔也令人摸不著頭緒，我想要連眨兩次眼睛，但安妮卻很難分辨我是想表達「不是」或連說兩次「是，是」。她問了好多次「艾莉森，妳是要說『是』嗎？不是？所以妳要說『不是？』」我們兩個就像是《不文山鬼馬表演》裡的一組搞笑外國人。雞肉煮得好老！劇裡的口頭禪總讓老爸笑得要死，媽媽一直不喜歡看那種喜劇節目，但爸爸很愛，也許這老傢伙只是在哈那些穿比基尼的女孩罷了。爸爸過世兩個禮拜之後，正好被我發現媽媽在看其中一集的錄影帶，她一定是從出租店弄來的。我記得我那時候在準備國家職業資格考試，提早放學回家，她坐著不動，靜靜看著那個又老又胖的男人在花園裡一直繞圈追無腦美女，她哭得好慘。

提姆也一直很消沉，該打起精神才是，他只是坐在那裡，握住我的手。我知道他白天的時候得上班，沒辦法過來，但他應該晚上盡量抽空過來才是。我什麼都不知道，他都不說話，影集

《小溪邊》有什麼新發展?他還會在週日踢足球嗎?他把淋浴間的隔簾裝好了嗎?要是爸爸在這裡,一定會把他修理得很慘。

他好笨,眞的,因爲我的體重越來越輕,要是其他機能也停止運作,我可能就再也不會變老了!等到我走出這裡的時候,一定會比以前還要更苗條性感,這裡有個超可愛的男護士,應該是同志,但找他打砲很適合。如果提姆那麼心不在焉,我可能得要另外開發新目標。

9

當他醒來的時候，依然怒不可遏。昨天晚上的業餘演出實在令人大失所望。還有，索恩人呢？

至少，他懷疑多時的事獲得了證實——這起操作嚴謹的重大調查案，的確毫無頭緒。也許他們現在掌握了車子，或是稍微多知道了那麼一點身形特徵，但進度依然是出奇緩慢，連車牌號碼都追不到。當然，是偷來的沒錯，但幫幫忙好嗎！他把海倫的屍體交給他們把玩，已經是將近兩個禮拜前的事了，而他們依然還在向社會大眾尋求協助。

沒用的笨蛋。

索恩。理應在電視上露臉的時候卻不見蹤影。他根本不相信索恩還在休養。不，那些士氣高昂的警察顯然是在醞釀什麼計謀，他沒想到會有這種狀況，但他應付得來。如果他的殺人劇場表演與可愛淘氣的小字條，惹得那些穿著藍色制服的年輕男孩發了大小姐脾氣，那麼他就得找到別的方法好好刺激他們一下。

反正也該是時候了。當瘋子暴怒攻心的時候，就會加快犯案腳步，對不對？他們想望的就是這個。他在想，可以讓事情變得更刺激一點，也許下次找個男同志或是老人家。不……這樣一定會讓他們充滿困惑，他不希望他們搞不清楚狀況。在經過仔細思慮之後，他已經準備要再次出手，躍躍欲試。

先前他已經踢中索恩的小腿，現在該是直取心臟的時候了。

索恩在這間酒吧裡四處張望。穿著襯衫的上班族，靠著一籃炸蝦或是微波加熱的辣椒肉醬、當成大灌幾杯啤酒下肚的好藉口，這地方看起來沒什麼特別之處，線人總是不喜歡約在自家地盤附近，結果這裡的人全像是文青型酒吧裡的客人，索恩反而看起來最像是大壞蛋。他對這種事看得開，他很清楚自己的長相……派得上用場。這對他來說通常也沒差，但他倒是希望自己的個頭能再高大一點就好了。

某個粗魯的澳洲酒保開始清理索恩根本碰也沒碰的菸灰缸，「老哥，你要不要點東西吃啊？我們還有客人要等桌。」

索恩打開皮夾，「再給我一瓶礦泉水。」他確定對方已經看到了識別證，酒保發出不耐嘖聲，抹了抹桌子，準備去拿索恩的飲料。

沛綠雅礦泉水與他現在的模樣有點不搭調，但現在狀況未明，他不能碰酒，而且，他可以在喝完礦泉水之後立刻回去上班，他覺得第一天進去就帶著滿身酒氣，應該不是很妥當。

昨天與法蘭克・基博的會面，也不如他預期中的那麼痛苦。基博希望索恩可以繼續參與辦案，但理由都很牽強。他提到了這個案子的統合性，誰知道那是什麼鬼，還有，他很難承受失去索恩這種擁有傑出表現紀錄的警官。至於那些字條，還有索恩遇襲的事件，基博向他保證，已經當成殺人未遂案在處理。基博的態度很模糊，這早在他的預料之中，基博堅稱一定會嚴密監控這個部分，但索恩感覺得出來，基博眞正恐懼的是，要是他眞的離開了團隊，基博自己可能會成爲殺手格外注意的目標。

索恩知道這是永遠不可能發生的事。事實擺在眼前，要是索恩離開的話，基博會很擔心媒體知道消息，而且，想必他也很不情願向督察長解釋爲什麼他底下會有資深警官突然離開，索恩告訴基博，直接說他和圖根吵架就好了，不然說與上司不和也行，怎麼說都好。

基博請他重新考慮。索恩一直死盯著牆上月曆裡那隻埃克斯摩爾雄鹿沉悶的棕色眼眸，他心意已決。

到了午餐時間，他已經被調回到亨頓的重案組（西區），隔天早上九點派令立刻生效。

他希望等他離開之後，局勢會變得更加明朗。

倫敦警察廳現在處於高度變動狀態。除了現在改爲直接歸屬於大倫敦政府與倫敦市市長利佛史東之外，組織架構本身也面臨了激烈重組。健保的精簡官僚計畫固然令人大開眼界，但與警察廳相比還是小巫見大巫。

過往的組織體系已經消失不見。倫敦的五大區（西北、東北、西南、東南，以及中央），各有一個重大事件應變大隊，取代了原有的重大事件聯合中心，三大重案組（東區、西區、南區）下轄現有的戰術指揮小隊，以及以往的組織犯罪防治部門、詐騙防治小隊，以及消防單位。

結果呢？數以百計的警官完全摸不著頭緒，或者，眞的不明白所爲何來。依照官方說法，新的策略協調小組的角色會更加積極，倫敦警察廳的人再也不會蹺著二郎腿、坐等犯罪橫行。

這理論聽起來很有道理。

但面對傑洛米・比夏這種人，你永遠無法預料會發生什麼事。

現在，索恩成了亨頓貝克大樓的第三小隊探長，總算是安穩了下來。他曾與督察長羅素・布里史托克在重案組共事了六個月，他非常清楚，除非發生重大事件，不然索恩就算是偶爾不見人影，布里史托克也根本不會管他。

就像是今天早上九點之後一樣。

「柯達！」

如果說索恩的長相叫作派得上用場，那麼，眼前這個對他點頭、慢慢朝他走來的四十出頭男子，絕對可以被稱之爲「不可或缺」。六呎四吋（一九三公分）的高大身材，體格魁梧，漂金色的頭髮，穿鼻環，今天還穿了件亮黃色的羽絨外套。但這都還不算什麼，光是在一百碼之外聽到丹尼斯・貝賽爾的聲音，就可能引發一場混戰，他就像是隨時會潑濺出來的滿杯啤酒。

「索恩先生，讓我請你喝杯酒吧？」

索恩每次一聽到那與身材完全不搭調的高頻吱吱聲，臉上就會泛起微笑。不知道是不是眞有什麼造物主，想必他一定是搞砸了，不然就是充滿了幽默感，想必這世界上一定還有隻聲音像是拳擊手法蘭克・布魯諾的暴衝型卡通小老鼠。

他指了指自己的礦泉水，「不用，沒關係。」

貝賽爾猛點頭，差不多點了十秒鐘。

索恩喝光了杯裡的水，酒保終於送來了新的礦泉水，收下了錢。貝賽爾看來無恙，只是發福的程度比上次見面時還要嚴重。

「柯達，你知道嗎？類固醇會害你得癌症。」

「胡說八道，」貝賽爾發出尖細聲音，「只是讓你生不出來而已。對了，索恩先生，你來這裡還好吧？我知道這裡的人有點多，但來西區對我來說很方便，我在這裡生意不錯。」

「看得出來，柯達……」

在色情工業的工作者當中，丹尼斯．貝賽爾令人討厭的程度算是最低的了。他這二十年一路走來，索恩都看在眼裡。一開始的時候，他無所不包，無論是爲汽車雜誌拍的柔焦美照或是比較清晰、一般同行較難接觸的醫療器材照片都有，到了八〇年代，他的高品質情色影像作品已經供不應求。他偶爾出手的黑函照片，已經至少讓一名政客提前斷送大好前程。丹尼斯很老派，在這種只要花十英鎊就可以看到色情片，白癡只要有電腦就可以馬上、最多動幾下滑鼠就可以看到侏儒幹驢子畫面的年代，他依然堅定相信一張靜照所散發的力量與眞相，深信不疑，索恩很欣賞這樣的鼠輩。

「你知道嗎，這間小酒吧本來是殺戮戰場。」

索恩當然清楚。兩百五十年前，這裡曾經是大家惹事生非的酒吧。妓女與殺人犯忙著做生意，爲了幾便士在討價還價，而畫家賀加斯則坐在角落將一切迅速草描下來。索恩張望四周，忍不住心想，這間酒吧以前的氣氛，應該會讓柯達比較自在吧。

「你應該是生意很興隆？」

貝賽爾點了根Silk Cut，「哦，不算差啦，你知道，我還弄了網站……」

「我對你的幻想全破滅了。」

「你應該要跟上時代的腳步是不是？你看過網站了嗎？」

索恩看過了，看得很詳細，「你覺得你搞的那些東西有什麼不一樣？」

「我不玩小孩那一套，索恩先生，這點你也很清楚，我不會碰那種髒東西。而且，我覺得我的比較獨特，沒那麼容易駕馭。」

「對，得要在書報攤前踮腳尖才能拿到的那種雜誌。」

貝賽爾看起來很不自在，明明菸還有一大段就趕忙捻熄。「索恩先生，我們先解決正事可好？」

「當然，不好意思耽誤你時間。」

「好，索恩先生，其實最近我也沒聽說什麼線報，網路視訊的生意起步得不錯，除此之外，就只有和模特兒之間的一般往來而已，我不像以前一樣混江湖……」

酒保又回來了，把找零的錢交給索恩。索恩聽到他後面那桌傳來竊笑，他衷心希望他們嘲弄的對象不是他對面那個大塊頭男子。

貝賽爾誤會了，他以為索恩因失望而沉默不語。

「我倒是可以告訴你一點賣毒的線報。這些年輕美眉最近不吃搖頭丸，開始死命猛吸古柯鹼，你知道，她們不想吃東西……」

竊笑聲再次出現，這次連貝賽爾也聽到了。有四個人，應該是從事媒體業，短髮，方形眼鏡，他們的運動鞋應該比他的外套還貴，他們根本懶得理他。他把頭轉回來，壓低嗓子，示意貝賽爾要克制一下音量。

「柯達，我不需要線報。」

「嗯。」

「我希望可以借重你的高品質服務，我不會派風化小組去掃你的暗房，算是對你的回報。」貝賽爾思考了一下，恐怕是三下，「你要我拍一些照片？」

「簡單的黑白照，距離越近越好，不能讓被攝者發現。」貝賽爾的外型不讓人注意也難，但索恩知道這傢伙經驗豐富，一定知道要怎麼保持低調。

在平行世界裡，他可能是個價碼很高的狗仔隊。

「別擔心，索恩先生，我才剛買了尼康最新的三百萬畫素伸縮鏡頭。」

索恩靠得更近了，「聽好了，貝賽爾，這工作很簡單，知道嗎？拍到頭就好，無論是從他家出來，進入他的車內，都沒有關係。這工作對你來說易如反掌，沒有床戲，不需要拍動物，對象也不是被藥迷昏的青少女。」

他想到了海倫．杜勒，坐在酒吧裡，開心大笑。

「湯米，我從來沒有做過那樣的事，我是只喝冰鋭啤酒的乖女孩……」

他把地址交給了貝賽爾之後，喝光了自己的水，而這位攝影師繼續興高采烈講鏡頭的事，過了好一會之後，起身走向男廁，他離開的時候，還惡狠狠瞪了那四人組一眼。

索恩很有信心，貝賽爾一定會好好辦事。倒不只是因爲他搞砸的話可能會倒大楣，索恩感覺得出來，這傢伙會在工作中找到自豪之處。索恩覺得自己與職業罪犯交手的過程如此順暢，也不是第一次了，這是他擅長的遊戲。他在機動小組待了十八個月，必須與許多窮凶惡極的歹徒交手，就算要搞懂這些傢伙也不難。有些被他抓到了，有些依然逍遙法外，但是他從來不會浪費時間去想他們的犯案動機。多半，爲了錢，偶爾，爲了性，通常，之所以會犯案，是因爲他們也懶得搞其他門路。不過這種遊戲的規則很簡單：全力阻止他們就是了，背後原因就留待之後給別人傷腦筋。

比夏與那些同一類型的罪犯，不適用這套規則。索恩知道如果他眞要抓到傑洛米．比夏，一定得自食其力，他明白必須得小心翼翼，一步一步慢慢來。貝賽爾是第一步，接下來，他就會接手進行。無論新遊戲到底是什麼，比夏有個明顯優勢，索恩很清楚，「爲什麼」至關重要，這個「爲什麼」很可能是案情的關鍵，但他就是不喜歡這東西。

索恩根本不鳥「爲什麼」這幾個字。

當貝賽爾回到桌前的時候，索恩立刻起身，開始穿外套，「好，那就算說定了？」

貝賽爾拿起菸盒，「對。應該不需要問你照片有多急吧？」

「其實不急，眞的。」

後方傳來了笑聲，等於告訴索恩眞的該走了，立刻閃人。貝賽爾已經先一步朝他們衝過去。

「什麼事這麼好笑？」

四人當中最魁梧的那個站起來，他的目光從潮牌眼鏡後方穿透而出，直視著貝賽爾，這比較算是反射性動作，而不是什麼挑釁舉動，但對貝賽爾來說都一樣，他的粗壯手指猛戳那男子的胸膛，感覺一定像是被公羊角連續攻擊。「你以爲我在稱讚你是不是？啊？跟我說啊！」方形眼鏡男推開貝賽爾的手指，短髮男趨前保護朋友，雙方開始大戰。

貝賽爾的手指戴有凸狀圖章戒指，一拳向方形眼鏡男的臉上揮過去。索恩向前一步，在眼鏡男的朋友面前反手一揮，他發現自己踉蹌向後，昂貴運動鞋男開始亂丟東西，瓶子杯子從四面八方而來。現在是二對二，其他人也立刻加入陣容，第三名男子抓起巨大的金屬菸灰缸，但索恩先發制人，以前額猛撞那男子的鼻梁，動作宛若彎腰綁鞋帶一樣自然。

第四名男子立刻後退，他太慌張了，不小心弄翻一盤橘亮的咖哩烤雞，整個灑在某年輕女子的大腿上，害她淒厲大叫。澳洲酒保在一旁緊張打轉，令人望之生畏的白髮女老闆拿著破爛撞球桿，從吧台後頭邁步走出來。

「好，叫警察。」

酒保一臉不滿，伸出食指對著索恩，「警察早就在這裡了。」

索恩撫擦額頭，張望四周。三名男子有的躺臥不起，有的跪在地上，還有一個在滿地眼鏡碎片的發亮木地板上爬行，設計師品牌的迷彩褲上也都是濺血，還有二十幾個嚇得半死但依然興奮莫名的旁觀者面孔……

他心想，賀加斯應該也會覺得這畫面挺好的，但現在應該不是告訴女老闆的時候。

十分鐘之後，索恩與貝賽爾已經站在卡列克酒吧外頭的人行道。自從索恩剛才講話的時候刻意丟出「古柯鹼」這個關鍵字之後，女老闆的臉色和緩多了，而那些碎牙斷鼻的男子的反應也不意外，立刻隱忍不語，一切都立刻被原諒、遺忘。

貝賽爾把討人厭的手擱在索恩肩上，「索恩先生，謝了，你人眞好，狠狠修理了那幾個混蛋。」

索恩覺得頭痛又出現了，「我這麼做又不是爲了你。」

他伸手出去，準備攔計程車。

而且，我要修理的對象不是他們……

他們等到艾莉森的男友離開之後，才把黑板推進去。比夏覺得安妮有點太過敏感了。畢竟，關於艾莉森的進展，她一直都向那男孩解釋得很清楚，他心裡有數不是嗎？他應該也不會覺得她能坐起來唱歌吧？

安妮只是希望多等一會兒，之後再讓提姆一起參與，反正他還是得要學會這套系統、與艾莉森溝通。她只需要確認基本架構沒有問題，等到大家都上手之後，這就會變成他們的第二天性。她不知道自己該作何反應，才不會讓他誤解艾莉森的狀況。

如果他還沒有想到溝通的問題，那就表示他早已認定這女友等於沒了。

護理員將黑板堆到床尾就定位，輪子發出了轆轆聲響。安妮雖然樂觀，但也感受到眼前這份艱鉅任務何其沉重。艾莉森二十四歲，這是她進入幼稚園的第一天。

「如果我麻醉病人的時候，打算拿手槌把他們敲昏，不知道他們會作何感想？」比夏啜飲咖啡，目光盯著黑板。

安妮不發一語。這的確算不上什麼高檔器材，但就現階段來說已經足敷使用。她脫去外套，戴上眼鏡，拿起掛在床頭的遙控器，按下某個按鍵，病床發出響亮的低鳴聲，開始緩緩移動，艾莉森的身體也隨之抬高，成了標準坐姿。

「艾莉森，今天這個下午，我找了比夏醫生來陪我，也許妳記得他。妳入院當晚，負責治療的人是他。」她望向比夏，他正在研究黑板上的粉筆字母。

安妮走到床頭，執起艾莉森的手，「好，看看我們能不能追一下進度。艾莉森，看得到黑板嗎？」

艾莉森的右眼瞼立刻皺了一下，她半閉右眼，然後睜開，五秒鐘之後，眨了一下眼睛，安妮捏了捏她的手。

「很好。A到Z二十六個字母，一共分成兩行，我還在最下方列了幾個單字，等到我更清楚狀況之後，我們可以繼續增加，但目前就是基本字彙，『累了』、『好痛』、『餓了』、『口渴』、『想吐』。在我們習慣妳的反應速度之前，請妳先擔待一下，我知道一開始會充滿挫敗感，但的確值得好好練習。可以嗎？艾莉森？」

艾莉森額頭青筋浮現，十秒鐘之後，眨了一下眼睛。

安妮繞到病床的另外一頭，關上窗簾，「好，我們盡量讓妳可以舒服一點，傑洛米，你可以幫忙關燈嗎？」

比夏走到門口關燈，病房的光線瞬間轉爲半黑。安妮走到黑板前面，從口袋裡拿出了一支宛若大型鋼筆的東西。

「好，艾莉森，這是雷射筆，應該可以幫助妳更容易確認字母，也不會讓我覺得自己那麼像是在作軍事簡報。我們就從最底下的單字開始，確定妳沒有問題。」她開始移動雷射筆，將光點對準了「好痛」的下方，「如果答案是否定的，不要怕麻煩，眨兩次眼告訴我。如果答案是肯定的，眨一次就好。」

她拿著光筆，沿著那一排字的下方慢慢移動，每個字停留的時間將近一分鐘。安妮目光熱切望著艾莉森，她聽到外頭車流的嗡嗡噪音。沒反應，她瞄了一下比夏，他點點頭。

「好，讓我們試試看這個好嗎？」她再次開始移動光筆，比夏從上衣口袋拿出小筆記本坐下來，手執鉛筆靜靜等候。安妮在每個字母下面停留的時間將近一分鐘，不過，在試過前五、六個字母之後，她稍微加快了速度，P……Q……R……S。

眨了一下。

安妮好想歡呼，「S，好……」

她一路點到了最後的英文字母，沒有進一步反應。

比夏清了清喉嚨，「吉米，很可惜，正好依照字母表順序所排列的單字並不多。」

安妮轉過去看他，雷射筆的光點像是狙擊手步槍的瞄點一樣在他的胸膛上來回跳移，他忙著在塗塗寫寫，「幾乎……」

「幾乎怎樣？」她知道自己快發飆了。

「『幾乎』（almost）就是一個例子，每個字母出現的位置都符合了字母表的前後順序，此外，還有billowy。其實最長的字是aegilops，這個字呢，很奇妙，意思是眼睛部位的潰瘍，但我不覺得她想講的是那個字。」他露出微笑，「我看，應該從頭開始吧。」

安妮覺得自己好蠢，當初怎麼沒想到這一點，也許應該會有效率更高的方式來排列字母才對，這個等一下再說。第二輪做完了，又多了三個字母，H、O，以及R。

安妮想要主動幫忙，「是不是short？艾莉森……short？」

艾莉森眨眼，安妮等了一會兒，艾莉森再次眨眼，又得從頭開始。

他們進入第三輪，當光筆一碰到M的時候，艾莉森立刻眨眼。安妮看著比夏，他正忙著在筆記本上塗寫。然後，他微笑起身，走到床邊，「我覺得她有點太急了，遇到某些字母的時候，她還會提前眨眼，深怕一不小心就錯過了。」

安妮盯著他，她的聲音裡有一絲不耐，「所以呢？」

「如果S其實代表的是T，然後M又等於提前了一個字母……」

安妮想了一會兒，懂了，雙頰立刻緋紅，比夏露出不懷好意的笑，「她在詢問我們的探長朋友索恩（THORNE）。如果我是妳的話，我會在板子上多加一個問號。」他站在床頭，低頭望著艾莉森，「也可以在哪個地方加個笑臉符號，她的眼睛真的閃閃發亮。」

安妮有點不爽，還是拿起粉筆，也許她不應該請傑洛米過來幫忙，她本來希望找到一個能支持她的好友同事，他當然非常樂意幫忙，不過他的態度也可能超跩，但這也是她喜歡他的地方。她開始在黑板上寫字，「傑洛米，當年你玩《泰晤士報》填字遊戲所浪費的時間沒有白費，很好……」

比夏沒在聽她酸人，他傾身向前，與艾莉森幾乎貼頰，「記得我嗎？艾莉森？」

眨眼。

「從妳入院的時候？」

沒有反應。然後，眨眼。

比夏點頭，他的聲音低沉，讓人聽了好舒服。「很好，那麼之前呢？記得之前發生了什麼事嗎?艾莉森?」

眨眼。

安妮從黑板前轉過頭來。

又眨了一次。

比夏走回安妮面前,搖頭。他揚了揚手中的筆記本,咧嘴大笑,在「索恩」那個字的周邊,他畫了一顆心,中間還穿了箭。安妮立刻搶下來,一半是好玩,但也有另一半是眞的氣惱,她走到窗邊打開窗簾。

「索恩先生很好,謝謝妳,艾莉森,妳這麼急切關心我的私生活,我覺得好丟臉,」她走到床邊,低頭,艾莉森的雙眼依然盯著黑板。「眞不知道我這個死腦筋又不要臉的泰恩賽德❷賤女人還能幹什麼!」她把手輕輕放在女孩的肩上,她的笑容燦爛,完全是因爲艾莉森而展露歡顏。

她轉頭看著比夏,他望著黑板,若有所思在微笑,她剛才對他發火,現在心裡滿是歉疚,「要不要一起吃個晚餐?」

他回話的時候根本沒轉頭,「抱歉,吉米,我有約會。」

她走到他身邊,雙眼睜得好大,她覺得事有蹊蹺,「聽起來很神秘?」

「並沒有。」

「隨便你啦,不過之後我一定會問出來,你知道我的作風。對了,什麼事這麼好笑?」

比夏看著黑板上的字母,不斷發出悶哼聲,安妮看著他,他臉上依然掛著微笑,「怎樣?」

❷位於英格蘭東北部,英國第七大都市區。

「記得二十多年前在妳公寓發生的事嗎？」

「不記得……」

「招魂，妳、我，加上大衛，還有那個里茲來的女孩，她叫什麼名字來著？」

「哦，天哪，嚇死人了。」

「不會啊，哪裡可怕？反正移動玻璃杯的人是大衛。」

安妮假裝驚抖了一下，但其實那段回憶讓她不寒而慄。她面向艾莉森，指著黑板，解釋緣由，「他覺得這像是玩碟仙的板子。」

比夏喃喃自語，臉上的笑容收斂了一點，「如果眞的是這樣就好了。」

索恩從廚房餐桌上拿起「反手專案」的聯絡人名單，走到客廳，準備打電話給戴夫．賀蘭德，他已經把電視聲量調低，目前正在播映的是《警察比爾》影集，應該算是「獨立電視台」有史以來最好的情境喜劇。

「喂……」

是賀蘭德的女友，天，她叫什麼名字？

「哦，嗨，是蘇菲嗎？」

「哪位？」

「抱歉，我是湯姆．索恩，戴夫的同事，他在家嗎？」

他聽到她的音質變得不太一樣，因爲她把手摀住話筒在講話，說些什麼他也聽不清楚。當賀蘭德接起電話的時候，他家電視的音量也跟著刻意調低。

「賀蘭德，我是索恩探長……」還是不要聽起來太麻吉比較好，「希望我沒有耽誤到你的回家功課。」

「抱歉，長官？」

「《警察比爾》影集——我聽到背景的電視聲。那是演戲，不是眞的，你知道吧。」

賀蘭德大笑，「是沒錯，不過劇裡大家在嘲笑的那個角色和圖根探長超像啊。」

這句玩笑話向索恩透露了諸多訊息。賀蘭德很了解狀況，索恩剛巧也知道他提到的是哪個角色——而且他說得一點都沒錯。看來，他眞的低估了這個小伙子。「好，顯然你一定知道我現在調回了亨頓，但我還是很關心案情的新發展。對了，現在換誰進來？」

「羅傑．布魯爾。蘇格蘭人——似乎人很不錯。」

索恩沒聽過這號人物，可能這也算好事。「那麼，你知道我的意思，要是有任何狀況……」

「長官，我會立刻讓你知道。」

「任何狀況，所有的進展，賀蘭德……拜託了。」

瑞秋看錶，他遲到了，雖然只有五分鐘，但是她不想錯過預告片。她想到了自己從穆斯威爾丘搭公車的時候，坐在她後面的那個瘋子，決定回家的時候改搭計程車。她看了一下錢包，如果她得要自己出票錢的話，那麼就得開口向他借錢了。媽媽知道她搭計程車當然會比較開心，但也一定會覺得奇怪，爲什麼克萊兒的爸爸不肯送她一程。如果她晚上在外面逗留，他通常會送她回家，也許她可以謊稱他的車進廠修理，但母親可能已經在路上看到他的車，或者已經與克萊兒的媽媽通過電話。她決定還是請計程車司機不要停在家門口，這樣應該比較簡單吧。

講太多謊話實在不太好。她不擅長說謊，而且她也不喜歡對母親撒謊，現在她只能暗中祈禱，在接下來的這幾天當中，母親不會剛好遇見克萊兒。

她開始覺得冷了，趕緊又多扣了一顆丹寧外套的釦子，她盯著街角，滿心期待他的出現。她也不算是撒謊，只是隱瞞而已。如果說出來的話，兩人一定會吵架，而且比那天晚上的爭吵還要嚴重得多。

癥結點就是那幾科會考科目，她根本不想重考。當你正準備和別人認眞談戀愛的時候，卻還得應付那所謂的重要考試？太不公平了。

他們兩個是不是認眞的？感覺的確是這樣，他們還沒有上過床，但並非是因爲她排斥，而是他，他似乎一點都不急，顯然是等待適當時機到來。他這個人眞是善良體貼，因爲他顯然有經驗，而她沒有，要是她不想要的話，他也不希望讓她承受壓力……

瑞秋知道這對母親來說非同小可，他有經驗，這種事情會讓她媽媽抓狂……

她看到他出現在街角的時候，她正忙著在撥弄頭髮。他對她揮手，趕緊小跑過去。他身材眞的很好，健美，克萊兒一定會嫉妒得要死，但想必母親根本高興不起來。

他年紀比她大太多了。

黑板！天，某天安妮帶了一本小冊子進來，裡面介紹的是美國正在研發的電腦系統，可以靠眼瞼什麼的來操作，它們眞的可以表達你的想法，就像是電影裡面演的一樣。我有一支手機，在傳簡訊的時候可以預測接下來會打出什麼字母，如果你的拼字能力和我一樣糟糕的話，眞的超好用的，我記得那支的價錢是二十九點九九英鎊。現在，我有的是一塊爛黑板，大家一直在說要砍健保預算，但這也未免太搞笑了吧？

我在想，也許他們可以治好我的某些功能，讓我可以閱讀或是看電視。不需要太複雜，只要弄幾片鏡子和其他東西，我就不必整天躺在這裡、盯著那片隨時可能要從髒兮兮天花板掉落下來的灰漿，嗯，我想應該是不會掉下來啦。其實所有的機器看起來也都快嗝屁了。左邊那一台大機器發出多次惱人噪音，像是停車格投幣器跳起來的聲響，希望他們要給護士足夠的零錢，我可不希望因爲有人少投了五十便士而害我半夜嚇死。

我很清楚這不是安妮的錯，我也知道當你飽受煎熬的時候會胡思亂想，但我依然覺得……

其實，看到字母表出現的時候，我開心得要死。我們現在只需要想出一個辦法，讓我可以告訴安妮接下來要往前找字母，而不是往後，不然實在是沒完沒了，我知道她一定可以解決這問題。

對了，和她一起來的那個醫生眞是超聰明，發現我會提早眨眼。我只是想要全力以赴，要是等到光點出現在我要的那個字母的時候才眨眼，很可能會來不及，整件事就被我搞砸了，到頭來我只能拼出捷克斯洛伐克，只有化學家才聽得懂的那種字彙。

如果我剛進來的時候、是由他負責治療的話，我應該要心存感激才是。我的確記得他低頭看我的模樣，我也記得他呼喚我要趕快醒來，但我之後就不記得了。在此之前，我記得的只有片段，某人聲音的片斷，而不是話語，我還沒想起來，只記得那個人的聲音，和比夏醫生一樣悅耳溫柔。

然後，我就出現在這裡了，胡思亂想，擔心我的手機會害我得癌症……

10

索恩在克拉珀姆交匯站下車。他走出火車站，再次翻開自己的通訊錄、確認之後，朝拉汶德丘前進。只需步行個十分鐘，即可到達那間屋宅。才剛過五點鐘，他已經疲憊不堪，隨身帶著手提箱也沒能減輕負擔。

倒不是因爲裡面裝了什麼東西。

今天早上，他在貝克大樓待了整整一個小時，布里史托克對他提到性侵案與搶案的承辦量得要好好加油，他根本沒聽進去。他拿了需要查問的某名警衛的住址，直接前往亨頓中央車站。他必須在前往皇后廣場之前找到時間完成訪查工作，嗯，反正看來今天他會好好見識一下倫敦街景。

這個區域他不太熟，但只要是明眼人都看得出來這裡是富人區。街頭四處可見品酒吧、高檔熟食店、餐廳，當然，還有一大堆的房屋仲介店面。他出於好奇，短暫駐留窗口，朝裡面偷看了一下，從電腦終端機後頭鑽出某個滿臉油光、皮膚坑坑疤疤，還帶著美人尖的傢伙，對他微笑。索恩別過頭去，仔細研究了一下櫥窗裡旋轉展示架裡的物件細節。肯特緒鎭不算便宜，但他好歹可以買個含花園的兩房小公寓，但同樣的價格到了綠意盎然的巴特錫，只能買間廁所而已。

他深吸一口氣，開始緩步往上爬。當手機響起的時候，他已經氣喘吁吁，那股尖細聲音錯不了，就是他。「索恩先生，我是貝賽爾。」

「我知道，東西好了嗎？」

「哦……你認得出我的聲音啊？」貝賽爾笑道。

索恩必須把手機從耳邊移開，貝賽爾所在區域的狗兒恐怕有一半正朝他衝來。

「柯達，拍得怎麼樣？」

「應該是可以處理得更好才是……」

超級大白癡，早知道他買相機自己動手就好。

「嗯，貝賽爾……」

「別擔心，索恩先生，我拍到了照片，而且拍得不錯。這傢伙站在門口，無聊翻弄植物吊籃。這傢伙是做什麼的啊？看起來像是個商人，對不對？」

「那爲什麼可以處理得更好？」貝賽爾不發一語。「你自己剛才明明說可以處理得更好。」

他聽到貝賽爾吸了一口長菸。

「對，我也無能爲力，等到他進入家門之後，有另一個年輕人把車停在外頭，當他走出車外的時候，他四下張望，哎，我不知道，可能是鏡頭的反光或是什麼的吧，反正他看到我了。」

「他長什麼樣子？」

「我不知道——個頭很高，年紀約二十出頭吧。我覺得可能是學生——你知道，就是有點邋遢。」

兒子。可能是回家借錢，如果安妮說得沒錯的話。

「他說了什麼？」

「索恩先生，你的訊號不太清楚……」

「他說了什麼？」

「哦，你也猜得出來吧，就是問我在幹什麼。我說我在拍市區一般鳥類生態的作品集，然後，我就死盯著他，最後惹得他火冒三丈。別擔心，其實他對我破口大罵的時候，我還拍了他一兩張照片。」

索恩露出微笑，派這個傢伙上場果然沒錯。

「所以我什麼時候可以拿到照片？」

「嗯，正在晾乾，兩三個小時吧？」

太好了。

「嗯，那就一點鐘左右，殺戮戰場見。」

「去那裡不太好吧？」

貝賽爾的顧慮是對的，索恩覺得自己應該不會受到什麼殷勤招待。

「好，那就待在酒吧外頭吧，盡量不要和別人講話。」

「索恩先生，我等一下就過去。」

「柯達，你的服務水準越來越高了。」

他已經打過電話到皇家醫院，確定比夏的待命夜班依然是星期二，午餐之前不需要上班，如果索恩運氣好，應該可以在比夏家裡堵到他。他來應門的時候，身著昂貴的檸檬色毛衣，露出迷人微笑，顯然是精神充沛。

「哦……索恩探長，我是不是忘了我們有事先約訪？」

索恩看到他正朝自己背後張望，顯然是在找同事或警車。

「哦，您誤會了，我只是純粹賭運氣罷了，老實說，我這個舉動眞的很不要臉。」

「你的頭傷怎麼樣？」比夏一派輕鬆，雙手插在口袋裡，看來是要在門口閒聊了，也好。

「好多了，謝謝，幸好我頭夠硬（固執）。」

比夏斜靠在大門口，索恩可以看到裡面的廚房，但主人依然沒有邀請他入內的意思。

「對，那天晚上在吉米家的時候，我也這麼覺得。對了，那天我很開心，我知道我這個人有點難搞，希望你別介意。」

「你想多了。」

「有時候我就是克制不住，喜歡在言語上逞兇鬥狠。」

「您只要繼續維持動口不動手就好。」

比夏大笑，看得出他一口好牙，從來沒補過。

索恩把提包換到了另外一手，「我也覺得很開心，所以我覺得自己雖然有點莽撞，但還是想請你幫個大忙。」比夏望著他，等他繼續說下去，「我正好在附近監控某人，剛好是另外一個案子，而我的手下突然得離開，因爲他女友出了意外……」

「不嚴重吧？」

「應該還好，手被門夾到什麼的，但我現在哪裡也去不了。我還得去別的地方查訪，快要遲到了，你就在附近，而且我們還一起吃過晚餐……」

比夏邁步向前，經過了索恩身邊，彎腰，從車道上的大花盆裡面撿起一片枯葉，「就直接問吧。」

「能不能請你送我到車站？」

比夏抬頭，望了他好幾秒。索恩覺得比夏已經看穿了謊言，想要在他臉上找出破綻。索恩別過頭去，凝視著垂死的花朵，「幾個禮拜前還是還是很漂亮吧。」

「我想明年可能會改種常綠植物，矮松和常春藤。這些東西死得這麼快，但花在它們身上的功夫卻很驚人。」他捏爛手中的枯葉，站了起來，「其實我準備要進市區，一起過去方便嗎？」

「太好了，感恩。」

「我得拿鑰匙和一些東西，進來坐一下吧。」

索恩跟在比夏後面，進入屋內，站在門廊等候。比夏待在廚房裡，對他大聲講話，「昨天這裡出現了一個攝影師，鬼鬼祟祟，媽的煩死了，你知道這是怎麼回事嗎？」

所以他兒子顯然就立刻進入屋內，告訴了他，發現貝賽爾躲在矮樹叢或是什麼其他隱蔽之處。

「也許是媒體在打聽風聲，自從海倫·杜勒的現場還原節目播出之後，他們就很積極。你看過沒有？」

「沒看過。」索恩覺得他似乎遲疑了一會兒才說出答案，「我不知道他們會聯想到艾莉森·維列茲的攻擊案。」

他們沒有。

「的確是沒有，不過可能有人洩漏了我們的訪談名單什麼的，很不幸，就是會出這種事，如果你想弄個清楚，我會仔細調查一下。」

比夏邁開大步，走向門廊，穿上休閒外套，又從小桌上抓起鑰匙，「我可不想看到我自己出現在《太陽報》頭版的顯著版位。」他打開大門，示意索恩一起出去，「不過呢，」他關門之後，把手搭在索恩肩上，兩人一起往他停車的方向走去，「如果能有張不起眼的照片上了《每日電訊報》，那就另當別論了，許多年輕護士會刮目相看。」

比夏進了車裡，索恩也朝副座位置走去，他在車子後方停下來，拿起公事包，「這個可以放進後車廂嗎？」他看到比夏從照後鏡瞄了他一眼，微笑，後車廂咚一聲、從裡面彈開了。

他開著富豪汽車，沿行艾伯特堤道前，順手拿起CD塞進播放器裡面。這套音響的檔次當然超過了索恩那台蒙蒂歐吵得要死的便宜喇叭，但搞不好有些人覺得鄉村音樂就得要配這種爛貨才更對味。比夏瞄了他一眼，「不聽古典音樂？」

「不怎麼聽。但這挺不錯的，這是什麼？」

「馬勒作品，Kindertotenlieder（德文，《悼亡兒之歌》）。」

索恩等他翻譯——真奇怪，居然沒有。這台車一塵不染，聞起來還有新車的味道。他們遇到紅燈，比夏停了下來，敲打著原木排檔桿，婚戒碰到胡桃木面，發出清脆聲響。

「所以，你認識安妮很久了？」

「天，老朋友了。我們念大學的時候會合力把床推到街上跑來跑去。我和安妮、莎拉與大衛。」他哈哈大笑，「我想這就是醫院床位不夠的原因吧，全被精力旺盛的大學生推進了河裡。」

「她和我提過你太太的事，很遺憾。」

比夏點頭，看了一下側鏡，不過他們後面根本沒人。

「老實說，眞難想像時間過得這麼快。其實，下個月就剛好滿十年了。」

「十八個月前，我母親過世。」

比夏點點頭，「但那不是你的錯吧？」

索恩下巴一緊，「什麼？」

「你知道嗎，那場車禍是我的錯，我一直有陰影。」

安妮沒提過這件事，索恩死盯著他。

「探長，別擔心，開車的人不是我，不需要重啓調查。莎拉那時候很累了，但還是勉強開車，因爲我喝多了，這件事的陰影，我恐怕一輩子都揮之不去。」

你一生揮之不去的陰影一定很多。

「自己撫養兩個小孩很辛苦吧，我猜他們當時年紀不大。」

「當時蘿貝卡十六歲，詹姆斯十四歲，哦，不是辛苦，根本就是惡夢一場。感謝老天，我那時候已經算是個好爸爸了。」他們前方的車輛看到紅燈，突然急停，他也立刻猛踩煞車，索恩在座位上被反震後倒，比夏看著他，臉上浮現詭異神情，「她的胸膛全碎了。」

他們等待燈號轉綠，兩人都不發一語。

我剛才爲什麼要跟你說很遺憾？

「我昨天見到了艾莉森。安妮在爲她測試溝通設備，我想她之後會跟你提起這件事……」

然後，車子經過滑鐵盧大橋、進入西區，他們有一句沒一句地搭話閒聊。

比夏把車停在長畝街，準備讓索恩下去，行車風格依然兇狠，「這裡可以嗎？」

「太好了，再次感謝。」

「小事。我想我們不久之後會再見面。」

索恩關上車門，電動窗緩緩搖下。

「別忘了你的公事包……」

他慢慢開車，經過柯芬園，前往霍本區，然後又從另外一個方向繞回蘇活區，他穿越了許多兩側有新開店面的小巷，鉻鐵風格的內裝空間浸沐在熔岩燈的光暈之中。「勘景」，他確定電影界是這麼說的，他也在爲下一名對象找尋場景。他已經看中了不少地點，等到天黑之後，他會開始精挑細選，但現在，他只想要享受一下氣氛。

握在方向盤上的雙手，力道更緊了一點。他依然不知道索恩在玩什麼把戲，爲他設下的局如此簡單，但目前狀況根本談不上令人滿意。他沒料到這傢伙這麼笨，他早該想到才是。大部分的時候，他都很清楚事情的進展，而他對於那些關鍵時刻的精準掌控感，也正是之所以能讓事物順利進行，得到預期合理結果的主因。但也有充滿懷疑的時候。他覺得那種不確定性隨時會向他暴衝而來，混淆一切，他不喜歡意外。

這些年來，他從來沒喜歡過。

他決定大致上還是要依循原來的模式，但他內心卻渴望帶來一點小小的變化。當然，試驗之後，證明酒吧很成功，倫敦南區的迪斯可酒吧，但這次他想要調整一下地理區位，也許轉移到高級一點的路段。處處都看得到漆木與光亮鋼材，大家原本壓低分貝談笑，後來變成大吼大叫的某個地方，而且還特別為年輕人準備好充裕的藥丸與甜酒飲料，他的工作也等於省了一半。

然後，他只需要跟在夜間巴士後頭就行了……

對，她應該要非常年輕，甚至比海倫的年紀還要小，說起來也比她幸運多了，只要他能成功的話，她就不需面對日後長達多年的人生掙扎，也不會飽受妊娠紋之苦。他這次會搞定一切，就像艾莉森一樣。如果，即便在接近死亡的狀態下，她的心臟依然有能夠將血液輸送到全身的氣力，那麼，她將會得到終生的妥善照料。

他張望四周，被淹沒在自己車內的其他駕駛人、窒息的路人，還有呼吸越來越困難的店員，隨著一天天過去，所有人都逐步邁向死亡。他沒有辦法幫助每一個人，但其中將有某一個人會立刻得到與生命奮戰的機會。

然後，索恩應該就可以好好開始幹活了。

✦

當安妮打開辦公室大門的時候，那一吻，感覺好彆扭。他們的笑容真誠，也等於違反了各自的職業分際。他們渴望的不只如此，但還得再等一段時間。

那面黑板緊靠著牆，索恩趨前一步，「這就是傑洛米說的溝通工具？」

她滿臉驚訝，「你見過他了？」

他聳肩，「今天早上，他送我進市中心。」現在他的手提箱裡已經多了一兩件小東西。

「嗯。」她走過去，尷尬擦去某些更潦草的粉筆字跡。現在，在那些成排的字母底下，多了兩個小箭頭，一個向前，另一個往後。

「這算是……改良版，希望有效果。」

他好後悔，無論基於什麼原因，那天吃完晚餐之後，他就應該要發動攻勢才是，現在的狀況變得何其困難。「我有個同事幫我在網路上找了資料，」他說道，「但它們全都是……很精密的儀器。」

她微笑，「哦，是的。如果有超複雜的電動椅系統，艾莉森會有大幅進展，就算是她現在的狀況，也可以使用靠最細微眼部動作操控的『凝視』系統。她可以操作滑鼠，以聲控軟體在電腦裡輸入文字，她可以說話，能夠確實掌控周邊環境裡的所有物件。」

「我猜一定超貴吧？」

「真的，能弄到黑板已經算我運氣好。要不要喝點咖啡？」

索恩滿腦子都是淫穢念頭，地點就是她的書桌。他想要被她推過去，所有的筆記全散落在地板上，他想要解開自己的褲頭拉鍊，看著她笑盈盈朝他走來，還伸手拉起了自己的裙子……

「我真的好想趕快見到艾莉森。」

「嗯，你先上樓吧，我去餐廳買兩杯咖啡，你記得病房位置吧？」

病房空間不像他上次看到的那麼擁擠，處處都是儀器。他依然感覺自己像是搭了電梯、到達地下室，不小心進入電力室，只不過這裡的設備沒那麼多，艾莉森身上的管線似乎少了一點，房內有鮮花——他猜應該是她男友送的。他驚覺自己從來沒有見過提姆・西尼根。他不知道這個人的長相，也不知道他做什麼工作，應該要問賀蘭德才是。

媽的，要是他有時間，直接問艾莉森就好。

他想要尿尿，匆忙進入艾莉森套房的附帶設施，金屬淺盆、水槽、滿是針筒的垃圾桶。在那片醜陋的黃牆上，各種不同的高度與角度都安裝了把手，他沖完馬桶，朝臉上猛潑冷水。

索恩挑了張最靠近床邊的椅子坐下來。她的雙眼睜得好大，右眼眼波閃動。雖然是最細微的動作，但似乎一直持續不斷。想要與她維持眼神接觸，眞是難上加難，她那閃爍不定的凝望有質疑的意味——他知道，這是出於他的想像，但他依然覺得很難堪。你與別人四目相接的時間能撐多久？就算是與你親密的人又如何？幾秒鐘？如果他能保持自在的話，艾莉森仰望的目光絕對可以穿透他的眼。他突然有了體悟，心裡藏有類似羞愧的情緒，凝望無法持久。

他隔著床被，緊緊握住她的手，要是掀開床單的話，彷彿像是……佔人便宜。

「嗨，艾莉森，我是索恩探長。」他面紅耳赤，想起她剛才盯著他的時間幾乎長達一分鐘之久，他開始冒汗，把椅子朝她床邊挪近了一點，捏了捏她的手，「看到類似像我這樣的笨蛋出現在妳面前，一定讓妳很煩。」

艾莉森眨眼，她眼瞼垂下的動作很遲緩，應該是正常現象，但是，對索恩來說，彷彿她的答案帶有一絲疲倦的欣喜。他突然覺得她的手指出現短暫的震顫，他望著她的雙眼，想要確定是不是自己的錯覺，沒有反應。不知道她有多少朋友也坐在相同的位置，與他產生同樣的感觸？有多少人最後只好大叫找護士，等到回家的時候覺得自己像是個白癡？

他終於開始覺得完全放鬆了。機器的低鳴聲舒緩，有催眠效果，有點像是喝醉了，可以暢懷聊天。但他知道安妮隨時有可能會帶著咖啡進來，而且，他有一個必須趁她不在病房的時候才能發問的問題。

放開那溫暖的小手何其困難，但他真的得要打開手提箱。他從硬式文件夾裡面取出一張十吋乘八吋的黑白照片，把它放在旁邊，思索該如何找出最恰當的措辭。

她認得比夏，無庸置疑。昨天他與安妮待在這個房間裡，對吧？其實，他也並非爲了尋求指認嫌犯之類的結果，他只是希望他可以知道別的事，抓到感覺，反正就是確認在他的已知事物之外、還有其他的可能性。

他知道這間病房裡無論出了什麼事，都不可能被當成有效證據。他也有預感，他沒辦法直接挑明問她，等一下讓她看到的那張臉，是否就是害她躺在這裡的男子的面孔？天知道她現在的感受是何其脆弱，即便到了現在，看得出來她依然充滿困惑，毫無頭緒，他必須慢慢來。

他渴望答案，但他不能傷害她。

「艾莉森，我要給妳看一張照片。」他將照片舉高，沉默了好一會兒，房內只聽得到那毫不間斷的嗡嗡聲，「妳先前看過這男人，是嗎？」

他的目光一直不曾離開她的眼眸。

她眨了眨眼睛。

他手機響了。

安妮不希望手中的咖啡變涼，她想要盡快結束與行政長官的談話。他在收銀台前面逮到她，雖然他只是一個人碎碎唸了幾句話，卻讓她覺得無聊死了。這個人的無聊程度眞的無藥可救，幸好他不是醫院訪客，否則很可能會害那些昏迷病人的治療成果倒退二、三十年。她只是微笑，頻頻點頭，天知道她到底答應了什麼。

現在，她走向艾莉森的病房，她心想，不知道索恩是不是和她有一樣的感覺——這彷彿是一場詭異的約會，兩人一起喝咖啡，卻有艾莉森在旁監看。

他關心艾莉森的狀況，還上網查資料，好善良的一個人。她也該爲自己多查詢一些資料，當然，有助終生殘障者改善生活的那些高科技成果——至少，對那些有豐厚收入的人來說，負擔不成問題的機器——她都瞭若指掌。不過，發展日新月異，網路所帶來的資訊很可能超越目前的醫學文獻。

她不知道索恩的專業表現如何。顯然他很關心自己的個案，就他的工作看來，關心未必是件好事，她知道傑洛米對這種事會有什麼評語。

她雙手各拿一杯咖啡，靠背部力量推開了艾莉森病房的門，然後又以屁股將門頂回去。她轉身，看到索恩站在窗邊，凝望遠方。她看到艾莉森床邊的空椅，立刻明白大勢不妙。

「湯姆？」

她光從他下巴就看得出他十分緊張，而且他的臉色一片屍白。

「某人聯絡我的辦公室……我的前辦公室，匿名者。」

他緩緩面向艾莉森，但安妮知道他其實在盯著她頭部上方的後牆，他目光低垂，看著那女孩的臉龐一兩秒之後，慢慢離開了病房。

安妮把咖啡放在艾莉森病床旁邊的桌上，跟他走到外頭，他早已在門外等候。當房門一關上，他立刻趨前一小步，以壓抑暴怒的平靜語氣告訴她原由。

「有人指控我騷擾艾莉森。」

音樂的尖叫聲，還有令人昏昏欲眠的節奏凝結在索恩的心頭，將他的思緒帶引到他腦袋通常會巧妙避開的幽暗之地。他坐在地板上，背倚靠著沙發，啤酒罐貼著臉頰，感覺好冰冷。

基博努力要讓他安心，「湯姆，別煩惱了，這當然沒什麼大不了，只是某個瘋子宣稱聽到醫院裡面有人講閒話，沒有人會當真——又不是從艾莉森·維列茲口中聽到這種事，對吧？」

索恩對最後一句話無感，但聽起來言自成理，他無可辯駁，也不禁讓他鬆了一口氣。他的頭部往後倚靠，貼在沙發靠墊上，雙眼盯著天花板。

他眼前浮現撫觸艾莉森的畫面。

他聽見傑洛米·比夏的乞求聲。

門鈴響了，他緩緩站起來，走過去開門，然後又立刻走回去，坐在剛才倚靠沙發的地板上。

禮數似乎已經無關緊要。安妮進門，站在火爐旁邊，她丟下包包，脫去薄料雨衣，花了五秒鐘的時間端詳屋內，她注意到的第一樣東西是啤酒，「可以給我一罐嗎？」

她走過去，攏了攏自己的黑色長裙。索恩身邊放了已經拆開的四罐裝啤酒，拿了其中一罐淡啤給她，「這牌子我不熟。」

「我知道。昂貴紅酒加喝不醉的便宜淡啤，別問我爲什麼。」

「所以你可以盡情享受喝酒，但是卻不需要承受酒醉的感覺。」

「當然不是這個原因。」

她坐在他的右邊，躺靠在沙發上，「湯姆，那通電話，只是惡作劇而已。」

他輕捏空罐，然後突然停手，把它輕輕放到其他啤酒罐的旁邊，「我知道究竟是誰幹的好事。」

「哎，你如果爲這種事情生氣就太不智了。」

他扭頭看著她，「不，我沒生氣。」

安妮在這個人的眼眸中看得出他的良善面，他會送艾莉森鮮花，與性騷擾的指控天差地遠。

雖然她知道很難想像會發生這種事，但她眞的不希望將來必須與這男人爲敵。

她喝了一大口啤酒，指向音響，「誰唱的？」

「『左外野二人組』，這首歌叫作〈敞開吧〉。」

她聽了一分鐘，好厭惡。

「約翰．萊頓。」索恩說道，彷彿可以扭轉劣勢。

「嗯……」

「就是約翰．羅登……性手槍樂團的主唱？」

「可惜了，我連聽他們的歌都有點太老了。你呢？四十歲了嗎？」

「幾個月前剛過四十歲的生日，我十七歲的時候，正好是『性手槍』唱〈天佑女王〉的那一年。」

「天，那時候我已經是醫學院三年級學生。」

「我知道，把病床推進河裡。」

她對他擺出臉色，要是他父親看到，一定會說那是古早時代的臭臉，「好，那你那時候又在幹什麼？」

索恩心想，我沒念大學。原因太多了，他當初該去念的才是，「我記得那時候準備要入警校，還有忙著對抗青春痘。」他那時候好想當警察，希望能讓自己的爸爸媽媽以他爲傲，他渴望做好事，還想要實踐其他的愚蠢志願，一路走來卻被打回了現實，過程十分殘忍。

安妮喝光啤酒，索恩又拿了一罐給她。兩人靜靜坐著好一會兒，陷入回憶，或者，假裝在回憶。

「謝謝妳過來這一趟，妳有開車嗎？」

「有，不過很討厭停車。」索恩點點頭。「其實，能出來透氣眞的很好，瑞秋和我最近關係很緊張。」

「是嗎？」

「她有兩科得重考，但她覺得考完就結束了，反正她最近有點……難搞。」

索恩想起第一次與安妮．寇本在皇家免費醫院演講廳的相遇情景，顯然這一家人都很適合「難搞」這個字眼。

安妮又灌了一大口啤酒，喝得暢快，「我覺得，只是很一般的青少年煩惱罷了，她還沒有在肚臍上穿環，也還沒有把房間漆成黑色，但恐怕也只是遲早的事。」

「船到橋頭自然直。」

「艾莉森的事也一樣。」

「沒錯，再也不會有人進行調查，沒有人把這當一回事。」

「除了你之外。」

「他稱心如意就好。」索恩講出「他」那個字的時候，彷彿吐出了什麼酸溜溜的東西。

她慢慢走到沙發旁邊，傾身向前，低頭看他。

「好，你爲什麼不想談這個話題？」

「安妮，我不需要醫生，也不需要媽媽。」

「好，那你要不要上床？」

索恩一直覺得聽到驚嚇的話之後、把嘴裡的飲料噗哧吐出來，只會出現在《泰瑞與瓊恩》這種情境喜劇裡，但他自己卻眞的噴出一大口便宜淡啤，大腿全濕了，一想到電視劇情節，他不禁笑得停不下來。

安妮也笑了，但她也全身羞紅。

「啊，幹……我不知道妳會說這種話……」

「你自己剛才也說了啊。」

她從沙發上滑下來，坐在他旁邊的地板上，「所以呢？」

「嗯，我的褲子沾滿了特易購啤酒，得要脫掉才行……」

他彎身過去吻她，她放下自己的啤酒罐，一手勾在他的頸脖上。他突然停下來，盯著地板。

「現在這塊地毯有不快的記憶，而且我的嘔吐味是不是已經清乾淨了？我也沒辦法百分百確定……」

「你好壞，油腔滑調。」

「好，那去豪華套房？」

她點點頭，兩人都站了起來，他們之間依然有股彆扭的氣氛。沒有人要在這時候退場，但現在牽手也未免有點太蠢了一點。索恩推開了房門，握住門把，「我要警告妳，裡面有個瑞典處女。」

安妮挑眉，向臥房裡一望，只看到與房間尺寸相稱的小衣櫥、五斗櫃，還有一張鋪得整整齊齊的床，她不明就裡，「嗯？」

「我說的是床……」索恩把她拉過來，「不重要……」

索恩醒來，看了一下時鐘，接近凌晨兩點半，電話大響，他立刻睜開眼睛。他溜下床，光著身子衝入客廳的大門口前面，那裡是他擺放無線電話充電基座的位置，暖氣應該是不久前才關閉，但整間屋子已經寒氣逼人。

「長官，抱歉這麼晚打電話給你，我是賀蘭德。」

索恩將話筒緊貼著耳朵，另一手環住肩頭，他依然聽得到「左外野二人組」的歌聲，先前他按下CD的重複鍵，而且在他們進房之前也忘了關掉音響。

「嗯？」

「我們這裡似乎有了一點眉目。有名女子打電話進來，她看過那天播出的犯罪現場還原節目——猶豫了幾天，終於決定打電話給我們。」

「繼續說下去。」

「九個月之前，有個男人敲她的大門，說是要找派對的地點。她覺得他看起來人模人樣——你知道，超友善的那種人。她邀他進入家裡，他手上拿了一瓶香檳。」

索恩的身子突然不抖了。

「長官，現在我知道的就是這麼多。那男子也不知道爲什麼就閃人消失，她看到電視節目之後才發覺狀況有異。不過，她覺得自己應該可以提供我們精確的嫌犯樣貌。」

「圖根知道了嗎？」

「是的，長官，我已經打電話給他了。」

索恩突然有股氣冒上來，但他知道賀蘭德也無能爲力，「他怎麼說？」

「他覺得應該是有利的線索。」

「有沒有提到我？」

他覺得聽到了賀蘭德在心底思索措辭。

「賀蘭德，別管我的感受了，我好得很。」

「長官，的確是有你和維列茲小姐之間的笑話，但我真的不記得了——只是開玩笑而已，真的。」

沒有人把這當一回事。

「你什麼時候要去找她問案？」

「明天一大早，我會與圖根探長去找她。」

索恩聆聽賀蘭德講出細節，將那名女子的姓名與住址寫在電話旁的便利貼上面。起初的興奮感正慢慢退去，他又覺得冷了，好想趕快回到床上。

「謝了，賀蘭德，還有一件事……」

「長官，不要擔心，等到我們見到她之後，我會立刻打電話給你。」

「很好，謝謝。但我要說的是，如果有人問起你的女友是不是在早上的時候被門夾到手……」

他剛掛上電話，立刻發現自己已經完全清醒。他關掉音樂，拿了個塑膠袋在客廳裡匆忙走動，將空啤酒罐全扔了進去。他一度短暫動念，想偷看安妮的包包，它的位置沒變，依然在她先前丟放的地方，她會不會特地帶了另外一套換穿的衣物？

他決定還是作罷，趕緊從走廊櫥櫃抽出備用羽絨被，窩在沙發上，四周一片漆黑。沉思。

事情進展很快。以前他也遇過某些案子，他覺得自己彷彿像是局外人——會從截然不同的角度切入案情——雖然等於只有名義，但他依然算是團隊的一份子。這一次完全不一樣。當他大步走出基博辦公室的當下，他覺得自己做出了正確選擇，但才過了幾分鐘之後，他的信心開始動搖，直到現在，他依然充滿懷疑。

他知道自己當初爲什麼選擇退出。無論基博告訴他長官的理由是因爲辦公室政治、或是個人衝突，追根究柢，關鍵在於評價。

他們對評價置之不理；而他的評價一片空白。

他自己的、他們的，還有那些過世多年者的評價。但就連死者的評價也不可盡信，只要是據此而判他有罪，當然會出現問題，只有一個人能夠審判他。

而湯姆．索恩剛好是所有人之中、最嚴厲的審判者。

他想到了睡在他床上的女子。自從珍與他分開之後，他睡過的對象也不只安妮而已，幾次酒醉之後，與某個主動積極的女警官上床，還有與一個律師助理小玩過一陣子——但這是他第一次在完事之後感到膽顫心驚。

安妮曾經與比夏在一起，究竟好到什麼程度，索恩依然不清楚，但那一點也不重要。幾乎毀了他生活的那個兇手，曾經與至少此刻是躺在他床上的女子發生過性關係。他突然覺得很好奇，不知道比夏會不會吃醋。這個推論很合理，匿名電話、指控，似乎有點……太卑劣了。上次他在家裡被攻擊，會不會至少算是，某種遠離安妮的警告？其實性競爭才是關鍵？這個想法讓人寬慰，他覺得又恢復了一點自我掌控的能力，當指控他騷擾艾莉森的消息傳來的時候，怒氣滿身，那股能力也一點一滴隨之消失，現在，他冷靜多了。

回想當初他遇襲入院治療的時候。好，他總有一天會知道我是什麼樣的菜……

一個曾經接受拯救生命訓練的男子，卻以某種索恩永遠無法參透的原因奪人性命，他根本不在意背後的理由是什麼。

如果索恩想要阻止他，必須謹記莫忘初衷。

他拿起手機，窩在沙發上，先按下了141❸……

幾分鐘之後，他悄悄溜回臥室，鑽進被窩裡躺著，眨眼，無法入睡。

大約在四點鐘左右，安妮醒來，使出渾身解數助他入眠。

「覺得怎麼樣？」

每天都會被問到的問題，有時候還不止問一次而已。大家爲什麼會問這問題，我不是不知道，總比呆坐在那裡看著牆上時鐘、猜等一下是哪個護士來幫我擦屁股好吧。這裡是醫院，很奇怪，大家進來的時候，總覺得不買水果是不行的，然後，只敢用嘴巴呼吸，還會問一堆蠢問題。但拜託一下好嗎？爲什麼要問問題？不要再問了。如果你想講話，多告訴我一些事情，我是很棒的聆聽者，而且還會越來越好，只要你想說，我什麼都願意聽。講無聊的也好，坐在那裡抱怨你老闆不懂你，或是老公對妳再也沒有性趣，或者你明明領的是少得可憐的護士薪水卻想要四處旅

❸在英國，撥號前按此號碼可避免來電顯示。

遊也行，再不然，告訴我你想要在下午的時候喝酒好了，但就是——不要——問我——問題。

覺得怎麼樣？

其實你也不覺得我能夠回答，對嗎？如果我眞的打算玩下去，你一定會無聊死了。如果我想要簡單回答你，「不算太糟，謝謝你關心，那你好嗎？」就我目前的眨眼水準，還有，我的疲勞程度也得納入考量，講出這句話應該需要個四十五分鐘左右吧。你覺得很抱歉，居然開口問問題？嗯，那就別問了。

覺得怎麼樣？

別誤會，看到你們站在那裡，我非常感恩。訪客、在門口探頭進來的護士、清潔工，所有的人都一樣。說聲哈囉，進來，講點謊話來聽聽，就別老是講那一套好嗎。其實，你會問那種問題的唯一原因，就是你看到我這副模樣、無法準確判斷我的狀況，我的意思是，不是很清楚。但你可以亂猜嘛，一定可以猜得八九不離十，這種事不需要打電話問朋友了，是不是？

我躺在醫院裡，整個人都廢了，不太可能會爽翻天。大部分的時候，你不需要詢問別人覺得怎麼樣，對方的心情很容易看出來，開心、疲倦，或是生氣，全寫在對方的臉上，但我的臉孔不會流露太多心思，老實說，我覺得一定多少還是有一點，不過這也只是我自己亂猜的。要是我眞能有什麼表情，差不多也就是「關門」或「午休中」的模樣吧。

覺得怎麼樣？好，那麼……

生氣。愚蠢。樂觀。無聊。疲倦。睡不著。挫敗。感激。不爽。想打人。平靜。宛如作夢。噁爛。困惑。什麼都不知道。醜惡。厭煩。飢餓。一無是處。獨特。想打砲。樂觀。羞慚。覺得被愛。被大家遺忘。被拋棄。恐懼。放心。孤單。害怕。茫然。骯髒。垂死……

想打砲？我知道，抱歉，是很奇怪。但是我躺在會發出哼哼聲的床墊上，而且還有個超帥、應該絕對不會是同志的男護士，所以……

我剛是不是有講到困惑？對。

絕大多數的時候都是如此。比方說，爲什麼索恩要拿比夏醫生的照片給我看呢？我覺得他彷彿要引導我說出什麼。也許就像是聾啞人士一樣，他們的其他感官會變得更加敏銳，彌補失去的部分。由於我身體的大部分機能都已經耗竭，也許我現在多了一點巫力什麼的。我知道他有事情要問我，但他手機突然響起，他壓低聲音講話，然後事情變得有點怪怪的。

還沒有人告訴我出了什麼事。眞的沒有，我指的是那起犯罪事件，我知道他對我做了什麼……

但我依然不知道原因……

11

他在滑鐵盧站搭乘地鐵，貝克魯線，八站，直達。車廂鐵定是擠得不得了，他就是喜歡這樣。有時候，他得要等個兩三班過去之後，才能等到讓他滿意的列車。如果車廂內少了有趣的標的，擠進去也沒什麼意思。他望著列車轟隆入站，也不管身旁的旅客慢慢朝月台挺進，一節節車廂從他面前經過，他逐一掃視，準備做出最後決定。

可能得要經過好幾站之後，他才能夠擠到自己需要的那節車廂，不過，穿越通勤客的重重人陣，對他來說輕而易舉。他喜歡醞釀，好愛與那團充滿汗味的壓抑怒火百般周旋，把大家的報紙擠得沙沙作響，最後終於找到適合自己的位置。

找到她，通常不需要花太久的時間。

今天的這個她，身材高挑，只比他矮了一兩英寸而已。深色頭髮，鮑伯頭，戴眼鏡，鏡面後的目光緊盯著手中的《海灘》一書、不想受到周遭環境的干擾。當然，這麼做一定有風險，她可能比他先下車，他毫無接近她的機會。許多他挑中的對象都在牛津圓環或貝克街下車，要是遇到這種狀況，他倒也不會太失望，反正今天過了還有明天，交通尖峰時間千篇一律。

當列車停在皮卡迪利圓環的時候，他丟出了第一次的眼神接觸，煞停時的美妙顛晃。三十秒之後，當列車再度啓動之際，就是他的第二次機會。他站在這個對象的後面，有時候，他反而喜歡面對面，在爲了表示歉意而稍微側頭或是聳肩的時候，可以觀察她們的表情，當然，他也很愛女人的胸部。不過，眼前的姿勢才是他的最愛，他喜歡她們背部貼著自己鼠蹊處的感覺，他可以伸出汗濕的手、貼住她們的後腰處，穩住自己的重心，他還可以嗅聞她們的髮絲。最棒的是，如有必要，他可以回頭，瞪他後頭的那個人，擺出略微責難的臉色，然後，在興奮感越來越強烈的時候，發出微嘆。

她在早上剛洗過頭髮，不知道她昨晚是不是與人上床。如果她洗過澡了，那麼那股氣味一定也被她沖掉了，眞可惜，但他還是很喜歡她的髮香，而且她的頸後還有另一個幽微的跡痕。

車行速度慢了下來，卡在牛津圓環與攝政公園之間的隧道，又是一次小小的美妙推進。當列車靜止不動的時候，他在思考今天該做些什麼，沉思了足足有一分鐘之久。今天早上要找人訪談，他喜歡那種活動，一切由他掌控。他知道自己對人的分析能力很強，但他們卻永遠猜不透他的心思。

列車再次啓動，又是一陣漂亮的搖晃，再四站就得下車了，也許在那巨大顚震來臨之前，還可以再來一次。她一直在專心看書，但他知道她心裡想到的是他，覺得他眞是討人厭。沒關係，就讓她以爲結束了吧，讓她放鬆心情，以爲他換了地方或是下了車，只要讓她看不到就好。她絕對不會轉頭多看一眼，他靜心等待，離開馬里波恩之後再說。

列車朝他的終點站駛去，他知道她感受到他的每一吋肌肉。其實，不過就一秒的時間，但他觸到了她的股溝，還有她的棉質黑色長裙緊貼著自己尼龍工裝褲的感覺，他知道她全身爲之緊繃。

這麼多次以來，他只與其中一個發生過正面衝突。她立刻閃開，下車，然後轉頭對他大吼大叫。其他乘客看著他，但他只是恣意微笑，雙手一攤，讓自己隱身在上車的混亂人流中，只有那麼一次，機率超低。當然，就算遇到這種狀況，他還留有能讓自己全身而退的密招。

這是他最愛的一刻，最後一次的美好接觸，然後立刻閃人。在車廂門打開的前一兩秒，他將傾身向前，全力貼緊，他的勃起部位貼著她的屁股，臉頰壓住她的後腦勺，這種親密的感覺好強烈，他們應該是情人吧，夜晚窩在同一張床上，被褥濕答答，散發著氣味……

然後，離身，穿過擁擠群眾，擠向門口。當他從她旁邊側身而過的時候，他看到她的視線離開書本，往上瞄他。近距離一看，她長得一點也不美，但他不在乎，她的緊張神色與他下體的熱度才是重點，畢竟，這只是一場遊戲，是忙碌生活的一部分，對嗎？他面露微笑，每天工作前，完成這例行性的美好開場之後，他總會想起這件事：親愛的，所以還是別住倫敦吧。

他扣起外套釦子，掩蓋他那塊小小的鼓脹部位，尼克·圖根在艾德格威爾路站下車，調整心緒，準備迎向今天的挑戰，然後，立刻朝手扶梯方向走去。

安妮早早就離開了，她說必須要在瑞秋醒來之前到家，索恩則睡到九點多才起來。他撥了通電話給布里史托克，報備今天會遲到。他沒有預定計畫——只是在等賀蘭德回報消息，他真的是累壞了。

當他在享受第四片吐司，正準備趁自己摸魚的時候，欣賞難得看到的《理查與茱蒂》，門鈴響了。

他看過柯達的照片，所以立刻認出了詹姆斯．比夏。他心想，貝賽爾的形容一點都沒錯：就是邋遢。這傢伙又高又瘦，蓋住T恤的長外套、牛仔褲、髒兮兮的運動鞋。一頭短髮，似乎是染成了金白色，藏在黑色圓形平底帽裡，肩上還掛了個髒兮兮的綠色背袋。

「你是索恩嗎？」

他的徐緩語氣與他父親如出一轍，雖然他想要掩飾自己粗魯的倫敦口音，但卻破綻百出，雖然有好幾天沒刮的微淡鬍碴掩蓋了輪廓，但與他父親同一個模子刻出來的痕跡依然清晰可見，眼前站的這個人，彷彿像是年輕學生版的傑洛米．比夏醫生。

「對，我是，你是詹姆斯吧？」這句話立刻讓這驕傲的小兔崽子落入下風，索恩的嘴角忍不住牽了一下，「我可以請問一下嗎？你怎麼知道我家地址的？」

「嗯，你曾經告訴我爸爸你住在哪一條路……我就挨家挨戶敲門找人。」

你應該直接問他就好，詹姆斯，他知道我住在哪裡。

「我知道了，不少鄰居被吵醒了吧？」

比夏微笑，「好幾個，還有位氣質優雅的太太請我進去喝茶。」

「我們這裡的人都很友善，你要不要吃點吐司？」

索恩從大門轉身入內，慢慢走回公寓，過了一會兒之後，他聽到那年輕人關上外門，又停頓了一下，傳來公寓門關上的聲音，然後是悄悄走進客廳的腳步聲。

「吐司就免了，但給我咖啡沒關係……」

索恩進入廚房，看著他的訪客在客廳中間晃來晃去，「你是叫詹姆斯？還是吉姆？」

「詹姆斯。」

索恩把咖啡粉倒入馬克杯，心想：嗯，吉米是你的死黨，而詹姆斯是向你借錢的兒子。他加滿熱水，將馬克杯交到他手上，「所以？」

比夏看起來完全沒有殺傷力，顯然，這並非是他原本想要展現的態度。他拚命把自己搞得像危險人物，其實卻沒有什麼威脅性。「我希望你離我爸爸遠一點。」

索恩坐在沙發扶手上，「了解，你覺得我做了什麼事？」

「你爲什麼要騷擾他？」

「騷擾？」

「前幾天有人在他家外頭拍照，然後，你又突然出現，鬼話連篇，騙他載你一程，你告訴他那個人很可能是記者。他也許會信吧，但我覺得那根本是胡說八道。你到底去那裡做什麼？」

「詹姆斯，我是警察，我要去哪裡都可以。」

比夏開始想要小玩一下，兩人才能勢均力敵。他朝壁爐方向走了一步，然後又面露微笑，回頭看著索恩，「你不是應該稱呼我『先生』嗎？」

索恩也微笑以對，「如果我們的談話內容會成爲偵訊的一部分，那麼也許我會喊你『先生』，沒錯。但並非如此，我們在我家公寓，而你喝的是我泡的咖啡。」

比夏雙手緊緊貼住馬克杯，思索接下來該說什麼是好，索恩乾脆自己開口，幫對方省事。

「我認爲你父親有點反應過度。」

「他根本不知道我來找你。」對，不知道，當然不知情。

「他接到奇怪電話。」

「什麼時候的事？」

「昨天晚上。半夜，大該是四、五點鐘吧，一通接著一通，他打給我的時候十分驚慌。」

「什麼樣的電話？」

「你自己心裡有數。」

對方的傲氣又回來了，他這次打的巴掌得重一點才行。「給我聽好，先前我的確是在調查你父親，但現在我已經退出那案子了，好嗎？」比夏的嘴張得好大，索恩突然湧起一股近乎憐憫的感覺，「現在跟我說電話是怎麼一回事。」

「我講過了，都是半夜打的，他很火大——不，他害怕，快嚇死了。」

是嗎？我眞的很懷疑。

「所以你打算怎麼樣？」比夏現在聽起來眞的很生氣。

「關於攝影師的事，我已經說過了，我只能在你面前再講一次同樣的話。我會努力查查看，最多也只能做到這樣而已。」

「你是不是和安妮．寇本在交往？」

這次生氣的人輪到索恩了，「你不要太過分，詹姆斯……」

「但既然你已經退出了調查案，就可能和她在一起吧，是不是？」

「什麼？」索恩深呼吸，努力讓自己不要失控，他知道要對付的是父親，不是兒子，他的戰力必須留給鎖定的目標。

「如果你和安妮……你知道……很可能正是騷擾我父親的理由。」

索恩站起來，走向比夏，看到對方微微抽搐了一下。不過，他只是搖搖頭，拿起喝光的咖啡杯。

「我記得寇本醫生是你的教母，必須負責教化你的心靈。看看你這副模樣，顯然她相當失職，不過，我猜你和她的關係也不過就是如此而已。你也許曾經收到受洗的銀湯匙以及特別的生日禮物，但她和誰上床眞的不甘你的事。」

比夏點點頭，很吃驚，然後又咧嘴大笑，「所以是有囉？」

索恩拿著空杯進廚房的時候，臉上滿是笑意，「詹姆斯，除了擔心你爸爸之外，你平常做些什麼？」

比夏漫無目的在客廳裡閒晃，他開始研究那一疊疊的CD，「我一直很擔心我父親，我們父子感情很好，看來你和你老爸不是這樣吧？」

索恩臉色一變，「嗯？」

「我常換工作，寫點東西，想要當演員，只要能讓我付房租的工作，我都沒問題。」

索恩對年輕人所知有限，但他開始覺得他懂得眼前這個人的想法。當初他聽到安妮的描述，誤以爲這孩子一無是處，但結果並非如此。他拚命挑戰傳統，但骨子裡卻很難跳脫框架，這是他渴望逃離的部分，也正是他想要逃離的主因。顯然他是走岔了路，但並沒有對別人造成任何危害。詹姆斯．比夏對於自己所身處的有毒基因庫一無所知，他當然可以在裡面盡情玩耍，但怎麼玩都沒差，這可憐傢伙畢竟是他爸爸的兒子。

「你念過大學嗎？」

「對，在大學裡浪費了幾年的時間，我不是那種適合待在象牙塔裡的人。」

索恩回到客廳，拿起外套，「不過，倒是很適合待在淘兒音樂城是嗎？」

「哦，對……」比夏不好意思摸了一下自己的T恤，上面還有音樂城的商標，「我目前在那裡打工。」

索恩朝走廊的方向伸手一比，該是離開的時候了，比夏立刻不慌不忙走到了大門口，似乎還想多閒聊幾句。

「嗯，搞不好有機會在那裡看到你，」索恩說道，「你們那裡的鄉村音樂區怎麼樣？」

比夏大笑，「幹我怎麼知道？」

索恩打開大門，下雨了。

「有個笨問題想問你，你喜歡的歌曲類型是？氛圍音樂？出神音樂？還是車庫電音？『音軌騎師』新發的十二吋黑膠單曲可以算我便宜一點嗎？」

比夏眼睛瞪得好大，盯著他不放。

索恩把門關上，「今天早上你被驚嚇了不少次吧？是不是？」

瑪格麗特．伯恩住在圖爾斯丘的某個小型排屋區的一樓。賀蘭德與圖根完全沒想到她居然是這樣的長相，面貌普普，一頭早衰白髮，看起來快五十歲了，而且體型肥胖。她微開大門、查看外頭是什麼人的時候，還伸腳擋住門框、以免讓某隻紅毛巨貓跑出去，圖根一看到她，臉上的驚訝完全藏不住。她要求他們兩人拿出證件，等到她看完之後，立刻開心請他們入內。她堅持一定要給客人泡茶，留下圖根與賀蘭德與至少三隻以上、更肥大的巨貓周旋許久，最後終於順利進入她家的前廳，找到合適的椅子坐了下來。

賀蘭德有話想說，忍了下來，但圖根卻直接講出來了，「這地方媽的臭死了，」他發出嘶嘶聲，還尖酸補了一句，「難怪他改變主意，立刻逃之夭夭。」

用過茶之後，又出現了一盤精心挑選過的糕餅。賀蘭德聽從先前的指示，靠在椅子上，讓圖根主導問話。

「所以妳一個人住嗎？瑪格麗特？」

她拉下臉，「我討厭瑪格麗特這個名字，叫我瑪姬就好，可以嗎？」

賀蘭德微笑，心想，這樣就對了，給他點顏色看看也好。

「抱歉，瑪姬……」

「我先生在幾年前就離開了。我也不知道我爲什麼要這麼喊他，他根本不會娶我，但反正……」

「沒有小孩？」

她拉緊胸前的灰色開襟毛衣，「我有個女兒，二十三歲，住在愛丁堡，我眞的不知道她爸爸人在哪裡。」

她又拿了一塊餅乾，撫摸剛才跳到她大腿上的黑白貓，她對牠輕聲細語，讓貓咪安靜了下來。賀蘭德覺得她有點像自己的媽媽，他好久沒看到母親了，也許他應該和蘇菲談一談，讓她過來住一陣子。

「好，瑪姬，跟我們說說那個香檳男子的事。」

「我打電話通知你們的時候，不就有人寫下來了嗎？」

賀蘭德微笑，圖根沒寫。

「我們只是需要知道更多細節而已。」

「好吧，我記得是八點鐘左右。我應門，這傢伙站在那裡，手裡晃著香檳，他問我這裡是不是珍妮開趴的地方？」

「妳有鄰居叫珍妮？」

「應該沒有。他說他很確定地址沒錯，然後我們談笑了一會兒，他開始變得有點不三不四，你知道的吧，說什麼浪費香檳太可惜了。他在調情……我覺得他有點喝醉了。」

「妳打電話來的時候，曾經告訴我們可以詳細描述這個人的特徵。」

「我有這麼說嗎？哦，媽的。好，他很高，絕對超過六英尺，戴眼鏡，穿著非常體面。他那天穿了一套漂亮西裝，很貴的那種……」

「顏色？」

「嗯，藍色，深藍吧。」

賀蘭德迅速一一寫下，而且像個乖巧小男生一樣緊閉著嘴巴。

「繼續說，瑪姬。」

「灰色短髮……」

「灰髮？」

「對，你知道吧，不是銀色，就只是灰灰的，但我覺得他沒有那麼老。嗯，沒像我年紀這麼大啦。」

「幾歲？」

「三十六……三十七吧？我一向不太會猜，嗯，大家都這樣吧？是不是？」她面向賀蘭德，「你覺得我看起來幾歲？」

賀蘭德知道自己臉色漲紅，她到底爲什麼要問他這個問題？「哦……我不知道……三十九歲吧？」

她微笑，聽出了這句謊言的善意，「我四十三歲了，而且我知道我外表看起來更老。」

圖根急著要把話題轉回來，他清了清喉嚨。瑪格麗特．伯恩腿上的貓咪受到驚嚇，一溜煙跳下去，衝出了門外，這個舉動反而讓圖根嚇得跳起來，賀蘭德事後回想，在當天訪談過程中，唯一輕鬆有趣的插曲也只有這個部分而已。

「他講話的語態呢？有口音嗎？」

「我覺得，很有教養。聲音好聽……而且，你知道嗎，眞的長得很好看，是個帥哥。」

「所以妳請他進來？」

她猛摳裙子上的貓毛，其實裙面早已被清理乾淨，「嗯，我覺得他一直在頻頻暗示，我之前也講過了，他拿著酒瓶晃啊晃的。」她望著圖根，死盯著他的雙眼不放，「對，我請他進來了。」

圖根牽動嘴角笑了一下，「爲什麼？」

賀蘭德開始覺得有點不太自在。這女人可以幫助他們，很可能是唯一能夠幫助他們的人，她爲什麼邀請一個可能會殺害她的男子進入屋內，其實是他們不需要知道的資訊，拜託，這女子又不是瘋子，個性也不莽撞，更沒有性飢渴的問題。寂寞不是一種罪，但圖根似乎很愛碰觸這個弱點。反正，她沒有回答，圖根也放過了她。

「後來怎麼了？」

「我在電話裡已經講過了，接下來的事很好笑。他打開香檳——我記得自己很失望，因爲沒有爆破聲——我說，我去拿杯子吧。他說太好了，他正好要打通電話，一下子就好。」

圖根看了賀蘭德一眼，又回頭望著瑪格麗特，「妳打電話的時候沒說過這一段。」

「沒有哦？嗯，他的確是有打電話。」

圖根身體前傾，「他從這裡打電話出去？用妳的電話？」

「不是。就在我要進廚房的時候，我看到他拿出那恐怖的小手機，我很討厭那種東西，你說是吧？當你搭火車的時候，一直聽到它們在嗶嗶亂叫，發出愚蠢音調。」

「所以妳在廚房？」

「我那時候在廚房，我剛把酒杯拿出來，發現它們有點髒，趕緊擦乾淨，然後，我聽到大門砰一聲關起來了，我出來一看，早就不見他的人影。我打開大門，也沒看到他，只有聽到車子開走的聲音，但我沒看到車子。」

圖根點點頭，賀蘭德也立刻停筆。

瑪格麗特．伯恩的目光在他們兩人之間快速游移，「好，你們覺得這傢伙是不是在霍樂威路殺死那女孩的兇手？」

圖根不發一語，他站起來，看了賀蘭德一眼，示意他也乖乖閉嘴。「如果我們明天派車過來，接妳到艾德格威爾路，協助我們的電腦繪圖師，不知方便嗎？」

她點點頭，順手抱起經過身邊的貓咪。

當他們走到大門口的時候，圖根突然停下腳步看著她，她笑臉回迎，但緊張不安。

「妳為什麼過了這麼久才報案？」圖根問道，「我的意思是，電視播出現場還原節目之後，妳還等了四天？」

她把貓咪摟靠在自己的脖子上，賀蘭德趨前，把手擱在圖根的肩上，動作有些彆扭。

「我們得離開了，謝謝妳的協助。」

她眼中閃動的感激不言而喻，她拉住賀蘭德的袖子，「是他嗎？」

圖根已經走向停車處，賀蘭德看著他解除汽車防盜警報器，進入車內，關門。他趁機回頭告訴她，「瑪姬，我覺得妳真的很幸運。」

她笑了，又把他的袖子抓得更緊了一點，眼眶中滿是淚水，「這還是我生平第一遭這麼走運……」

現在我心情好多了。我指的不是我的整體心情，它依然起起伏伏，提姆以前曾經說過我是很情緒化的人，他講的可能沒錯。而現在我待在這種地方，個性當然變得超機歪，但我覺得這在所難免。既然我難得心情不錯，應該可以領個獎章才是。

反正……

即使在這種地方，也一定可以找得到讓你開心的事物。當然不會出現《來吧醫生》影集的劇情，但如果你仔細留意的話，一定找得到好笑的梗。通常，都是和病人有關，但你總不能太挑剔吧。好，這個護士呢，叫作瑪蒂娜，總覺得她有責任要讓我看起來總是美美的。當然，在正常狀況下，我會告訴她，已經很完美的人，做什麼都是多餘，但好吧，就讓她雙手有點事情做也好。老實說，我覺得她是在找藉口，不想處理導尿管和清理糞便，這種工作幾乎很難有什麼成就感吧，是不是？剛開始的時候，我也不介意她修我的頭髮，剪我的腳趾甲，但她開始變得有點太過積極，我看她簡直就是個不合格的美容治療師吧。前幾天她幫我塗指甲油，那顏色眞是媽的超噁，昨天下午，她決定要爲我上點唇膏，氣色好看一點。但爲別人塗口紅就像是以左手手淫一樣。算了，我現在像是個昏迷的小丑，或是發呆的小妮子，祖母以前就是這麼叫我的。

我覺得她想要把我搞得像是百貨公司化妝品櫃姐一樣——你知道，就是那種整天都被化妝品包圍、但卻根本不知道該怎麼使用的那種人。其實技巧就是不要化太濃嘛，我每次都想偷偷溜到她們背後，大喊：「鏡子！化妝要用鏡子！」

我發誓，今天早上發生的事，絕對不是我故意的，但我還眞希望那是我搞怪的結果。顯然，某些護士已經發現瑪蒂娜的時間都花在整理我的儀容，對於那些骯髒工作完全置之不理，而且她清理我呼吸管的動作也笨手笨腳的。我完全可以了解爲什麼大家都不想碰那個東西，眞的噁心死了。所以瑪蒂娜應該要把它拔出來，清理那一坨痰泥什麼的，以免造成阻塞。請你想像一下，有人拿著管子在你嘴裡搖來搖去，嗯，幾乎就像是把它直接戳進脖子裡一樣，你會很想咳嗽吧，是不是？最近咳嗽不算是我的強項，但我累積的存量一定很可觀。瑪蒂娜想要盡快清完，我也在那個時候一次解放，我忍不住啊，從喉嚨深處噴出的深咳，天！

我之前已經講過了，我不是故意的，她也忍不住放聲尖叫，但那一大坨黏糊糊的痰已經潑濺在她的額頭上。

我希望她應該要離我遠一點才是，不然就是貼靠著後面的東西擋一下也好，至少也應該知道會有什麼東西朝妳飛過去吧！不過，拜託，誰叫妳給我塗珍珠白指甲油？

現在，我的一切話語都必須透過眨眼板才能表達出來。有時候，我會搞得亂七八糟，只是因爲我的腦袋誤以爲某個字剛才已經早就眨過了，然後就會引發另外一陣小小的混亂。你也會哦，算了，講這種話也安慰不了我。還有，我明明拼得很順，突然會莫名其妙丟出一個X或是J，就像是聊天時會突然大吼一聲「狗屁」一樣。

就像是我還住在紐卡索時的尋常週六夜。

12

瑞秋坐在自己房間的書桌前，盯著化學課本的目光早已失焦多時。她知道一旦與人有了感情牽絆，這也難免，高低起伏不斷。當她還是四年級生的時候，她曾經與某個男孩交往了將近半年之久，她還記得電話遲遲不響的幽幽痛楚，還有寄不出的信件的椎心刺痛。不過，這次更悽慘。現在，她在六年級的公共區域裡有了自己的置物櫃。她必須努力壓抑自己每隔五分鐘就想衝過去，打開櫃門看手機的衝動。到了夜晚的時候，至少一定會有一封簡訊，她把所有的簡訊都存了下來，經常拿出來再三回味，不過，有語音留言就更好了，她好愛聽他的聲音。

她走到床邊，癱倒在床上，從她習慣的充電位置拿起了手機。她又聽了一次留言，她知道自己這股古怪的欲望其實是大家都有的經驗，想要細細品嚐痛苦。

彷彿在啃咬嘴部的潰瘍部位一樣。

他不確定今天晚上能不能見面，也許可以，但是他不希望讓她在最後一分鐘大失所望。他覺得很抱歉，一切都是因爲他工作無法脫身，所以還是取消比較好，他說明天會打電話。

與往常一樣，要不要刪除簡訊是她的自由。她都存下來了，不過，反正她也早已牢牢記住，全在自己的腦海裡。她躺在床上，不斷拆解每個字詞，玩味其中的微義。他是否刻意保持疏遠？這是不是準備要讓她失望難過的溫柔開場？他說，明天會打電話，而不是今晚。她好想打電話給他，但她知道自己不會做出這種事。緊緊黏著別人，讓她覺得好噁心，但她知道自己萬一受不了的時候，她也會照做不誤。

她超想抽菸，但她萬萬不能冒險。前天晚上，當她母親在外頭與那警察打砲的時候，她在花園裡抽了兩根。有時候，她會爬到桌上，打開窗戶，對著窗外吐出菸氣，但媽媽隨時都可能會跑來她的床邊。她母親自己有抽菸，但卻不准她碰這個東西，媽的眞是好公平啊。

她明天會與他通電話，一切都不會有問題的，她覺得自己簡直像是個可悲怨女。

她早就不是愚蠢小女孩了，所以他才會這麼想要她。

索恩從比夏後車廂所刮下來的車毯纖維，已經放入某個小塑膠袋裡。他知道萬萬不能由自己親送到鑑識單位，但也覺得自己和賀蘭德還沒到那種可以央求代送的交情，不過，他知道有個人應該願意幫他。

當那個塑膠袋落在撞球檯的那一刻，漢卓克斯的目光絲毫不爲所動，他正忙著瞄準母球，球桿在他屁股下巴的凹溝間來回滑動，八號球輕鬆入袋，遊戲結束，「我又贏了五英鎊。」他的目光移到那個小袋與裡面的東西，「你哪裡弄來的？」

索恩把錢交給他，又把球桿擱在球檯上，「你覺得我是從哪裡弄來的？」

「好吧，算你厲害，你到底是怎麼拿到的？」

「我不要多說比較好，以免你這個曼徹斯特大嘴巴亂講話。」

「我還沒有答應你，而且你詢問的態度也不是很有禮貌。」

他知道漢卓克斯一定會幫忙，但開這個口還是讓他很爲難。索恩多次讓他留宿，彼此互相幫助，展現通財之義，但這畢竟是工作，漢卓克斯是聰明人，如果他願意出手相助，一定知道有其風險，他倒不至於會丟了工作，但可能得被迫多參加好幾場講習，他的心裡也一定很清楚，花這麼大一番氣力可能只會換來微不足道的成果。

「如果你這麼確定是他，那你爲什麼還要如此費事？」

有兩個十幾歲的小孩一直杵在旁邊等桌檯，他們立刻趨前佔位，其中一個把五十便士的銅板啪一聲擱在桌邊。索恩走向吧台，漢卓克斯也拿起那個塑膠袋，跟了過去，他臉上洋洋得意，他猜那兩個小孩看著他們離開的時候，一定以爲自己是什麼奇怪新毒品交易案的目擊者。

「嗯？」

「因爲確定兇手是他的人只有我而已。」

「原來如此，如果檢驗結果吻合，你又得到了什麼？屁。我們早就確定兇手開的是富豪汽車，我認爲每個車主後車廂的車毯纖維會有哪裡不一樣。我知道那是很好的車啦，但你幫幫忙好嗎……」

「熱刺對兵工廠的足球票，我請客。」

漢卓克斯慢條斯理，灌了一大口健力士啤酒，「我要包廂位置。」

「我怎麼弄得到？」

「我也沒辦法拿著我不知從哪個鬼地方弄來、裝滿車毯纖維的塑膠袋，走進法醫檢驗實驗室啊？」

「我會想辦法的。菲爾，聽我說，你自己很清楚，他們不會多問，畢竟他們是科學家，又不是查稅的公務員。你只要說你想幫忙，剛好有個朋友是開富豪汽車，其實呢，你可以再從你自己的後車廂或是隨便哪個地方弄點纖維——你知道，就當成對照組。」

「我怎麼不記得有哪個目擊者看見土灰色的日產Micra，你有印象嗎？」

漢卓克斯講到重點了，他應該是大倫敦地區街道最噁爛車輛的主人。

「謝了，菲爾。」

「記得，要包廂位置！」

「嗯，好啦……」

「你知道富豪是唯一無法在裡面自殺的商用車款？我的意思是，如果你想撞牆當然沒問題，但它配有阻斷設備，所以你沒有辦法綁根管子連通接氣管、坐在裡面悶死自己。」

索恩悶哼一聲，「可惜了。」

索恩離開那間酒吧的時候，荷包裡頓時少了二十五英鎊，但那個燙手的塑膠袋既然已經交了出去，他今晚也過得開心。

他什麼都沒喝。

他進酒吧才十分鐘，賀蘭德就打電話來了，這個小警員壓低聲音，幾乎是輕聲細語。他告訴索恩，蘇菲在隔壁房間睡覺，他不想要吵醒她。

他不想讓她知道他在打電話。

賀蘭德詳述了與瑪格麗特．伯恩的會面過程，索恩也仔細聆聽。要不是因爲兇手不知怎麼了而陷入驚慌，她很可能會成爲他的第一個受害者。賀蘭德也告訴了他瑪格麗特對於兇手聲音的述詞，她覺得很好聽，優雅，舒服，索恩心想，可能還要加上溫柔吧。

當索恩聽到打電話那一段情節的時候，他立刻貼緊話筒，耳朵被壓得好痛。比夏驚慌失措？他立刻搖頭，不合理。他知道是有這個可能，但原因呢？反正沒有留下任何紀錄，何必這麼慌忙？

索恩詢問戴夫·賀蘭德與圖根共事得如何，他避重就輕，如果眞要他回答，他覺得這長官很隨便。他一直想要忘記自己的不快，只要那個愛爾蘭人一開口，那股焦躁就會滲透到瑪格麗特·伯恩前廳的每一個角落。他不知道那是他自己還是瑪格麗特的感覺，但壓得人快喘不過氣來，它一直徘徊不去，接下來的那一整天，像是某種難聞氣味一樣，在他身旁形影不離。

索恩似乎對於瑪格麗特·伯恩這個人不是特別感興趣，而等到他在電話裡講出自己第二天早上要打電話給她，安排見面時間的時候，賀蘭德才恍然大悟。他想要說服索恩打消念頭，何必呢？他們已經詢問過她了，而且反正她馬上就要來幫忙繪製兇嫌模擬畫像。

他們已經見過她了，索恩當然很清楚。

但他們口袋裡並沒有傑洛米·比夏的照片。

安妮在晚上開車回家的時候，總是心情愉快。廣播電台通常會播出短劇或是小故事什麼的。從皇后廣場開回穆斯威爾丘的四十五分鐘車程之中，她經常聽得太入迷，到了家門口之後，還是繼續坐在車裡、等到它結束才甘心離開。

今晚，她沒有打開收音機，她已經夠煩的了。

早上，在艾莉森的病房裡，她發現了傑洛米的照片，就擱在角落小桌上，應該是某個護士隨手放在那裡。顯然幾天前索恩趁她去買咖啡的時候，在艾莉森病房拿出了照片，她忍不住心想，這到底是什麼意思。當然，她多少懂得那可能代表的含意，其實，也應該不會有其他意思了，但她就是連面對也無能為力。

現在不行。

她情繫兩個男人。對其中一個早已發生改變，隨著時間推移，昇華成另外一種情分。而另一個則是在一夜之間發生變化。

自從莎拉死後，她與傑洛米之間的關係也變得不太一樣。兩人原本無所不談，她知道這也是引發她與大衛緊張關係的導火線，但自從那起意外之後，傑洛米變得冷淡，他的傲然態度原本應該會讓人開心才是，但她卻覺得有些厭倦了。而且，最近他變得傲慢……越來越傲慢，偶爾還會面露不悅。他似乎覺得工作很煩人，行事敷衍。她知道他是她生命中不可或缺的一部分，小孩也是，但養兒育女的樂趣已經消失了，她現在只覺得在……盡本分而已。

即便如此，索恩的想法依然讓人好吃驚，難以想像。

她開到了卡姆登高街，距離她的公寓只剩下五分鐘車程。

要是她發現照片的時間提早了十二小時，想必一定會發生正面衝突。明明是不該多問的問題，她一定會逼他講出答案，而且，她也不會和他上床，可能不會。做愛改變了一切，她知道這種想法超老派，但她的確抱持這樣的想法。她一直是這樣的人，也害她放不下多年的不快記憶。

現在她必須要……有所區隔。她必須忽略與她上床的這名男子的某一件事，那似乎對一切造成了威脅。她對索恩的感情讓她幾乎沒有任何選擇了，而傑洛米帶給她的失落感，應該剛好能夠成全她的想法。

至少目前她得要做出選擇。他似乎已經下定決心，她的過往慘遭傷害也在所難免，如果她必須被迫面對，她實在不知道能與索恩會有什麼樣的未來。不過，與索恩走這麼一段，無論何其短暫，她都覺得值得一試。

她會把手指插進耳朵，尖叫，她別無選擇。

她想到了艾莉森，與一切如此疏離。她真的好希望把她救回來，但想到一切事物的本質似乎充滿了恐懼、仇恨，以及懷疑，她忍不住心想，也許對艾莉森來說，維持現狀可能會比較好吧。

她打開收音機，沒什麼好聽的節目，但她反正也快到家了。

浴缸的水已經開始變冷。

索恩站起來，看了一眼手錶，他把它與手機一起放在馬桶蓋上面，將近凌晨一點鐘。

他一直躺著，動也不動，頭部沉入水中。他睜大眼睛，凝望上方在飄浮的天花板，等待水波靜止下來，看看自己可以憋氣撐多久。這是他小時候最愛玩的遊戲，在那間超大古老充滿回音的浴室裡，躺在蒸氣氤氳的浴缸裡，假裝自己是死人。某天晚上祖母進來，他早已進入靜止狀態，她看到他的時候，差點暈倒，當她尖叫的那一刻，他立刻坐起來，但他永遠忘不了她臉上的神情。

從此之後，他見識多次的神情。

通常在泡澡的時候，他會來杯紅酒。但今晚他想了想還是作罷。倒不是覺得酒醉有什麼不好，他曾經有幾次刻意保持清醒，腦袋卻不太靈光，他只是單純覺得自己不該開喝。

週二夜晚不適合。

就許多方面看來，這似乎是某種狀態的開端。自昨晚之後，珍的身影已經在他腦海中浮現了好幾次，倒是沒有感傷的意味。和安妮在一起，令他想到的並非是自己的繫念，反而終於讓他了解到自己早已放下了，放下了珍。

這個案子所引發的夜半盜汗的惡夢，應該可以進入收尾階段。他想到了賀蘭德與漢卓克斯為了他鋌而走險，他衷心希望，明天能夠有所進展，以免讓大家惹禍上身，應該可以一切順利。他絕對不會擺出不可一世的樣子、神氣活現走回基博的辦公室，但雖不中亦不遠矣。

索恩離開浴缸，拿毛巾擦乾身體，穿上浴袍。他刻意忽略廚房裡的酒品專賣店的塑膠袋，直接走向音響，播放葛蘭．帕森斯的〈悲傷天使〉。現在，屋內多了一個無法對酒精說不的男人。

「不過，你可以的，湯米。」

「但今晚最好不要，是吧？」

「拜託，今天晚上不行……」

他倒在沙發上，腦袋裡的各種思緒嗡嗡作響，宛若一群肥碩的黑蒼蠅。

他想要打電話給安妮，但猜她現在已經就寢，他爸爸應該還沒睡。或者，今晚安妮有加班？他不記得了。詹姆斯回家之後，是不是將他們的對話內容全告訴了他父親？應該是吧。艾莉森有沒有聽到他在她病房裡接到的那通電話？賀蘭德的女友不喜歡他，非常明顯。他到底要怎麼才能弄到白鹿巷球場的包廂門票？

卡沃特的大女兒如果還在，現在會是什麼模樣？二十四歲了吧？還是二十五歲？

當然，酒精可以稍微麻痺一下思緒，但可能會拖累辦案進度。他留在沙發上動也不動，酒也留在瓶子裡原封不動。明天吧，誰知道呢？也許會出現慶祝的好理由。

今晚，傑洛米．比夏得執勤待命。

他要是不打電話，根本無法入眠，所以他打了，比夏幾乎是立刻接起電話。那柔和語調迅速轉爲不耐，然後又變成怒氣，索恩立刻切斷電話，躺著不動，握著電話，覺得好寬心。他的緊張不安立刻舒緩了下來，沉重的疲憊感悄悄襲滿全身，他伸出雙臂，將電話環在胸前，閉上雙眼。

他進入車內，坐著不動，等待讓自己心緒平靜。今天充滿波折，突然出現緊急狀況，需要立刻處理，差點毀了他傍晚的計畫。不過，一切都不會有問題。

車內自動照明燈逐漸轉暗，他的心情也開始放鬆，覺得很滿意，如果他運氣不錯，能夠帶個客人回來的話，他已經在家中準備好一切。他也把必需品放在副座，等到時機一到來，所有工具都可以放入他的口袋裡，輕而易舉。一想到必須省略香檳這個步驟，他不禁好悵然，但她可能已經看過那個愚蠢的犯罪現場重建節目。反正，現在也不需要了，但還是得展現好品味。這種事他從不吝嗇：每次買的香檳都是泰廷爵，他認爲一定要讓她們享受最後一口餘味——所有感官的最後餘味。

雖然，等待藥效發作的聊天過程多是瑣碎話題，但至少讓他體會到自己治療的是什麼樣的對象，那一點非常重要。與艾莉森在一起的三十分鐘，讓他十分暢快，甚至比賦予她新生命的感覺更好。在那約莫半小時的醉話鬼扯當中，他了解到自己把她從什麼樣的生活中解救出來，就這一點來看，她等於是立刻中了樂透。

他笑了，中獎的人可能就是你！

他期盼警方可以看出他行事手法的改變，純粹只是基於實際面的考量而已。他希望他們不要在無關緊要的事項上浪費時間。上次是香檳，這次是針筒，不重要。索恩一定懂得這個道理。就官方說法而言，他已經與這個案件無關，但一定會在哪個地方看到他的身影。

他發動引擎，打開車前燈，覺得信心滿滿，游刃有餘。只要他一回到家，實行他認為絕對不可能失敗的步驟。至於處理其他人的時候，看到她們眼裡的光芒死滅的時候，他的腦中才會浮現失敗那個字。

他取下眼鏡，擦拭鏡片，調整心緒，準備立刻接下迎接新病人的任務。很不幸，就和上次對付索恩一樣，必須使用一點蠻力，但只要等他找到靜脈，一切就會迅速結束，然後，他只需要再讓她安靜個幾分鐘，接下來有多種處理的方法，找個銳利的東西應該可行。反正，只要等藥效發作，她就沒辦法大吼大叫了，所以他應該不會遇到什麼問題。

停好了車子，他在想等到大功告成之後要做些什麼才好。結束的方法有很多種，但他不知道日後回顧這一段，他不得不為的一切，會有什麼感想。再次從頭開始，一定會覺得奇怪，但想必會留存某些美妙的回憶，艾莉森他一輩子也忘不掉，要是多給他一點時間，應該還會有其他成功案例，他會回味無窮。此外，他一定會記得這精準測量與罪行程度相當的虐罰，恰如其分的懲訓。他咧嘴大笑，開始哼唱歌曲，想必某人一定很後悔，當初不該把他拖去看「吉伯特與薩利文」的喜歌劇。

他開著富豪轎車，前往西區，整個人躺靠在駕駛座上，他已經許久不曾有過這種暢快的感覺。

身懷高超技巧與狂熱慾念，他的成就也不同凡響。

我先前講過了，某些時候就是比其他日子開心多了……

以下就是我要告訴安妮的第一個笑話。

有一個超可愛又超辣的年輕馬鈴薯，某天晚上，她從舞廳離開，準備回家，當晚她與好友防風草、菜豆徹夜狂歡，最後卻被瘋子胡蘿蔔攻擊。這根胡蘿蔔對她做出各式各樣的殘忍舉動，最後她進了醫院。她的皮全被削光了，全身被搗成爛泥，她只能躺在那裡動也不動，唯一完好的是她的雙眼，這個馬鈴薯的眼睛。好，第二天，馬鈴薯的男友，某個又高又帥的蕪菁甘藍到了醫院，與醫生談過話之後，他的眼眶盈滿淚水，他問道：「醫生，她還有多少機會？」醫生低望著那個躺在床上悽慘可憐的馬鈴薯，「很遺憾……但她只能一輩子當植物人。」

13

布里史托克以為他是宿醉，員工打電話請病假的時候，不太可能會得到「好好補眠退酒」這樣的回應，但索恩也懶得吵了。布里史托克以前和他共事過，這個假設也不無道理。不過，他的耐心看來也快要磨光了，而且也開始擺出長官的樣子，索恩知道自己時間不多，反正，他覺得自己也不需要，時候快到了。

他瞄了一眼外頭的好天氣，心中已做出決定，他要從肯特緒鎮搭乘泰晤士線地鐵、前往圖爾斯丘。直達線，而且如果與一路開車開到伯明罕，或是緊張兮兮汗流浹背的地鐵旅程相比，這好歹也算是有趣的交通路線。他從來就不覺得搭地鐵有什麼吸引人的地方，對索恩來說，當然，北線就等同於地鐵——有意思的是，這也是最多人選擇跳軌自殺的地鐵路線。他覺得這些人在自己絕望至極的時刻，應該要多想想別人才是。如果你註定會害通勤旅客動彈不得，為什麼不去找那些就算行程被打亂與遲到也無關緊要的旅客？

索恩許久之前就下定決心，要是他也有這種需求，他會握一把藥丸加紅酒躺在床上，聽著漢克·威廉斯的音樂慢慢昏死過去，引人注意的其他部分都是多餘的了。

話雖如此，但對某些人來說，飲彈自盡也是好事。

他望向窗外，看著火車隆隆駛過黑衣修士鐵橋。河流南方是截然不同的世界，它有自成一格的分隔線。西南區的仕紳化程度顯然比較高，克拉珀姆、里奇蒙，當然，還有巴特錫。倫敦東南區也有可愛的區域——他喜歡格林威治與黑荒園——不過，整體看來，那個區塊簡直像是倫敦的戰區。東南……倫敦東南區不需要警察，得派聯合國維安部隊進駐才行。要是遇到在博孟賽與新十字的危險酒吧裡喝得酩酊大醉的傢伙，就連國際戰犯米洛塞維奇❹也會嚇到挫賽。

他打開公事包，再次凝望著那些照片，它們看起來就像是警方臥底活動所拍攝的靜照，要是貝賽爾決定金盆洗手，再也不碰他的骯髒蘋果電腦，倒是可以考慮轉到這一行。比夏很上相，索恩早就知道了，不過，當他平日示人的笑容消失不見的時候，神情看起來更加嚴厲，甚至有點冷酷的味道。

索恩翻閱照片，一張接著一張。詹姆斯與貝賽爾發生衝突之後走向屋子的時候也被拍了下來，他正好回頭看，努力做出強悍的模樣，但裝得一點都不像。索恩不知道他有沒有女朋友，可能是大塊頭的女人，明明叫作夏綠蒂，卻喜歡自稱查莉，一身黑衣，週日下午在卡姆登水閘嗑藥。索恩在找那拍得最好的照片——比夏直視著鏡頭，也許那時候他聽到貝賽爾的移動聲響，或是剛好瞄到樹叢裡有一團淡金色頭髮在晃動。照片不在他手上，索恩這才驚覺他留在醫院了。當他在艾莉森病房接到那通電話的時候，他整個人方寸大亂，完全忘記自己當初為什麼要過去那裡。也許有某個護士發現了照片，隨手扔了。不可能，安妮應該已經看到了，換言之，他必須好好解釋一下。當然，到了真相大白的時候，一切都很值得，她也會明白他是對的。他在開什麼玩笑？無論對錯，他所使用的欺瞞手段一定會讓前兩天晚上發生的事就此成為一夜情。

❹ 前南斯拉夫獨裁者總統，被稱為巴爾幹屠夫，二〇〇六年死於獄中。

坐在他隔壁的男子假意在看報紙，但只要逮到機會就會想要偷瞄索恩腿上的照片。也許他以為索恩是什麼下流狗仔隊，殺死了他的王妃。不管是怎樣，反正已經惹得索恩很不爽，他乾脆把其中一張照片轉向、舉高，讓那老男人看個清楚。對方立刻收回目光，低頭看自己的報紙，索恩靠過去，以鬼祟語氣低聲說道：「沒關係，他是個醫生。」

接下來，那個老男人一直把頭埋在報紙裡，再也不曾抬起。

從車站步行個五分鐘，即可到達瑪格麗特．伯恩的家。他不知道這區域怎麼樣，但和距離兩分鐘的布里克斯頓相比，可說是出奇寧和，充滿了郊區氛圍。一九八一年，索恩曾在那裡的街頭執勤，他從來沒有被人如此深惡痛絕。他與許多同事自我安慰，這只不過是因為警察施暴的反彈而已，正好拿來當作燒毀高檔汽車與偷電視的某種藉口。但自此之後的種種事件，讓他發現自己大錯特錯，而黑人史蒂芬．勞倫斯被警察打死的慘劇發生之後，一切也為之改觀。

索恩按電鈴，等待應門。大門凸窗的窗簾低垂，他猜那應該是臥室。他看了一下手錶，自己遲到了十分鐘左右，他再次按電鈴，又東張西望，期盼能夠看到馬路上有個女子慌慌張張跑過來，原來只是出門買牛奶罷了，但事與願違，他只看到對屋的女人滿臉狐疑打量著他，他也瞪回去。

索恩整個人貼在窗上，從綠色窗簾的狹縫朝裡面偷看，但屋內一片漆黑。他轉頭，看到對街的那個女人依然盯著他，他開始渾身不自在。

「冷靜，湯米，她可能只是在打瞌睡什麼的。」

「哦，拜託，現在也不是時候吧。」

房子右側有條狹小通道，但被好幾個黑色塑膠桶堵住了。索恩爬過去，慢慢走進小巷。盡頭的高門被鎖住，他將公事包拋過大門，又艱難走回去，拿了其中一個垃圾桶，他心一橫，反正對面的鄰里守望相助協調員應該也早就打電話報警了。

當他翻牆而過的時候，已經盡量壓低身體，但墜落在石頭地板上的時候，依然還是讓他忍不住牙齒打顫。這座小花園整齊美觀，曬衣繩上掛著女用短衫與長褲。

後門已遭強行撬開。

他知道自己應該要打開大門，回到屋子的前部。

他知道自己應該要打電話尋求支援。

他知道手機在他的口袋裡面。

那股衝動來得急猛，而且還帶有恐懼，它在他全身竄流，逼得他握緊雙拳，五臟六腑的壓力也逐漸放鬆，顯然這是對抗與逃跑交錯的本能反應。

對抗，逃跑，永遠不會是勢均力敵的對手。

索恩覺得自己的皮膚開始慢慢滑落，像是老舊的外套掉在地板上。他的神經末梢彷彿在震動，鮮血淋漓。全部的感官變得極其敏感，樹梢風動嘈雜，遠方窗戶裡的面孔，即將駛來的大貨車，他聞到了空氣的味道，補牙粉的金屬腥味。

他推門而入，全身肌肉爲之緊繃，但並沒有聽到什麼驚天動地的吱嘎聲響。他進入了狹小的廚房，地板一塵不染，椅子上疊放了擦碗布，清洗完畢的碗盤整齊擱在瀝水架上頭。索恩很想伸手去拿麵包刀，但還是克制住衝動，站著不動，努力控制呼吸。左邊是一道敞開的門，看得出來是通往客廳，他悄悄踩過塑膠地板，環視四下，一片空蕩蕩。咖啡色的地毯看起來還很新，但想必是因爲房屋剛開始整修——因爲其他家具都很老舊破爛。索恩匆匆走過客廳，深呼吸，打開了另一頭的門。

他站在大門口邊的昏暗走廊，對面還有兩道門。右手邊靠近大門的那一間鐵定是臥室；另外一間，他猜是廁所。

試試看也好，「伯恩小姐？」

沒有回應。

他聽到第二道門後面傳來微弱的碰響，但其實只是他胸膛裡的心跳。

「湯米，結果總是躲在最後一道門。」

「打開吧……」

「等一下她就會從大門口走進來，你會覺得自己簡直像個蠢蛋。」

索恩開了門。

他大叫，突然被嚇了一大跳，蹣跚後退，因爲有個東西發出嘶嘶聲，從房內飛出來，鑽進他的大腿。他從牆上起身，瞪大眼睛，心臟激烈碰撞胸口，原來有隻貓衝進客廳，隨即又聽到牠匡啷穿越廚房貓門的碰響。

然後，他聞到了氣味。

貓屎，還有別的，更熟悉、更令人作嘔的東西。刺鼻的金屬腥臭，濃烈到連空氣中都可以舔嚐得到氣味，他的舌頭沉重無力。

對於更痛苦的事物感到無可奈何……

對於之後必須強迫目睹的畫面，索恩感到無可奈何，他走進黑漆漆的房間，打開了電燈開關。

另外還有四隻貓。一隻站在衣櫃上頭俯視著他，光潔的梳妝台上還有一隻在悠閒走跳，另外兩隻在床上，依偎在瑪格麗特．伯恩屍體的旁邊。

她全身僵直，躺在床鋪的左側邊緣，雙手擱在兩側，頭後仰，面對著他。有隻眼睛半開，但不像頭部那道微笑血痕一樣寬闊，她頭部貼枕的歪斜角度造成傷口裂敞大開。

「我的天哪……」

她的鎖骨下方已積了一灘血池，還淹到了身體的左側與棉被，被子依然在滴血，慢慢滴到了藍色格紋地毯。粉紅色上衣的某側已經浸染成血紅。索恩站住不動，距離他一英尺左右的地方，還有另一灘血污，已經凝結成褐色。地毯上看得到蜿蜒狀的斑斑濺痕，就連床另外一邊的牆面上也有。他立刻就看出來這才是她慘遭攻擊的地方，最後才被拖到床上等死，他猜，應該是被刺殺之後沒多久就斷氣了，而兇手冷眼全程觀看。

靠近床尾的地毯上有個亮晶晶的東西吸引了他的目光，應該是耳環吧。他還看到了項鍊、戒指，木質珠寶盒斜倒在牆邊。

瑪格麗特．伯恩想要搶救自己的一點值錢東西，但那個逼她拚命保護家當的男子的前來目的，卻不是爲了搶奪。

叮嚀他注意程序的惱人聲音又再次出現，他待在這裡等於毀了犯罪現場，必須離開才行。

當初明明有機會可以詢問賀蘭德關於她的事，現在，他卻必須站在這間充滿血痕與屍臭的命案現場拼湊一切。為她一掬同情之淚，甚或是與她感同身受，並不難。貓咪加上梳妝台整齊擺放的瓶罐告訴他的故事已經夠多了。他的背脊貼抵牆壁，感受到它的硬實，慢慢滑坐在地板上。有隻貓咪一直在東聞西聞，黑白相間的小貓，緩步走來，猛蹭著他的小腿。索恩從口袋裡拿出手機，輕輕懸握在膝頭之間。

在打電話之前，他想要多陪瑪格麗特一會兒。

當車子抵達現場的時候，索恩坐在門口，盯著對面窗戶裡的女人。那隻不肯讓他獨處的貓咪，正窩在他的大腿上，模樣好舒服。賀蘭德走過來，在他身邊繞來繞去，過了一會兒之後，索恩抬頭慘笑。他原以為來的是圖根，沒看到這傢伙出現，讓他鬆了一口氣，就連接替他的布魯爾似乎也沒出現。

「賀蘭德，你升官了嗎？」

賀蘭德不發一語。他想起昨天就在這個地方，與瑪姬．伯恩對話的情景，只要多講一個字，再多那麼一次心跳的時間，他的眼淚就會奪眶而出。索恩望著犯罪現場鑑識人員帶著裝備在通道採證。十五分鐘前，他的心情與賀蘭德一模一樣，但現在卻出奇平靜。

「她是被處死的，戴夫。他闖進她家，處決了她。」

賀蘭德也直視著他，語氣平和，臉上看不出任何表情。

「他最近很忙。」

第三部

就是那個字

我打算今天甩掉提姆。聽起來有點突然吧？抱歉，我知道這對他來說是晴天霹靂，也許我應該再醞釀一會兒，不過我已經考慮好久了。

一直惦記著這件事。

我現在這個樣子，幾乎什麼也不能做，就算我覺得自己還有姊妹淘，也沒辦法和她討論男友的事。嗯，其實可以啦，但應該會變成有史以來最蠢的閨蜜談心。麥汁加黑板怎麼比得上喝酒抽菸加外送到家的披薩？

而且，大眼瞪小眼也不能算是開懷大笑，對嗎？

但我一直在掛念提姆，我很清楚現在的他有多麼鬱悶。我知道這種說法很老套，但眞的這是爲了他著想，而不是爲了我自己，我指的就是甩掉他。我才不會說出「我愛你但愛的感覺消失了」之類的屁話，或者「我想我們還是當朋友就好」。老實說，我也不知道我會怎麼說。

我剛才使用的字語是「說」吧，當然，我的意思就是當我在「眨眼」和「抽搐」的時候，讓那可憐的傢伙硬擠出笑容，拚命猜測我到底在講什麼鬼話。

其實我完全沒有腹案，我從來沒有在電影或是影集上看過這種事。淚眼汪汪，向快要病死的摯愛道別當然很常見，但我這種狀況眞的很獨特，《東倫敦人》或《小溪邊》都沒有這類情節，當然，很可能遲早會出現吧，他們應該會拖個好幾個月，加油添醋一下，在重要的聖誕節出現大轉折，雖然很可憐但依然很辣的美眉躺在醫院病床上，像個變態一樣拚命眨眼，而她的壯碩男友則跪在床邊，哭得掏心掏肺，告訴她不管怎麼樣他依然會愛她一輩子。

對，最好是啦……

所以我眞的不知道該怎麼辦，但事情一定得有個收場。以前我只甩過一個人，那時候我十七歲，他和我的好姊妹在派對上亂搞。我當時在排隊等廁所，他的手居然貼住她的胸罩。即使是在這種狀況之下，甩掉男友也還是很棘手，而且，別忘了，那時候的我還可以站得好好的，嘴巴也還能動個不停。

我現在這個樣子，馬上就要變成一場惡夢。

我知道我自願讓提姆離開這場混局，應該會讓我得到某種無私、聖潔的形象，但說來悲哀，其實都是因爲我是個自私的爛女人。

因爲事實擺在眼前，他就是沒辦法。

而我再也忍受不了當他望著我的時候、眼神裡所流露的苦痛。

他不知道該怎麼辦，他講話的速度好慢。他對我講話，拿起光筆東點西點，這是安妮教他的，但我知道他受不了，他一直有點娘，很怕醫院鮮血之類的東西。

他說他希望寧可出事的是他自己，而不是我，我知道他這句話是認眞的。我不想講出我要讓他自由什麼之類的鬼話，我應該要告訴他，要是我能離開醫院，知道該怎麼解決問題的話，他最好趕快回來我身邊，至於他之後怎麼了，跟誰在一起，我不想知道。

事實很簡單，他沒辦法看到我受傷，我也一樣。當他和我在一起的時候，他整個人看起來完全崩潰，這一切都是我的錯。我有五英尺高，卻連一根肌肉也動不了，我毀了他的一生，所以最好還是趁現在了斷比較好。這可能不算是最圓滿的措辭，但這些日子以來，我對這件事的想法也只有如此了。

他應該不喜歡我講出這種話，很可能是大哭一場，這麼脆弱的大塊頭，不然，就是大吼大叫吧。其實那樣也好，千萬不要把場面搞大，把護士引來，但我覺得等到他回家之後，仔細一想，一定會覺得鬆了一口氣。天，我們的夢想機票，我們的夢幻場景，我們心目中最美好的旅行，得要加進輪椅與電腦，而且我們其中一人必須中樂透才能支付一切費用，還有，我現在的行爲能力就和我照顧的那些兩歲小娃娃一樣，我也不希望別人這樣對待我。

提姆在乎我，我知道，但我沒辦法忍受別人憐憫，被愛是好事，被人同情就不是了。

而且「在乎」不等於「關愛」，對嗎？

所以，提姆，乖，要覺得你自己是個幸運的人，還有，我必須要事先道歉，如果在你迎娶某個超級金髮美女的豪華婚禮的關鍵之際，當牧師講出「是否有不能結爲連理的原因或障礙」那一段話的時候，某個坐在輪椅上的蠢蛋突然破開教堂的大門，費力推著輪子進來，就不要管我了，婚禮繼續下去就是，我應該只是喝醉了……

媽的，你剛才有聽到我說的前提嗎？

「如果我能離開這裡。」

如果……

14

那隻貓咪一副滿足的模樣，靜靜坐著，眼睛眨也不眨，盯著那深愛著她的那名女子的後腦勺被敲得稀爛，周邊流滿了如死豬般的乾涸血跡。現在，她俯視著某名男子的臉龐，他和她一樣，對這整起事件完全摸不著頭緒。她的目光隨著他的呼吸上上下下，緊盯著他的雙眼，雖然他閉著眼睛，但她一直在注意他眼球的動作，它們像是被困住的小動物、在眼瞼後面來回奔衝，想要找出口，尋覓罩門。眼睛後方的頭痛力道鼓凸爆脹，隨時可能會從那薄如紙片的皮膚穿透出來……

而瑪姬．伯恩露出微笑，躺靠在床上。她脫掉了鞋子，雙腳互相磨蹭，他還聽到她尼龍褲襪的摩擦聲。他說了幾句話——可能是講笑話吧。她仰頭大笑，下巴底下的那條血線開始裂開，她臉色羞紅，趕緊伸手拿圍巾，他告訴她，沒關係，但她已經掉下了眼淚。她搖頭，啜泣，想要把圍巾纏在脖子上。那道傷口越來越大，宛若魚販砧板上的肉塊。不怎麼纖細的脖子，像是鮪魚一樣被亂砍數刀，粉紅色、深粉紅色，最後是鮮紅色。

而他的話語完全沒有讓她得到安撫，他想要把她拉進自己的懷裡，但是她的雙臂卻從頸部附近滑脫，他的雙手撫摸她的鎖骨，指尖探索傷口裡面的黏濕地帶。

檢視傷口的新鮮程度。

瑪姬．伯恩想要大叫，但卻化成了喉間發出的哮聲。

他睜開眼睛……

他沒有睡著，所以那不是夢。只是腦海裡的閃像，扭曲的畫面。加入令人不快的想像力之後而變形的一段記憶，棲居在他潛意識的殘忍恐怖角落的某個東西，溜出來搞鬼。

他睜開眼睛……

然後，等待影像糊淡遠逝。他躺在沙發上，聽到自己的心跳聲開始趨緩，感覺臉上的汗珠逐漸蒸散，他靜靜等待，讓那東西潛回它自己的角落。

蟄伏，等待下次現身。

他睜開眼睛，回瞪坐在他胸口的貓咪。

「滾啦！艾維斯！」

貓咪跳下去，溜進了臥室。瑪姬生前是貓王的超級粉絲，在還不知道貓咪的性別之前，她就已經決定要取這個名字，她一直覺得這很有趣。莎莉．伯恩帶了兩隻她母親的貓回愛丁堡，剩下的就送到「受傷動物之家」。但當索恩一打開瑪姬的臥室，聞到血味的時候，艾維斯立刻跟定了索恩，莎莉說，這隻貓似乎就是黥到他了。需要他，應該可以這麼說。

與索恩需要她的程度幾乎不相上下。

從他打開那間臥室的門的那一刻到現在，已經過了兩個禮拜，而瑪格麗特．伯恩的葬禮結束，也才剛過了二十四小時而已。索恩不知道里歐妮．荷頓的後事會怎麼安排，他曾經有一次聽到尼克．圖根提到自己對此「毫無所悉」，也許她的葬禮早就舉行過了。在他發現瑪姬身亡的幾個小時之前，他們也發現了里歐妮的屍體，要是菲爾．漢卓克斯已經在她體內取出了他所需要的部分，妥善放入瓶中，貼上標籤，遺體就會發還回去給那些不捨的親友，對他們而言，遺體依然在他們的心底具有某種眞實的意義，然後，終於能夠讓他們好好道別。

當然，她的葬禮必須有官方代表出席。通常，只是聊表心意的花束，但他腦中卻浮現圖根一身黑衣坐在教堂後面，宛若殺手的模樣。他不知道法蘭克·基博會不會出席，或者，可能是更高層級的長官。如果受害者人數繼續攀升，他們最後也只能派出倫敦警察廳廳長，抿緊脣線的微笑，再加上白色百合花圈致意，「抱歉，我們一定會全力以赴。」

索恩不習慣參加他的受害者的葬禮……他承辦案件的受害者——因爲他的案件而死亡的受害者。當他們覺得兇手很可能會現身葬禮的時候，他才會出現在這種場合。然後，他會站在後頭，環視所有在場的致哀者，找尋那唯一不屬於這裡的人。不過，這些死者的葬禮，兇手是不可能出現的，死人，是他失手的明證。

索恩突然覺得胸口宛若被鎚擊，因爲他不知道海倫·杜勒下葬的地點。當然，下葬，不是火化。萬一需要第二次驗屍，或是之後被告提出要求的時候，還有機會。

就連身故之後，她的身體也不是屬於她自己的。

索恩把腳擱在地板上，起身，揉了揉雙眼，汗珠刺得眼睛好癢。他餓壞了，而頭痛開始發作……

不該繼續躲藏下去了。

他曾經在瑪格麗特·伯恩的葬禮上短暫現身，表達他自認虧欠的敬意，他猜她在世的時候應該從來沒有得到過任何的敬重。他擁抱了她的女兒，雖然他是在這女人死後才認識了她。當莎莉傷心流淚的時候，他緊緊抱住了她，而當她講起貓咪的事、進入靈車向他揮手的時候，他也露出笑臉回應。

教堂裡一片空蕩蕩，他望著坐在遠處的戴夫·賀蘭德，面無表情，身體僵直，像是戴了難受頸圈的六年級學生。他們彼此點頭致意，又迅速別過頭去。在這種指責依然滿天飛，大家爭相諉過的時刻，還是保持一點距離才是上策。

索恩爲自己找了許多辯解的理由，但卻很難令人信服。大家都知道是賀蘭德把瑪格麗特·伯恩的事告訴了索恩，而且還給了他地址，雖然沒有證據，但他們心知肚明。不過，就算沒有這件事，慘劇也依然會發生，索恩的確搞出了紕漏，但也沒有人能因此解釋爲什麼兇手會找到她？兇手怎麼會這麼清楚索恩即將取得確切證據？還有，兇手怎麼能夠到證人家下毒手之後，又一派冷靜去殺死里歐妮·荷頓？

一切都很難找到合理解釋，但有件事對大家來說卻非常清楚，索恩不該沒事接近瑪格麗特·伯恩，他這個人很不牢靠。

他覺得自己應該要扛下責任。

瑪格麗特·伯恩會被殺死，顯然是因爲她有所知曉，而且馬上就會透露給索恩。她之所以會被殺死，是因爲她認得出兇手，而且，在他曾經參與過的某個愚蠢專案中，他不知道在哪裡捅出了大婁子，嚴重的程度足以讓整艘戰艦沉入水中。

索恩感覺得到誰是兇手，但對於是怎麼知道的，原因爲何，卻無法提出合理解釋。媒體掌握案情，一直不是什麼天大的謎團，答案千篇一律，都是自家人，可能是哪個愛賭、銀行帳戶出了問題的警員，或是某個得付鉅額贍養費而吃不消的警官。但現在的狀況完全不一樣，這次消息走漏，造成兇手帶著鐵棒與手術刀，回頭追殺瑪格麗特．伯恩。這種行爲的狠毒程度絕對是變本加厲，必須要更嚴密防範才是。

大家突然變得團結一致，目光向外，指指點點。對索恩來說，目前就是靜觀其變。基博只是告訴他等著就是了，索恩也沒有什麼置喙的餘地，他惹了麻煩，高層正準備要做出最後定奪。這聽起來不錯，彷彿像是某種行動計畫，但索恩知道基博其實也不知道該拿他怎麼辦。

而索恩已經厭倦了枯坐等待。

惱人的頭痛開始尖吼，他起身，走到浴室要找阿斯匹靈，但他的目光卻聚焦在大門附近小桌的閃爍小紅點，電話答錄機有留言。

「我是老爸，有空打個電話給我……」

「湯姆，我是安妮，我會再打電話找你。」

接下來，是個他很陌生的聲音，某名女子，溫吞，不情不願，喉嚨裡彷彿哽住了一樣……

「嗨，我們從來沒見過面。我叫里歐妮．荷頓，大約在一個禮拜前被人謀殺身亡。下個禮拜我就要過二十四歲生日了，現在我很孤單，覺得好冷，老實說，我根本不在乎誰告訴了誰什麼，我對你的警界前途或是比對車毯纖維也沒興趣，如果你能努力破案，我會很感激你，你知道……」

他猛然睜開眼睛。

冷水澡、熱咖啡，還有真實答錄機裡面的真人留言。

不該繼續躲藏了。

大家的聲音，每個人都好焦慮。他父親，打了兩次，安妮，兩次。菲爾．漢卓克斯，有事急著要找他。基博，依然在設法挽救他的工作，或是其他部分。莎莉．伯恩想知道貓咪近況，戴夫．賀蘭德……

索恩必須走出自己的公寓，與大家好好談一談。不過，在這些留言之間的片段，卻夾雜了一股在他心底默默迴盪的聲音，它的力道比其他人的話更加強烈，那些喃喃低語大約一週前在他的腦海裡爆炸開來，現在不分日夜嗡嗡作響，在他耳邊吵個不停，宛若餘震一樣。當初那些話，帶著一股毫不掩藏的驕傲，透過圖根冷酷與出奇平淡的腔調，在他面前大聲宣示出來，直到現在，那些話語依然在他的耳際徘徊。而且，仍然讓他全身僵痲，在他和安妮．寇本、菲爾．漢卓克斯、法蘭克．基博、戴夫．賀蘭德或其他與此案相關人士講話的時候，那幾句話，一定會以迂迴或其他的方式，硬生生插進來。

傑洛米．比夏有不在場的鐵證。

傑洛米．比夏不可能是殺害瑪格麗特．伯恩的兇手。

午餐時間。高檔熟食店買來的三明治與能量飲料，然後信步走到布魯姆茲伯里區令人窒息的街道，盯著那些行屍走肉。

當瑪格麗特．伯恩頭骨碎裂的那一刻，從手指向上傳透到他整隻手臂的震波，他現在依然感受得到。他覺得在鐵棒的重擊之下，那顆頭顱像是薄荷餅乾一樣應聲裂開，也終於讓她安靜閉嘴。當他踢開那脆弱後門的那一刻，那隻愚蠢母馬就開始尖叫，在不同的房間跑來跑去，雖然在幾秒鐘之後，他立刻尾隨她進入臥室，從後方襲擊，但他依然不確定有沒有被鄰居聽到。當他以左臂扣住她下巴的下方，逼她保持直立姿勢，右手伸入口袋拿出手術刀的那一刻，他知道一切不會有問題。也許只是鄰居電視的音量大聲了一點而已，沒什麼好擔心的。

也可能有人看到他在此出沒。稍早，當他走過屋前的時候，有人掀開窗簾看他，動作很明顯。雖然這一定會讓某些人士陷入混亂，但就長遠的角度看來，還是有加分效果，此外，散落在地板上的珠寶盒也會讓他們不免有些困惑。他們應該不可能認爲這是一起愚蠢歹徒犯下的搶案，但也許內部曾經爲此爭執不休？也許那可憐的傢伙誤以爲他要搶她的錢財，不重要。

無論他們的假設是什麼，大錯特錯。

他依然能夠感受得到當刀鋒滑過她氣管時，自己體內湧起的那股強烈衝動。鮮血，靜默無聲，噴濺到醜陋的厚地毯上頭，他的膝蓋順勢壓住她的後腰，把她拉到床上，他希望自己有足夠的時間可以妥善處理。

貓咪們的喵喵聲響，依然在他耳邊環繞，當他站在那裡，望著她生命走向終點的時候，現場一片寂靜，牠們的叫聲，是唯一的干擾音。要是時間足夠的話，他希望能把這裡佈置成自殺現場，那麼他們就不會出現困惑了，事件發生的時間順序不會有問題。

不過，得要趕快把她搞定才行，而且，他後來也完成了必要任務。現在，他才領悟到當初的那股衝動，還有他被迫調整的時間表，很可能是導致那個巴士女孩失手的主因。

里歐妮，報紙上有寫出她的名字。當然，他們還沒有時間好好認識彼此。

就算有，恐怕他還是註定失敗。他在操作程序的時候不夠冷靜，先前事件帶來的刺激感害他變得笨手笨腳，浪費了他下手的最好時機。當然，他已經小心翼翼，搞定了那個自殺現場，刻意僞裝出外行人的手法。在手腕上劃出橫向傷口，而不是沿著橈骨動脈，以垂直方式從手腕一路劃到手肘，這種方法非常有效率，但也會啓人疑竇。對了，他們可能連那一點都沒有想到，其他事情已經足以讓他們忙到天荒地老。

接下來，要考慮的是湯姆．索恩，每次都是這傢伙。他先前並不知道索恩打算在什麼時候拜訪瑪格麗特．伯恩，但他覺得她家裡應該沒什麼客人，所以他運氣好發現屍體，應該不是什麼難事。當他看到報紙登出發現「四十三歲伯恩女士」的警官姓名，證實了他的推測，他不禁發出歡呼聲。這個結果的好處之一就是索恩被……邊緣化。他認爲，就這個狀況看來，不會有比現在更好的時點了，現在，索恩的處境比先前更形孤立。

他覺得，一個獨來獨往的湯姆．索恩，想必非常危險。

這就是他夢寐以求的結果。

步行二十分鐘，即可到達滑鐵盧公園。索恩本想要造訪高門墓園，但那是他與珍的地方，或者，曾經是吧。那裡是打發週日早上時光的理想地點。她，拚命想要揣摩某些黑白藝術電影裡的女中豪傑，而他也很樂意，在前往「老皇冠」或「酒瓶」吃午餐，喝得醉醺醺之前，先在此隨意消磨一兩個小時。他們都很享受無所事事的感覺，每次都會跑到著名的馬克思墳墓對面，待在那個默默無名的史賓賽先生的墓前開懷大笑。

滑鐵盧公園與墓園北端相連，是一處腹地雖小但綠意盎然的空間，經常造訪的人總是喜歡把它稱之為「藏寶盒」。聚集在這裡的客層很古怪，而這已經是最客氣的說法了：愛嚼舌根的各種族群、嗑藥嗑得亂七八糟的遊民、接受社區照護的病殘個案，還有從惠廷頓醫院走出來的幾個大肚子女人在散步，希望可以早一點把小孩生下來。索恩很喜歡這裡，尤其是勞德岱爾中心，位於公園入口處的十六世紀豪華住宅。現在裡面可以看到兒童偶劇、古董市集，還有恐怖的現代藝術展覽。裡面還有一間高級餐廳，漂亮的咖啡吧，只是價錢有點貴。不過，在四百年前，這裡是查理二世情婦妮爾．格溫的住所。曾經有個自大的女人告訴索恩，勞德岱爾中心是格溫小姐「容留國王」的地方。他告訴她，這是他聽過最漂亮的委婉說辭了，但那驕傲女人聽不出笑點，索恩猜她自己很可能「容留」過國王之類的對象吧。

現在，他只要到這個地方來，總能讓他精神大振。這間被列名為保護建築的美麗屋宅，基本上是當時最頂級的妓院。光憑這個理由，這座公園就可以成為坐下來好好思考的優選地點，配上葛蘭．帕森斯或是漢克．威廉斯的音樂，放入CD隨身聽，那是珍送給他的四十歲生日禮物，他收到的時候好意外。

他沿著通往破舊網球場的巨弧形步道往前走。每隔個一百碼左右，就會看到以雜草或鑿刻枯樹而成的人像。有機雕刻品，應該是千禧年的專案計畫，眞是勞民傷財。一九九九年十二月三十一日，他與菲爾．漢卓克斯一起度過，他們共享一盤雞肉咖哩，還喝了許多瓶淡啤酒，十二點不到，兩個人都睡著了。

這裡不失為一個聚會的好地方。索恩脫掉他的皮外套，坐在水泥步道的長椅上。他望向公園的另外一頭，看著聖若瑟教堂的巨大綠色圓頂。時序馬上就要進入十月，這樣的天氣已經算是相當暖和。有一對手牽著手的情侶朝他的方向走來。很年輕，三十出頭，手腳靈活，腰桿直挺。男的穿白色毛衣加寬鬆米色長褲，女的穿白色緊身牛仔褲，搭配奶白色刷毛上衣。兩人緩步向前，態度悠然，他們先前不知道說了什麼，臉上依然掛著微笑。

那對情侶越來越靠近他，兩人一臉得意，目中無人，索恩突然覺得妒火中燒，像是腐蝕性碳酸鈉在溶解水管裡的油脂。不知道爲什麼，他們看起來容光煥發，潔淨無瑕，兩個人都是。這是一對廣告人眼中的夢幻情侶，出來散步，在某間改裝過的漂亮倉庫裡享受咖啡和可頌。

索恩看得出來他們有好工作，還會爲好朋友煮異國料理，而且性愛生活美滿。他們享受生活中的一切，完全沒有任何懷疑。不曾受過絲毫損傷的情侶。

他想到了自己與安妮，他不知道爲什麼他們兩個人不能裝傻到底就好。

爲什麼他覺得打電話給她如此困難？

在他發現瑪姬．伯恩屍體的第二天，他留言給她，告訴她出事了，但自此之後，他完全不理會她的來電。不只是因爲這起案件與比夏有關，而且他也想爲自己保留一點空間——如果他想要讓一切平安落幕，阻止殺人犯繼續發生下去，他需要看到自己那一塊模糊、難以捉摸的部分，他願意爲了這個不惜冒任何風險，而且他也很清楚，如果和安妮．寇本認眞交往下去，那些部分很可能會慢慢消失。它是盔甲，也是一種僞裝，他知道就算是最微小的裂痕，也可能讓它無用武之地。假以時日，它也許能夠自我修復，最後變得堅硬不摧，但是現在依然不是……暴露弱點的時機。

不過，他依然希望身旁有她，他想要與她在一起的親密感。他看著那對年輕情侶從他面前信步離開，朝涼亭的方向走去，喜歡在露天環境下交換體液的那些人士，非常喜愛那個地方。他發現自己眞是白癡，決定一回家之後立刻打電話給安妮，反正，他何必想這麼多呢？他只是個警察，至少理論上還是。

盔甲上的裂痕？天哪……

他覺得自己像是在迎接大戰之前，無法上床打砲的拳擊手。這個比喻很好笑，但是他腦中浮現的畫面卻讓他開心得不得了，五分鐘之後，相約見面的對象到來，他的臉上仍然笑意盈盈。

有時候，安妮．寇本覺得自己只能與喪失語言能力的女人進行眞正的對話。

她一個人坐在醫院餐廳裡，不斷來回推弄紙盤上淡而無味的沙拉。她在思索自己工作的問題，艾莉森的眨眼訓練進行得很順利，但安妮自己心裡有數，要是她不多加注意的話，恐怕療程最多也只能做到這個程度而已。

這對艾莉森不是好事。

艾莉森與她的男友有狀況，而且已經進入了關鍵階段，不過，在上一次她們進行療程的時候，大部分的時間幾乎都是安妮在抱怨自己的問題。

她與女兒出了問題，還有前夫，以及男友。

與瑞秋的狀況完全不見好轉。至少，她們還願意講話，但是卻不肯說出自己眞正的想法。母女兩人都覺得自己像是走在蛋殼上一樣顚危，她們很清楚，就算是小小的一句話，也可能會引發一場大戰。瑞秋不願意重考，那些她早早上床其實卻沒有就寢的夜晚，還有，安妮幾乎百分百確定女兒有不肯說出口的眞相。

其實那就是，安妮開始懷疑——不，其實她十分篤定——女兒約會的對象。

安妮某次曾提到這個話題，她的態度很輕鬆，但瑞秋的反應卻是緊閉著嘴巴，一臉頑抗，更讓她確定這是個禁忌話題。太荒謬了，瑞秋要交男朋友，安妮怎麼可能會有意見？她怎麼會有這樣的誤解呢？以前也讓她交過男朋友啊，只是這個時機眞的不妙，距離大考只剩下幾個禮拜，眼看瑞秋一切就要搞砸了，安妮卻無能爲力。

瑞秋個性固執，就和她爸爸一樣，現在他也不和安妮講話了。她與大衛之間的關係早就降到冰點，偶爾還差點惡言相向，但自從她告訴他索恩的事情之後，情況快速惡化，他似乎是完全斷了聯絡，就瑞秋的立場看來，剛好父女此時是同一戰線，挺好的。

奇怪的是，他似乎早在他們兩人開始交往之前就已經有了預感。她想起了與前夫在電梯裡的正面衝突，他甚至早在那個時候就講些有的沒的，所以她才會乾脆直接說出來。她沒有要搶佔上風的意思——好吧，可能是有那麼一點——但既然他早已懷抱惡毒之心，對她充滿懷疑，所以恭喜他很厲害，有先見之明一點都沒錯，又有何不可呢？但自從她確定自己與索恩在……交往，這算是交往嗎？他的態度變得相當惡劣。

史提夫．克拉克經過她身邊，對她笑了一下，她也微笑回禮。她在想，與瑞秋之間的問題也許與索恩有部分關係？瑞秋在吃醋？安妮先前曾經努力與她談過索恩的事，自從幾個禮拜前發生了那場重大衝突之後，她努力讓自己敞開心胸。她告訴瑞秋那個案子的事，還有自己與此案的關聯。她跳過那些比較可怕的細節，又避開傑洛米與案情的……牽扯，這也是爲了讓她自己心安。

她一直把艾莉森的最新進展告訴女兒，基本上，她真的很努力在築起溝通橋樑，不過，也許她還沒有好好向瑞秋解釋自己對索恩的好感。

安妮推開盤子，裡面的沙拉她根本一口也沒動。她覺得，自己之所以沒有向女兒講出原因，是因為她自己也沒想清楚。她站起來，立刻走到餐廳後面，推開旋轉門，走到緊急出口，點菸，望著眼前的大型金屬垃圾桶以及保麗龍盒。

索恩……

他似乎很介意她問題叢生的情史，尤其是與傑洛米．比夏的那一段。

自從她與索恩上床的那個夜晚之後，她幾乎不曾和傑洛米講話。這種……冷處理是她的決定，但她覺得他也在與她保持距離。傑洛米也許心生嫉妒，她不能排除這種可能性，而且那種情緒當中可能含有與性相關的成分，不過，她也懷疑他自己也正在與某人打得火熱。在他們最後一次見面的前幾天，他曾經拐彎抹角暗示了一兩次，而且他似乎心有旁騖，掛念著工作之外的事情。她希望讓他分心的是某個女人，她好期盼傑洛米可以幸福快樂。

她好想念他。

但她不會打電話。她認識這男人已經超過了二十五年，儘管她覺得索恩對他的懷疑很愚蠢，但她覺得自己要是真的這麼做的話，彷彿對這個剛認識不過五分鐘的男人不太忠誠。

她好痛恨因為別人而必須讓自己的忠誠度受到檢驗。還有，索恩為什麼不打電話給她？

他先前曾經打電話告訴她，這個案子出現了一些重大進展。重大，這個字詞對她來說，像是「死亡」的另外一個同義詞。兩天之後，她全看到了，然後還有其他案件。感謝老天，沒有提到艾莉森，但卻充滿了讓媒體可以大作文章的殘忍情節。索恩先前一直憂心忡忡，擔心媒體無法自律，如今果然完全破功，報紙上已經出現義憤塡膺的社論加上五名死亡女性的照片。

她現在根本不看報紙，她的生活中遇到的噁心事件已經夠多了。

艾莉森的案子她已經接下來了，但除此之外，這個恐怖案件的其他部分，她不想有所牽扯，她沒有興趣知道細節。

除非他們抓到了他。

索恩與賀蘭德走向公園南端出口旁的池塘。他們靠在欄杆上頭講話，遊樂場距離他們不過只有幾英尺，他們偶爾必須提高音量，蓋過小孩的尖叫聲。有個爸爸在抽菸看報，兩個小孩怎麼爬就是爬不上去，沒辦法玩滑梯，還有別的小孩站在鞦韆上頭，呼叫大家看他表演。

賀蘭德遠眺水面，索恩則望著池塘邊低矮灌木叢下方的泥地，有隻褐色巨鼠正在奔逃。這裡到處都是麵包屑，總是看得到出來覓食的老鼠，每每看到牠的蹤跡，總是讓索恩很興奮。這不是什麼美麗的生物，不過，既然賀蘭德在注意那些供人觀賞的各種鴨鵝，索恩的目光自然落在老鼠身上。牠們是食腐者，投機者，倖存者，無惡不作之徒。

這座城市裡的完美象徵，莫過於此。

「賀蘭德，我不知道你還有跑腿小弟的功能。」

賀蘭德把頭轉過去看著索恩，他知道自己脖子一陣紅，「長官，因爲我不是。」

索恩話一出口就後悔了，他想要展現自己的黑色幽默，但聽起來卻只像是諷刺。不過賀蘭德已經開始講正事，「基博督察長覺得我們兩個可能會碰面，如此而已。他曾經親自打電話給你……」

索恩點點頭，一堆人都在打電話找他。

法蘭克．基博請賀蘭德轉達這個有些詭異的提案，真的是非常奸詐。他不是那種能夠鼓舞人心或是讓人士氣高昂的長官，不過他對於周遭情勢的變化倒是瞭若指掌，他看得出子弟兵的心思，對於專案的動向特別敏感，他想到的絕對不只是誰心情不好或誰煞到誰之類的小事。

現在，那隻老鼠站起後腳，貼在欄杆旁邊的垃圾桶東聞西聞。索恩望著賀蘭德，「好，你怎麼看？」

賀蘭德微笑，會被問這種問題，他有點受寵若驚，但他自己心裡有數，他的意見很可能一無是處。「老實說，我覺得這是很好的方案，你就像是獨立辦案的幹員，只要不惹出大麻煩就好……」

「或者，也不要提到傑洛米．比夏？」

賀蘭德覺得這種時候也不需要講什麼好聽話，「這樣一定會把事情搞得更糟。」

索恩知道他說得沒錯。在瑪格麗特．伯恩的屍體被發現之後，基博曾經暗示過他，必須要針對違反紀律的部分進行懲處，不過，加上里歐妮．荷頓的命案來攪局，處罰某個想像力太過豐富的流氓探長也不是那麼急迫的事，反正基博是這麼說的。或者，他可能有自己的理由，還不想讓索恩接受正式懲處，讓他自己有充分的時間思考，到底該怎麼搞定索恩才是上策。

無論如何，最後的結果很可能只是薄懲而已。

賀蘭德還沒講完。

「他們知道比夏後車廂車毯纖維的事了。」

「幹。」索恩憤恨跺地，揚起的灰塵與砂礫害老鼠嚇得逃開找掩蔽。法醫鑑識部門裡面有人大嘴巴，難怪漢卓克斯打電話找他，索恩必須和他好好談一談。

「所以，我現在惹了一點麻煩，但如果我接受這個提議，準備當個什麼顧問或是接受法蘭克·基博想出來的什麼鬼頭銜，可能就沒事了，對不對？」

「長官，他沒有那麼說。」

顧問。他不知道除了那個大家都看得出來的圈套之外，還有什麼其他的陰謀。

里歐妮·荷頓最後一次被人看到的地方，是開往伊靈的夜間巴士，而四個小時之後，她的屍體在圖夫尼爾公園的荒地被人發現。

距離索恩的住所還不到四分之一英里。

大家都看得出來，這個兇手最新犯案的意圖，完全就是針對他所最鍾愛的探長。

顧問？比較好的說法應該是「釣餌」。

「你對傑洛米·比夏有什麼看法？」

賀蘭德措辭小心翼翼，「長官，我認爲殺死瑪格麗特·伯恩的人不是他。」

「在艾莉森·維列茲的遇襲事件中，他也有不在場的鐵證，不過我們同樣找到了漏洞。」

「不過，我還是搞不懂。我不知道他爲什麼對艾莉森做出這種事情之後，還立刻把她送到醫院，動機更令人猜不透。他明明已經花了這麼多的功夫，但是卻給自己一個薄弱的不在場證明？」

「賀蘭德，我會搞清楚，我也一定要知道他怎麼能同時殺了瑪格麗特．伯恩。」

「長官，他沒有。」

「事發前一天，有名可疑男子在她公寓外頭鬼鬼祟祟，而這個人的特徵與比夏相符。」

「一定是巧合。而且，住在對面的那個鄰居是個瘋婆子，她也覺得我很可疑。」賀蘭德語氣平靜，他不想讓索恩失望，只是陳述事實。「我已經去過皇家醫院，除了那些重度昏迷的之外，每一個人都問過了。她遇害的時間約在下午至傍晚，而比夏當時正在醫院做例行性查房，現場有數十名目擊者。要到白教堂，再到圖爾斯丘，然後又萬無一失趕回醫院，是不可能的事。」

索恩很感謝賀蘭德的努力，想也知道他一定是利用自己的私人時間在幫忙查案，而且他也很清楚，要是被圖根發現的話，他鐵定是吃不了兜著走。

「里歐妮．荷頓的命案就沒有不在場證明了！」索恩在心裡吶喊。

「長官……」

沒有里歐妮．荷頓的不在場證明，因為他殺了她，那王八蛋取了她性命之後，把屍體扔在我家門口。

「好，賀蘭德，所以你也覺得我找錯了對象？或者這只是我在無理取鬧？」

賀蘭德嘆氣，問題越來越難回答了，「長官，我也曾經認為比夏就是主嫌。沒有其他可疑對象，即便這可能需要一點運氣，我還是覺得……可以把它作為偵查的方向。但是，瑪姬．伯恩——她與里歐妮．荷頓一定是在相同時間遇害。」

他們站著不動，兩人都沉默不語，索恩是無話可說，賀蘭德則是還有滿腹的話想講。他們後面有個小孩從旋轉木馬上摔下來，開始尖叫。

賀蘭德清了清喉嚨，「長官，就理論上來說，我這麼努力，有一個重要的意義。」

「是嗎？」索恩嘀咕，「什麼？」

「你一直奮戰不懈。」

索恩只能緊咬下巴，他沒辦法看賀蘭德，要是盯著這傢伙的臉一兩秒，他的臉恐怕會藏不住他的感激之情，臉龐一定會變得明亮、渴望、悲傷。

坦露出太多秘密的臉。

他轉身，朝大門方向走去。這個突如其來的動作害老鼠又再次奔逃，而且還發出了尖細的緊張叫聲。這個膽小的畜牲先前還好整以暇坐著清理自己的鬍鬚。牠們天不怕地不怕，索恩剛才站在那裡的時候，眼睜睜看到其中一隻從他的鞋尖前面跑過去。

他轉頭看了一眼，賀蘭德距離他約有六步之遠。

前途未卜，但索恩從來沒想到要減緩腳步，而且他也感覺到賀蘭德應該是那種男人，願意努力迎頭趕上、與他並駕齊驅的那種警察。

也許，他們會同心協力，將傑洛米．比夏繩之以法。

有人計算過，在倫敦，方圓六英尺之內一定會看得到老鼠的蹤影。索恩知道，我們與某種更卑劣物種之間的距離其實也跟這個差不多。

越多人，越多的病態。

世上絕對沒有上帝。就算有的話，不管是男的還是女的，一定都是個變態王八蛋，難道這還不夠慘嗎？

聽過安妮的解釋之後，我就是這種感覺。

雖然我現在躺在可愛的氣墊床上，但是他們每隔個十分鐘左右，就必須把我拉起來，以免我長出褥瘡。所以其中一個護士，我還不知道是誰，但我打賭一定是因爲咳嗽意外而銜恨在心的瑪蒂娜，當她在移動我身體的時候，不小心動到了鼻胃管，這東西就是「塞進鼻子裡的通管」，只有一兩吋的距離而已，但這眞的是一報還一報。最後，那一團管灌食品，也就是充滿蛋白質與其他好東西的無味白色大便，沒有跑到它應該進去的地方，反而灌入我的胸腔，而且是一大堆。好，你和其他能夠正常咳嗽吐口水的人，只要咳一咳吐一吐，就可以把這個鬼東西嗆出來，幾天之後，你可能會出現輕微的胸腔感染。

不過，我卻不是這樣，哦，別這樣好嗎？

對那些細菌來說，這種管灌食品簡直和蜂蜜一樣。它們愛死了，然後，到處都長滿了細菌，哎轉眼之間，我得了該死的肺炎，這種事遲早會發生，嗯，眞是太棒了對吧？

所以，呼吸器又回到我身上了。巨大的機器轟隆隆響不停，幫我呼吸，我覺得自己又有了剛開始住院時的感覺。

現在，一切也只能暫停下來，等到我恢復之後再說，職能治療也被迫中止。老實說，現在的溝通進行得很順利。我們已經搞出一套相當順暢的系統，字母表是依照使用頻率所排列，所以就不再是ABCDE，它的表列順序不再是從A到Z，而是從E到X。我們也找出了回頭、快速向前、重複的快捷表示法，安妮變成了我的手機打字預測功能的人體替代品，思索我接下來要說什麼。她會幫我把字句接完，大多數的時候她都猜對了，她也開始懂得我罵髒話的風格。

現在，一切都只能暫停下來，等到我身體更強壯一點，等到我好轉之後再說。

對，如果你和我一樣，那麼好轉也就只是個相對的說法而已。

他們已經從床尾拿走了黑板，我眞的覺得好沮喪。

老實說，我剛才提到溝通過程已經相當順利，這其實是和幾個禮拜前相比的結果，但和提姆溝通的時候依然相當困難。只要我們開始交談，我原本想好的話就全忘了。

他只是拿著光筆站在那裡，一臉茫然。

就算你能以最快的速度拼出這個世界上最複雜的字，但它們終究只是字而已不是嗎？你不能運用眼瞼與光筆表達感情，我眞的沒有辦法讓他明白我的意思。

最後我只能拼出那個字，一次又一次。

再見。

再見。再見。再見……

15

「我當然很高興你能歸隊，但話雖如此……」

基博坐在他的書桌後面，滔滔不絕。索恩靠在牆上，頭髮油膩，目光銳利。基博表面上是歡迎他回到「反手專案」，只不過索恩得扮演一個非正統、而且定位有些模糊的角色，但基博其實在給他下馬威，叫他要遵守基本規範。至於這些規則到底是什麼，索恩等一下會搞清楚。現在，他偷瞄著他的老朋友，牆上月曆裡的那隻埃克斯摩爾雄鹿。

每當他望著這幅矯情西部地區荒地的陰鬱圖像的時候，總是會有新的發現。今天，他坐在椅子上，抬頭望去，被那動物下巴的姿態所深深吸引，看起來充滿了攻擊性。也許只是害怕吧，或者準備隨時朝攝影師撲過去，但索恩卻自己偷偷在那頭雄鹿的頭旁邊加上對話框，「我們不喜歡看到你這種人出現在這裡。」代表十月的美麗風景也遲早會揭曉，他知道基博每個月都在期盼這個時刻的到來，下禮拜索恩盯著不放的會是什麼樣的動人景象？搞不好是「黃昏之獾」，但他不知道自己還能不能撐到那時候。

基博講完了，「嗯？」

索恩全神貫注看著基博，這位督察長似乎願意廣納意見，就目前看來，實際狀況比預期好得太多了。

「我們應該要把話講清楚，」圖根插嘴，「你對這項提議有沒有興趣，沒有人想知道，因爲這也算不上什麼提議，你別無選擇。」

索恩知道自己已經是條上鉤的魚，被拖離了水面，但還是想要小小掙扎一下。他沒理會圖根，直接對著基博開口，「法蘭克，我很感謝你對於最近事件的紀律問題一直維持低調，不過，我還是有一點迷惑，不知道你到底喜歡我做什麼來回報你。」抱歉，其實是因爲我剛才根本沒在聽你講話。「顧問……秘密武器……替補球員，不管你怎麼叫，我就是那個多餘的探長，布魯爾還在這裡，我也不覺得尼克有跳到別的地方的打算……」

他對圖根微笑，那愛爾蘭人也回笑了一下，臉色木然。

「……所以我到底要幹什麼？法蘭克？」

基博沉吟了幾秒之後，才構思出答案，他的語氣溫和，但幾乎藏不住他的冷酷，「索恩，當初一開始堅持要離開的人是你，你也稱心如意了。你把事情搞得一團糟，現在你又回來了，根本沒有立場去質疑一切。」

索恩點點頭，他必須小心翼翼才行，「是，長官。」他偷瞄了一眼圖根，這王八蛋現在的笑容是眞的了。

基博站起來，繞過書桌，角落的檔案櫃上方擺了一面小鏡子，他蹲身對鏡調整領帶。「我希望你以非正式的身分參與專案。我知道你不是笨蛋，而你自己也很清楚，既然你回到了這裡，兇手就知道要怎麼找到你。」

無論我在什麼地方，他都一清二楚，他在監視我。

「這一點對他來說似乎很重要，而他覺得重要，我自然也不會大意。就目前的案情看來，我們還不敢十分確定，但這個兇手好像與你有某種……關係，我打算好好利用這一點，你要是不高興，就忍著點。」基博站起來，領帶完美無瑕，「有沒有問題？」

索恩搖頭，他怎麼可能會不開心呢？他倒不是想要乖乖坐在辦公室裡，等待兇手現身向他打招呼。以往他積極進取的態度，一度失去蹤影，是他自己任由它消逝不見，現在他想要找回來。

基博走過圖根旁邊，又回到自己的座位，「而且，你如果留在專案裡，我們也知道要怎麼找到你。」

索恩差點笑出來，「長官……還有一個問題。」

「說吧。」

「傑洛米・比夏現在碰不得了嗎？」

索恩看到基博與圖根交換眼神，他幾乎可以發誓，自己聽到了溫度下降的聲音。

「我正要講那件事。比夏醫生知道兩週前你出現在他家門口，只是某種障眼法。感謝老天，他不知道你從他的後車廂非法取得車毯纖維。」

他還沒有聯絡菲爾・漢卓克斯，等一下他就會打電話。

「全是黏在我手提箱上面的纖維，當初是他自己答應我把東西放到他的後車廂。」

「當然了。」圖根嗤之以鼻。

「符合嗎？」

基博聽到這句話，嘴巴張得好大。

圖根從牆上起身，「索恩，我覺得大家講得沒錯，你真的是搞不清楚狀況。對，結果相符，但只要是一九九四年之後生產的富豪汽車，無論是哪一種顏色還是式樣，地毯纖維都一樣。你覺得我們不會去查那種資料？你知道有多少台車子嗎？」

索恩的確沒想到，其實他也不是很在乎。

基博拿起警棒，「比夏醫生打了好幾通電話過來抱怨，因爲他接到了匿名騷擾電話，他打算要提起告訴。」

索恩盯著他，眼睛眨也不眨，逼得基博只好自己別開目光。

「那些電話出現的頻率越來越高。」

自從葬禮結束之後，他打了多少通電話給比夏？他幾乎記不得了，那似乎像是在睡夢裡所做的事。

「可想而知，比夏醫生相當震怒，他兒子也是，頻頻向我們抱怨，現在他的女兒也加入陣容，昨天她打電話過來質問現在我們做了什麼處置。」

女兒也加入圍剿陣線，有趣了。

「湯姆，如果讓我知道你有事情隱匿不報，我沒辦法救你，我也不想救你。」

索恩努力裝出和緩臉色，然後又擠出微笑，現在得想辦法讓氣氛輕鬆一點，「法蘭克，你還沒有回答我的問題，這傢伙是不是碰不得了？」

狀況依然很僵。

「索恩探長，殺死瑪格麗特．伯恩的兇手，也應該爲海倫．杜爾、里歐妮．荷頓，以及其他受害人之死負責，你對此可有任何懷疑？」

索恩沉吟了一兩秒，「我認為殺死里歐妮、海倫以及其他受害者的兇手，也應該為瑪格麗特·伯恩之死負責，我對此毫無疑問。」

基博死瞪著他，濃密的兩道亂眉糾結在一起，滿是困惑。然後，他終於明白這兩句話之間的細微差異，臉色瞬間漲紅，聲音也轉為充滿威脅的低語，「索恩，少跟我玩這種他媽的蠢遊戲。」

「我沒有在玩遊戲……」

「不要再給我講這種鬼話，變態殺人犯不會雇殺手。」

傑洛米·比夏不是一般的變態，但索恩心裡有數，基博說得沒錯，不在場證明必須要找出破綻才行，不然該怎麼解釋？

他也沒有答案。

「所以我連他的名字都不能提了嗎？」

「你這樣眞的很幼稚。如果你想要浪費你自己的時間，請便，但不要浪費我或是這起專案的時間。湯姆……」索恩抬頭，基博傾身向前，瞪著索恩的眼睛，「海倫·杜爾已經死了四週，艾莉森·維列茲被他攻擊是兩個月之前，克莉絲汀·歐文慘遭殺害也是六個多月前的事了，天知道他是什麼時候開始策劃這整起變態至極的陰謀。」

就是當年他偷藥的那個時候。關於比夏偷走速眠安的某個關鍵，依然讓索恩苦思不已，這念頭一直在他的腦後飄浮，但他就是說不上來，宛若某種他無法確定的音調。

基博講出他的重點，「儘管報紙上寫了一堆鬼扯的內容，我們在記者會上也正色以對，湯姆，我們仍然完全沒有進度。」

圖根看著地板，這算是稍微流露了那麼一點罪惡感嗎？索恩回頭望著基博。

「我只是不懂，你為什麼不肯以開放心胸看待這條線索，沒有別的嫌犯，截至目前為止，專案毫無進展。」

圖根對這段話很不以為然，「索恩，這個專案的每一位警察盡心盡力，我們能做的都做了，我們還找到了一位非常可靠的證人瑪格麗特·伯恩——」

索恩打斷了他，「而且害她被殺。」

這幾個字宛如滾燙熱油澆在圖根的臉上，他在房間裡面不斷來回走動，大吼大叫，口水還噴到了索恩的臉上，「傑洛米·比夏根本與這個案子沒有關係，完全沒有。當你還在作那他媽的白日夢的時候，我們拚命在工作。比夏不是嫌疑犯，他唯一會上法庭的機會就是騷擾案，因為他準備要告你。」

索恩立刻站起來，他一派輕鬆，握住圖根的手腕，狠狠捏了一下。那個愛爾蘭男人的臉上突然湧起一股血氣。基博起身，索恩也鬆開了手，圖根立刻退到牆前，氣喘吁吁。

索恩不耐揚手，朝空氣懶懶揮了一下，拿起椅背上的外套，慢條斯理把它穿上，喃喃唸道：「法蘭克，我們沒有其他嫌犯……」隨即朝門口走去。

基博大叫，「那就給我找出嫌犯！」

就連待在角落搓揉手腕的圖根，也嚇了一大跳。

督察長法蘭克·基博想要擺出兇狠表情，但索恩盯著他的雙眼，看到裡面只有絕望。

賀蘭德忙著在打電腦，聽到聲音之後才知道後面有人。

「今天天氣不錯，是吧？我有點想出去走走。」

賀蘭德根本沒轉頭看他，「有特別想去的地方嗎？」

「布里斯托不錯。」

賀蘭德繼續忙著打字，「禮拜五M4公路的塞車狀況，惡夢啊。」

「反正我也剛好想要搭火車，單趟一個半小時，買報紙，到餐車大吃一頓……」

「聽起來不錯。如果你請我喝茶，那我就買一份《Loaded》雜誌。」

「不過我們接下來的行蹤，恐怕得要讓你撒謊了……」

賀蘭德關了電腦，「反正我說話的技巧也越來越高超。」

索恩微笑，賀蘭德正在他後頭急起直追。

他朝書報攤瞄了一眼，有個新聞標題特別吸引了他的目光，「香檳查理」，媒體是這麼叫他的。瑪格麗特．伯恩遇害後才過了一兩天，報紙已經掌握了全部的案情。

連續殺人犯。起初他非常生氣。他又不是連續殺人犯，但是他覺得這也不無道理。顯然這整篇報導有所保留——沒有透露事實。他猜警方要求媒體不得講出關鍵細節，他們才願意提供案情，以免出現有人假自首或是模仿犯。

他們不需要擔心，等到他決定要再次與他們聯絡的時候，他們一定知道那個人是他。

每天欣賞八卦小報的臆測與喟嘆，已經讓他上了癮。這一起「恐怖」案件毫無進展，已經變成了全國關注的焦點。他無意讓警察看起來如此愚蠢，他眞的沒有這個意思，但各個警署長官的空洞保證，還有出席記者會時的嚴肅面容，總是逗得他哈哈大笑。

「香檳查理」，缺乏想像力但不意外的綽號，而且充滿諷刺，因爲他再也不會使用這東西了。對付里歐妮的時候，抓住她打一針已經綽綽有餘，當然，再加上拿刀抵住她的喉嚨，足以確保他們在等待的時候，她會保持安靜，過程結束非常迅速。而香檳總是得花四十分鐘左右在鬧扯。他很懷念那種手法：能夠讓後來的結果變得更有興味。但如果使用針筒，每一個步驟都變得快速，美妙極了。腎上腺素緊緊追隨著藥劑，在女孩的體內發揮作用，所以當他在她下公車過幾分鐘之後，開車載她回去他的住所的時候，他甚至連她的正常聲音都沒聽過。

她只說了那幾個字，其實，算是輕聲細語吧。

拜託……

然後，他又失敗了。他在動手前的幾個小時殺死了瑪格麗特．伯恩，的確讓他分神，這當然是個方便的藉口，但他也開始發現情勢對他不利，他挑選了一套極其複雜的程序，他心裡有數。成功機率很低，他早就知道了，但，面對失敗依然讓人萬分挫折。

不過，就目前成功的案例看來，這還是相當值得。

殺害瑪格麗特．伯恩的過程，讓他得到了極大的享受。對自己坦承這個事實，丟臉透了，但也沒有必要自我欺瞞。

他想像把自己變成了她，體會冰冷刀鋒在他皮膚上吟唱的滋味，還有當那甜美的歌聲終止，鮮血開始奔流的那一瞬間，他屏住氣息的感覺。

那是他曾經熟悉又深愛的感覺，但差點就忘了。

殺人毫無逐漸消淡的美感，完全沒有例行任務的優雅。當然，那是某種必要手段，但一具死白僵硬的屍首，萬萬無法與他對艾莉森所做的事相提並論。那是純粹的昇華，獨一無二的體驗。

他的任務具有獨創性，他非常篤定，但他只成功過一次，現在疑慮開始悄悄潛入他內心，像是肥大的黑蜘蛛一樣蹲在那裡不動。這種快速殺人法難道不能算是次優的選擇嗎？這種安樂死不也發揮了功能？它的確是不會有他給艾莉森的那種燦爛、一息尚存、毫無痛苦的未來，但的確是個……句點。

他想要拋卻這個想法，他沒有辦法想像自己口袋裡藏著手術刀，在街上跟蹤別人的模樣，他不是這樣的人。

他拿著報紙走到櫃台，等著找零。他的旁邊站了一個女人，字謎雜誌、樂透彩券，還抓了一把巧克力，她對他微笑，他想起自己的任務依然相當重要。對，殺了她輕而易舉，而且遠比繼續苟活好多了，這點無庸置疑。但是，來得容易的東西哪有價值可言。

死亡是平庸之事，他可以給予眾人的是未來。

索恩與賀蘭德從天普米茲火車站出來，搭乘計程車到醫院，在這短短的路程中，他們已經事先討論好與蘿貝卡．比夏的訪談策略，老實說，其實等於完全沒有結論。賀蘭德先前已經打過電話，確定她今天有值班，但除此之外，他們一無所知，所以等一下也只能見機行事。

一年前，布里斯托皇家醫院是政府調查案的風暴中心，這裡有爲數可觀的嬰幼兒死於心臟手術。爆發的醜聞留下了深長的陰影，這間醫院受到的影響特別嚴重，而醫護人員也普遍受到波及，其中有某些人士算是被罵得並不冤枉，醫生再也不是那種會謹守規範、令人信任的角色。就和警察的下場一樣。

自從索恩開始偵辦這個案子之後，醫院裡無論發生什麼樣的事都已經嚇不倒他了。他現在已經漸漸習慣醫護人員的手段。布里斯托皇家醫院的調查案一出來，同樣令人震驚不安，報告中揭露了某些駭人聽聞的秘密，其中一間病房還有「離境大廳」的名號。

蘇珊、克莉絲汀、瑪德蓮，還有海倫。索恩知道被奪走生命者的呼求有多麼堅定不移，對於那些依然會聽到二十九名死嬰尖叫的人，他寄予無限的同情。

蘿貝卡．比夏在整形外科部門工作。她坐在等候區旁邊走廊的綠色塑膠椅子上面，正對著他們，她所展現的態度，讓索恩清楚見識到了這個特殊家族自信基因的強大力量。「我給你們半小時的時間。之後，我要出席有關骨折復健生物力學的精采演講，歡迎兩位參加。」

她冷笑，除了那一頭深色鬈髮以及略長的下巴之外，蘿貝卡的五官與父親弟弟如出一轍。她是個俊朗的女子，如同他們一樣，但俊朗不是美麗，她的身上完全看不出任何的溫柔。索恩不知道哪裡可以看得見她母親影響的痕跡，她個性溫柔嗎？或者容貌美麗？

也許哪一天等到他與傑洛米有時間閒聊的時候，他會開口問一下，也許，是在偵訊室的時候吧。

索恩正要開口回答，但蘿貝卡．比夏卻先發制人，「也許你可以先告訴我，爲什麼他們派來找我問話的人，正好是我父親認定的騷擾者？」

索恩的目光飄向賀蘭德，他回看的神情等於是聳肩。

「比夏醫生，沒有人騷擾妳的父親，反正我們這裡是毫無所悉。其實我到這裡來，等於向妳保證我們對他的陳述十分重視。」

「能聽到這句話眞欣慰。」

「但也請妳諒解我們此行有其他要務在身。」

她站起來，走到對面瀏覽牆上的記事板，「是不是要抓香檳查理？新聞報導我都看過了。」賀蘭德很樂意扮演衝勁十足的共謀，「比夏醫生，報紙寫的東西不能全信哪。」

她望向賀蘭德，索恩覺得她臉上似乎出現了那麼一點羞紅，她對賀蘭德有意思？太好了，他想要與賀蘭德交換眼神，但卻沒有辦法。蘿貝卡．比夏已經回頭瞪著索恩，雙手深插在棕色寬鬆開襟毛衣的口袋裡，「所以我父親是嫌犯嗎？索恩探長？」

說謊從來就不是什麼讓人舒服的事，但一點也不難。「不，當然不是。我們只是對他做了例行性問案，現在他已經被排除在我們的調查範圍之外。」

她目光凌厲，死盯著他。他完全無感。醫生從來不讓病人知道他們在搞什麼，警察和社會大衆之間的關係亦復如此。

賀蘭德接腔，「我們談一下騷擾事件好嗎？就妳所知，到底是發生了什麼狀況？」

她坐下來，「我已經在電話裡講過了。」賀蘭德立刻拿出筆記本，準備下筆，索恩必須承認他的節奏抓得恰到好處，她嘆了一口氣，繼續說下去，「嗯，是這樣的，父親一直接到騷擾電話……哦，還有人躲在他家外面拍照，但主要的問題是電話。」

「妳爸爸告訴妳的？」

「不，是我弟弟詹姆斯打電話給我。父親暴怒，而詹姆斯認爲我應該要知道事情的來龍去脈。我猜，他是希望能有另一名專業人士一起加入抱怨的行列。詹姆斯和我並沒有天天通電話，所以當我接到他的來電，我認爲一定茲事體大。」她開始猛咬指甲，索恩發現她的十指已經都被啃到露出了嫩肉，有些還破皮出血。

該是追問下去的時候了，「所以妳和詹姆斯……不是很親？」

「我們家人之間的感情不是很好，你一定已經知道了不少……」

他們一臉茫然看著她，假裝自己什麼都不知道。

「如果你們一定要知道的話，詹姆斯和我不是很對盤，完全不是，父親和我也處不來，但那並不表示我想看到他們動怒。」

賀蘭德點頭，他完全理解，「這是當然。」

她繼續說下去，語調平緩，但聽得出有弦外之音，「詹姆斯與父親總以爲他們很親近，但其實兩人之間的關係充滿了背離。幾年前，詹姆斯曾經有點狀況，他們也鬧翻了，現在他把爸爸當成自己得要大力奉承的銀行經理，會給他車子，幫他付公寓押金，所以那個小時候的可愛詹姆斯回來了，開始胡搞瞎搞，什麼都不需要擔心。」

索恩又激她一下，「我相信他的確很擔心。」

「哦，你與詹姆斯曾經相見歡，他告訴過我了。天，我怎麼這麼刻薄？」她想要大笑，但聲音卻哽在喉嚨後頭。

索恩的語調平靜，細心斟酌，「妳父親的感覺呢？」

「罪惡感。」不假思索的答案，直覺聯想詞。

索恩努力維持鎮定，不想讓臉上洩漏任何的表情，就讓她自己抖出家醜吧。

「他充滿罪惡感，因爲母親吃了鎮靜劑而昏昏沉沉，他自己又喝得太醉無法開車。他充滿罪惡感，因爲當初是他叫她服用那些該死的哈哈哈鎮靜劑。他充滿罪惡感，因爲他毀了自己的兩個小孩。他充滿罪惡感，因爲他沒有辦法代替她受死。我們都充滿著罪惡感，比夏家族的每個人都一樣，但罪惡感最爲深重的人就是傑洛米。」

鎮靜劑。許多關鍵都兜起來了。速眠安在短短幾分鐘之內、對他的受害者所造成的影響，不也就是多年前他給妻子服用鎮靜劑之後，她所產生的反應？這算不算是一般的報復行爲？不，嚴格來說，稱不上是報復，但……索恩不知道該怎麼說才好。

他一有了這個念頭，馬上就知道這也未免太簡化了，而且這種說法有些詭異，過於浪漫詩意。這個案子的謎底，絕對不會是聖誕拉炮趣味心理學分析裡面出現的普通動機。

不過，他已經讓傑洛米．比夏緊張不安。

他的目光投向比夏的女兒，她看起來好疲憊。她說出自己憋了好一陣子的心聲，索恩的感覺就是如此。當她在講話的時候，彷彿他與賀蘭德根本不存在一樣。他必須以溫柔的方式，提醒她現場還有他們這兩個人。

「妳呢？蘿貝卡？妳爲什麼會有罪惡感？」

她望著索恩，彷彿眼前這男人瘋了，難道這還不夠明顯嗎？「因爲當時我不在車子裡。」

當湯姆．索恩向蘿貝卡．比夏問案的時候，她的父親正在百英里之外，與索恩至少理論上算是睡過的那個女人共進午餐。

他在昨天晚上打了電話，安妮以爲可能是索恩，立刻接起電話，而當她聽到是傑洛米的時候，相當疑惑。他們最後相約見面，位於克拉肯威爾的某間披薩店，大約在皇后廣場與皇家倫敦醫院的中間位置。

一開始的擁抱可能有些勉強，不過紅酒很快就讓他們放鬆下來，自然也就聊開了。他們聊工作，壓力好大——很難回家之後放鬆休息。疲倦——不一直就是這樣嗎？他開始在考慮轉換方向；這句話引發她的好奇心。艾莉森疾病復發，不禁讓她好失望又難過；他也表達了同情。

他們聊到了小孩。她是不是對瑞秋有過多的期待？她是不是太緊迫盯人？他告訴她，不要因爲這種事太苛責自己。他一直要求蘿貝卡和詹姆斯必須拿出最佳表現，他幾乎非常確定自己以前相當緊迫盯人。現在，他以蘿貝卡爲傲，也許不久之後，詹姆斯也能達到他的期待。

她告訴他，這兩個小孩，他都應該要引以爲傲才是。

然後，一陣沉默，顯現出兩人之間的尷尬，比夏先開口，「妳都沒有打電話給我，是不是因爲妳男朋友叫妳別打？」

安妮點了菸，這已經是她在他們吃完午餐後的第三根了，「你也沒有打電話給我。」

「我擔心這麼做會有點奇怪。我已經仔細看過報紙，顯然我再也不可能是嫌疑犯了，但他似乎依然對我……有點意見。」

她的菸尾根本沒有灰，但還是朝菸灰缸彈了一下，「我已經一個多禮拜沒和湯姆講話了。」

比夏挑眉，她又開始緊張彈灰。「反正呢，傑洛米，我們也從來沒有談到你的事，私人與專業領域最好還是要分開。」

比夏傾身向前，微笑，將下巴擱在交纏的纖長手指上方，凝神盯著她的雙眼深處，「吉米，我都懂，我也知道這對妳來說很為難，但妳心裡真正的想法是什麼？」

她與比夏四目相接，她運用全部的心神，想學湯姆．索恩一樣去想像眼前的這個男人，可她就是辦不到。「傑洛米，我沒有……」

「昨天我聽到某個嗎啡成癮的家醫科醫生的故事。他會把這種藥開給年老病患，然後到他們家裡進行訪視，再把藥品偷回來。等到他們回到診療室的時候，他們覺得自己把藥弄丟了，妳知道，到了他們這把年紀，腦袋也變得不太靈光。他對著他們微笑，他完全理解，然後繼續為他們開更多的嗎啡。」

安妮倒是沒有太驚訝，許多醫生都有成癮的問題，甚至還有專門為醫療專業人員所開設的戒毒中心。比夏繼續說下去：「告訴我這個故事的人，已經認識這個主角二十多年了，但是他對此一無所知。」

她屏氣望著他，他的音量幾乎是輕聲細語。

「安妮，大家都有秘密。」

安妮目光低垂，緊盯著自己剛才捻熄在菸灰缸裡的菸屁股，她小心翼翼，清除了還留有餘紅的所有灰燼。他期待她作何反應？這只是他一貫的誇張挑釁的詭異行徑？或是……？

她抬頭，伸手招呼要帳單，然後又看著他，微笑，「說到秘密，傑洛米，你最近是不是有和誰在交往？」

他的心情似乎立刻大變，她也看出來了，原本想要饒了他，但繼之一想還是作罷。這一回她想要搶佔上風，他的彆扭神情逗得她好樂。「有吧，對不對？你爲何這麼害羞？」她在他的眼裡看到了類似答案的某種神態，「我認識這女的嗎？」

他低頭看著桌布，「不是什麼認眞交往，而且就各種狀況看來，關係也維持不了多久，但如果我現在開口就講這件事，也不知道爲什麼，感覺好像是在詛咒自己，逼迫戀情提早夭折。」

她哈哈大笑，怎麼突然這麼迷信？「拜託，你什麼時候開始──」

「不要再講了！」他的語氣讓她的笑聲戛然而止，話題就此結束。

「那就像是期待它早死早好一樣。」

索恩到家的時候興奮難耐。他得要打電話給好幾個人，他爸爸、漢卓克斯、安妮，這是一定要的，但他覺得自己的狀態過於亢奮。

事情經過是這樣的：當他步出肯特緒鎮地鐵站的時候，不禁開始思量在回家的路上，究竟是哪一家幸運的酒品販售店能得到他的光顧，他突然聽到後頭傳來這樣的對話。

「要不要買《大誌》……」

「媽的去找工作啦！」

「這就是我的工作，混蛋！」

然後，對話消失了。

他們一開始拳打腳踢的時候，索恩就立刻趨前介入。一記亂拳不小心打中他頭部的側邊，不禁讓他的臉抽搐了一下，他扣住喝令對方去找工作的那傢伙的脖子，運用超過正常標準的力道、把他拖到了附近的大門口，至於那個賣《大誌》的小販，撿起剛才衝突時散落一地的雜誌之後，衝過去想要看好戲。

索恩看著他，大吼，「滾！」然後又把注意力轉向那個「有家可歸」的人。當然，喝醉了，或是嗑藥嗑茫了，索恩猜他還是個學生，鮮血從裂唇一路往下滴，弄髒了白色直扣式襯衫。

索恩把對方壓在大門上，手臂死扣住他的喉嚨，以膝蓋輕鬆頂開那小王八蛋的大腿，又伸手從他的皮外套取出自己的警證，湊到對方的臉上，「猜猜看我的工作是什麼吧。」

現在，他回到家裡，打開了第一瓶的便宜淡啤，心想要是他不在附近，口袋裡沒有警證，而且也沒有強力干預的話，不知道會出什麼事。

如果其中一人有帶刀的話，又會有什麼後果？

就是典型的謀殺案。一般的殺人情節，簡單、平凡，容易理解。大家之所以會遇害身亡，多是因爲怒氣或挫折，不然就只是沒有保持安全距離，會因爲偉大理由或愚蠢的一句話而喪命，或者，只是爲了幾便士的小錢。

老婆與老公會使出錘子與拳頭殺人，男人喜歡喝酒拿刀展現氣概，再不然，毒販拿槍就和拿梳子一樣稀鬆平常。

這些出現在城市裡的命案，索恩都懂，他知道它們的成因，每一個都有自成道理的奇怪邏輯。

但和這個不一樣。殺人是一種副作用，屍體是某種瘋狂病態心理的副產品。

他喝光最後一瓶啤酒，穿上外套。四十五分鐘之後，他站在巴特錫的某個街頭，仰望三樓燈光後面移動的身影。

他站了將近一個小時，只要看到窗簾在晃動，無論是眞的有動靜或只是出於他的想像，他就會立刻沒入幽影裡。然後，當傑洛米·比夏拉開窗簾，站在那裡往下看的時候，他立刻遁入那一片昏昧的漆黑世界中。

比夏眼神兇狠，瞪著索恩，或者，應該說是索恩站的地方，也許他看到了人形，但最多也就不過如此而已。索恩回看他的時候，感覺到體內流竄著一股冰寒的震顫，因爲他看到比夏的臉色突然一變。

這麼遠的距離，索恩無法確定。

可能是鬼臉。

也可能是微笑。

我知道我以前曾經開過健保系統的玩笑，說他們沒錢，要什麼沒什麼。你也知道，當我一看到那塊黑板出現的時候，一想到美國那些超炫的器材，心裡眞的幹得要死。

但這個呢？

安妮先前就告訴我了，她與職能治療師要幫我弄幾個設備，讓我可以閱讀和看電視。我當然超想的啊，尤其我現在又裝上了這個混蛋呼吸器。親愛的，當某個機器在幫你呼吸的時候，生活變得超級無聊！但我沒想到眞的是「弄」出來的東西，坦白說，那根本是口水耳屎。

他們在天花板上安裝了某種旋轉支臂，現在電視就懸吊在那裡，所以我的視線上抬就可以看到螢幕，太好了。如果我待的是什麼笨蛋州或伊利諾州什麼鬼的地方，我現在就可以調整聲音，最重要的是，靠眨眼就可以換掉那討厭的頻道。好，在這個曾經美好的倫敦城，在這個曾經美好的健保系統底下，這類的小細節似乎都被忽略了。所以我必須等護士出現，對她眨眼，示意我要轉台。她幫了我之後，又消失不見，丟下我一個人盯著《超市大掃貨》或者某些白癡烹飪節目，然後過了二十分鐘左右、等到她在病房門口探頭進來，我得趕快拚命眨眼，請她幫忙轉到足球比賽。

我實在不想講出不知好歹的話，不過，和我的新式閱讀法相比，這簡直算是天堂了。

我覺得，它基本上就是一個譜架的概念，不過塞在那裡的架框有點像是老舊的衣架。好吧，我這樣說可能有點誇張，但其實也與事實相去不遠。他們讓我坐直之後，把這個金屬製的小玩意兒放在我的胸前，然後再以小夾子固定住我的書或是雜誌，這只有理論上行得通而已。首先，我很難表達出太複雜的書名，我絞盡腦汁，拚命要想出我可能會喜歡、而且書名又超短的讀物，雜誌也有一樣的困擾，不過幸好有《OK!》和《Hello》，總算能讓我多少釋懷一點，我不要讓眼瞼產生過重的負擔。而且，我看電視節目的時候也有同樣的問題。我不是什麼「英國金頭腦」，但就算我閱讀充滿複雜內容的一頁得花二十分鐘，我也不知道多久，反正就是等護士下一次進來之前，這段時間總應該要有人幫我做些什麼吧，我又不期待他們一直待在這裡、每隔九十秒幫我翻頁。

我一毛錢都付不出來，我也沒有家人可以幫我付錢或是募捐，就算有好了……一切都是半套。

半套，給功能只剩下一半的人。

16

索恩與安妮・寇本幾乎一整天都泡在床上。他起床過一次，大概半小時左右，剛好可以弄幾片吐司，播放強尼・凱許的《美國經典》，又買了報紙。《觀察家報》是給她的（但他會看裡面的體育版），《鏡報》與《世界新聞週日報》是給他自己的（但她會看裡面的副刊）。他不打算睡回籠覺，乾脆就直接等到酒吧開門。

幾個小時之前，他一個人驚醒過來，看到傑洛米・比夏的面孔俯視著他，而當他閉上眼睛，又看到了那張臉宛若負片，出現在他的面前，就像是盯著燈泡太久之後所產生的影像。

他睡意全消，開始處理落後的進度。床邊小桌放著電話，他豎起兩三個枕頭，靠在床頭板上，好一個舒服至極的辦公室。回撥給父親的電話出奇開心，吉姆・索恩討厭星期天，無論是從園藝市場到緊迫盯人的傳教士，看什麼都不爽，他的憤恨評語讓索恩暢懷大笑了好幾回，他們父子約好了下個禮拜要找個晚上聚一下。

索恩也安排好了在後天與菲爾・漢卓克斯見面，但想也知道這就不會那麼令人開心了。這位病理學家的態度似乎很冷淡又急躁，講不到一分鐘就結束了電話，索恩不知道漢卓克斯想要告訴他什麼事情，但絕對和熱刺對兵工廠的對戰門票無關。

然後，他打電話給安妮。

她正在與瑞秋共進早餐，她說今天母女兩人本來要共處一整天，她等一下會再打電話給他。

十五分鐘之後，她就已經搞定了。計畫生變，瑞秋似乎也不覺得有什麼好沮喪的，反正，等到她帶著自己的手機上床的那一刻，她媽媽也正忙著和湯姆．索恩一起上床。

他們拚命彌補先前錯失的時光，又小睡了一會兒，不過，現在他們身邊散落著丟得亂七八糟的報紙，兩人一起躺在充滿麵包屑與性愛氣味的床上，開始聊天。

他們在近一個月前的對話，也就是索恩去她家吃晚餐；他在自己家裡遇襲，被人下藥的那一天，和現在聊天的內容已經大不相同。那時候，就他自己而言，當然是充滿了謊言。在調情的過程中，蘊藏著謊言，在他詢問關於傑洛米．比夏的諸多問題背後，也有謊言。

他有好多事情沒有告訴她，許多刻意隱瞞的謊言。

現在，他們可以輕鬆聊天，而且態度真誠。兩個人都四十多歲，不需要吹噓成就。也不需要吸氣縮小腹。他們暢談大衛和瑞秋，也講到了珍與那個講師，有小孩離婚與沒小孩離婚的差別。還有她的鋼琴七級檢定證書，她自己整修房子的成績，還有她在念大學之前奪下的網球獎盃。他也告訴她，他有多麼痛恨貴得要死的茶與全麥麵包，以及他在發胖之前，曾經是個相當厲害的足球員。

還有，她平均多久救回一條人命，他開了多少次的槍。

他們還聊到了兩人根本不適合在一起，哈哈大笑，又開始做愛。

在九月走入尾聲的潺濕星期天下午，在這幾個小時之間，這個改變他們兩人一生的案子——扭曲了他們的一生，還有其他人也一樣，甚至在案子結束之前，已經徹底扭轉他們命運的案子——彷彿不曾存在一樣。

然後，某個住在愛丁堡的女人拿起電話，改變了一切。

以往，他非常享受自己的週日時光，那是過程中的其中一個關鍵，他在早期決定下手目標的時候，都是在這個日子。他在星期天觀察克莉絲汀——她和朋友在一起，還有蘇珊——獨自在家看老電影。雖然之後他已經不再到別人家裡動手，但星期天依然是評估狀況，擬定計畫的良好時機。

而今天，他不喜歡自己看到的景象，亂七八糟。他知道自己已經在嚴重沮喪的邊緣，要是他不好好控制那股情緒的話，一定會造成嚴重後果。

在海倫之後的情勢相當險峻，不過，他覺得到了最後還是看到了亮光。他知道成功是有機會的，他知道成功達陣的能力，掌握在自己的手中。

而在艾莉森事件之後，他得到了空前絕後的快感。

今天，他看不到前頭的光。疑慮緊緊抓住他身體的每一個部分，將原本的愉悅與希望擠壓得一滴不剩。

當然，這不只是他自己的失敗。索恩也失敗了，或者，至少可以這麼說，沒有人爲他營造成功的契機。

要是沒有了索恩，一切就失去意義了。

無論是新聞、謠言，還是個人消息，他所有的資訊來源都很清楚，沒有令人滿意的進展。他明明爲他們安排好了一切，簡單輕鬆，他小心翼翼，在他們眼前留下了線索，他們卻什麼都沒有發現。

他坐著不動，死盯著潔白的牆面。無論發生什麼事，最後結果如何，他至少還有艾莉森，她將是他與自身任務的永恆明證。至於其他的部分，另外一半，可能無法如他所願，但這不是他的錯，這是因爲牽扯到別人所造成的結果，如果靠他自己一個人，有許多方法可以達到類似的結果。

懲罰與罪行的嚴重性不成比例，但他還是會看到正義得以伸張。

沒有結束，還沒有，但他已經開始覺得疲憊。

十二天前，在瑪格麗特·伯恩的屍體逐漸冷卻、他離開了現場之後，又不費吹灰之力開車尾隨那台載著里歐妮·荷頓的夜間巴士，他覺得自己好厲害，天下無敵。今天，他連自己能否拖著身子走出門外都不確定。

話雖如此，等一下，他還是得走出去。

他們聊到他的音樂品味，不禁哈哈大笑。現在播放的歌曲是〈德莉亞掛了〉，內容在講述強尼·凱許把自己的女朋友綁在椅子上，拿槍射殺她兩三次，因爲這女人是個「邪魔」，索恩實在想不透是爲什麼。

然後，電話響了，「湯姆嗎？我是莎莉·伯恩。」

索恩開心回應，「嗨，莎莉，艾維斯很好，這地方快被他毀了，但他開心死了。」

安妮還沒有見過那隻貓，她滿臉狐疑，從床的另外一邊瞄他，他轉頭對她一笑，搖搖頭，別擔心。她隨手拿起報紙，窩在床上讀報。

「湯姆，其實我不是要講貓咪的事。」

索恩開始慢慢站起來，他感覺到那股微小至極的激動，某種刺癢感，火燙，一種不斷在肩胛骨之間累積的刺激感。「我在聽，莎莉。」

「只是有點奇怪的事情，我應該已經告訴過那個愛爾蘭警官，他叫什麼名字來著？」

「圖根。」拜託繼續說下去……

「是這樣的，我在整理母親的遺物，準備要送去慈善二手店什麼的，然後，當我在整理她的珠寶盒的時候，發現了一個男人的戒指。」

索恩已經下床，走進客廳，想要穿上睡袍。

「湯姆？」

「抱歉，我們剛才講到珠寶？」

「沒錯，你的同事帶走的那些東西，就是那些鑑識人員。在葬禮結束之後，他們把東西還給我，他們說再也不需要了。我不知道他們是在哪裡找到了這枚戒指，我猜可能是在地板上和其他珠寶混在一起，他們一定以爲那是我媽媽的東西，其實根本不是。」

「確定是男人的嗎？」

「絕對沒錯。純金，似乎是婚戒。」

「不是妳爸爸的嗎？」

「你在開什麼玩笑？那個王八蛋從來不戴婚戒，恐怕是擔心壞了自己把妹的機會。」

索恩開始聽不進莎莉．伯恩所講的話，一段旋律灌注到他的腦海之中，盈滿在每一個角落，一段古典旋律，哀傷又刻骨銘心。他不記得曲名，可能是德文。但是他想起自己曾經在哪裡聽過，而且他也記得那段旋律，節奏，在婚戒敲打排檔桿的節節脆響之下，格外引人注目。

「湯姆，我的意思是，我知道這也沒什麼，不過……」

索恩在幾分鐘之後回到臥室，安妮立刻知道出了狀況。他努力裝出輕鬆的語調，問她要不要喝茶。

她已經起身穿衣服。

到底發生什麼事，其實一點也不重要。她知道謀殺案與疑心又回到了兩人之間，充斥在這個房間裡，她必須要離開。他們開始變得彆扭，不斷閃避對方，氣氛很尷尬，他們不小心在長形穿衣鏡裡面看到了彼此的映影，還因此僵住了半秒鐘。

索恩察覺到安妮的無言指責，他滿心不願，但真的希望她可以趕快離開，讓他可以打電話給賀蘭德。

她看到他體內的渴望。

她看到傑洛米．比夏日前對她低語時的臉龐，還有他眼睛周邊的陰鬱愁緒。

「安妮，大家都有秘密。」

他們坐在後方的某張桌子，雖然不是漆黑一片，但也相去不遠。他似乎是故意的。他帶她走到了那張桌子旁邊，刻意避開舞台前的那些空位。其實這也算是周全的想法，他們不想被警察盤問，她畢竟還未成年。

瑞秋看了一下四周，未成年的不是只有她而已。

其實，她輕輕鬆鬆就逃過了檢查。燈光昏暗，在他們兩人進去的時候，在門口看守的女子只關心她眼前的錢箱。她甚至還站在吧台的亮處，爲他們兩人買飲料，她盯著酒杯後面的那面鏡牆裡的自己，說她十八歲，綽綽有餘，搞不好二十歲也可以過關。

他告訴她，這間位於克勞奇區的酒吧下面的小型喜劇俱樂部，是他最鍾愛的地方之一。裡面有各式各樣的觀眾，沒有人在意你的長相與年紀。這裡不算是正式的喜劇劇院，但你依然可以看到那些會在大型俱樂部表演的喜劇演員，但卻不需要在西區和別人搶位子。

光聽他這麼描述，瑞秋馬上就喜歡得不得了，她問他可不可以帶她去。他告訴她，等到那家俱樂部表演所謂的實驗劇或是集錦演出的夜晚，他會帶她去見識一下。平常如果他不需工作，只要有空，他一定會過去報到。十幾個業餘表演者自告奮勇，每個人輪流表演個幾分鐘。其實大家都不怎麼樣，顯然對大多數人來說，這只是一種療癒，但觀眾可以看得很過癮。就像是車禍一樣，看著他們掙扎，看著他們「死去」，他向她保證，絕對是美妙的經驗。

正在小舞台上的喜劇演員是個穿著寬鬆西裝的紅髮蘇格蘭男子，不斷出言譏諷，他大吼大叫，罵了好多髒話，而且講起性話題淋漓生猛，瑞秋坐在一片漆黑的地方，聽得都臉紅了。她的眼角餘光不時偷瞄坐在她旁邊的男人，所以她要是看到他哈哈大笑，她就可以跟著照做。她不希望自己看起來稚嫩或愚蠢，或是天真無知。

他很開心，她看得出來。當他在「草葉人」外頭接她上車的時候，似乎有些緊張，但是他現在看起來輕鬆多了。她注意他的時間，遠比她觀看舞台表演的時間還多。他聚精會神，緊盯著喜劇演員，或是其他的觀眾。他是個熱情的觀者，好發議論，眼睛根本眨也不眨。她好愛這樣的他，她喜歡他每個當下都活得飽滿，吸納一切，享受一切。她好愛他的專注，他那種拒絕妥協的態度。

這個喜劇演員開始對他自己的父母開玩笑，瑞秋想到了她的媽媽。當安妮回家的時候——瑞秋猜應該是從那警察的家裡回來，心情怪怪的。早上一定是他打的電話，他們兩個人應該打得火熱，混了一整天。

她一直在想索恩和她媽媽打砲的事。

她一直在想著打砲。

當她宣布自己要出去玩的時候，氣氛有點僵硬，但是她母親也很難有立場說些什麼，因為稍早之前是她自己提出要改變計畫。

她周邊的人開始鼓掌，她也趕緊跟著拍手。主持人又回到台上，介紹下一場劇目。他說，之後會有中場休息時間，她在想，等到表演結束之後，不知道他們會不會找間餐廳用餐；這個區域有好多很棒的餐廳，走路就可以到了。然後，他們可以在他的車裡小坐一會兒，再讓他開車送她回家。

第二個登場的是喜劇女演員，她比較溫和，一開始的時候，唱了首好好笑的歌調侃那些床上表現一塌糊塗的男人。

瑞秋的啤酒剩下一半，她喝了一小口，對他微笑，她覺得自己有點醉了。他也微笑回應，還捏了捏她的手，等到他放開之後，她的手臂悄悄滑到了他的背脊與椅子之間的空隙。

她覺得自己從來沒有這麼開心過。

她把手擱在他的腰上……觀眾哈哈大笑……他穿了一件高檔的亞麻襯衫，下襬擱在褲子外頭……觀眾聽到老梗發出了抱怨……他總是穿好好看的衣服……舞台上的女子開始唱另外一首歌……瑞秋好想撫摸他的肌膚……另外一頭有人喝醉了，開始鼓譟拍手……她的手伸到他的襯衫裡面，手指頭悄悄環抱前方，觸摸他腹部的肌肉……

然後，他開始尖叫。

在那一瞬間，他完全失控，他立刻站起來，打翻了她的飲料，潑灑在她的大腿上，舞台上的女子指著他們，瑞秋覺得他剛才好像在尖叫，天，真的是在尖叫，他在狂吼，彷彿被燙傷了一樣……

他立刻變臉，她伸手去抓他的手臂，卻被他劈頭罵了一句笨蛋小賤貨，他拿起自己的外套閃人，匆匆走了出去，不斷磕碰桌子，沒有人坐的椅子也被他撞翻。

表演的女子哈哈大笑，趁他走出去的時候講了一些話，他轉身咆哮，叫她滾一邊去，有的觀眾開始發出噓聲，他看起來很想把大家痛扁一頓。

他衝出門外，她感覺到啤酒浸濕了她的薄裙，裡面的每一個人都對她怒目相視。大門砰一聲關上了，女演員身體前傾，靠近麥克風，把手伸到額前，凝望燈光以及遠處瑞秋所坐的位置，她真的好想死。

「親愛的，小倆口吵架嗎？」

有幾個聽眾哈哈大笑，而瑞秋卻哭了出來。

當車頭燈的光線掃過他照後鏡的時候，賀蘭德正在聽第五頻道的運動現場第三輪轉播速報，他轉過頭去，看到傑洛米．比夏把車子停在他家外面。

索恩大約是六點鐘左右打電話給他，蘇菲不是很高興，她馬上就察覺到來電者是索恩，而且對於一切心知肚明。他得要出門固然讓她很火大，不過，她真正在意的是，索恩這個人，等於象徵了賀蘭德職場的慘澹未來，必須全力閃避的未來，沒有升遷，看不到穩定與篤實生活的未來。

她還提出了暗示，不會有她的未來。

他真的沒有辦法和她吵架，她說的都很對。但這些話等於是死人留下的訓斥，他爸爸也是這麼說。蘇菲的觀點，和那個他深愛、但從來無法令他尊敬的男人所講出來的話一模一樣。

但他很難不對湯姆．索恩這個人產生敬意。

他沒有辦法和蘇菲吵架，所以他乾脆懶得開口了。他默默走出家門，在開車前往巴特錫、坐在那裡靜靜守候的時候，不斷在腦海裡模擬與蘇菲爭吵的過程，其實，他等於是陷入了與自己的天人交戰。

索恩一直在死抓著無用的線索，沒錯。賀蘭德知道傑洛米．比夏在案發時刻一直待在皇家醫院，而索恩堅持他在殺人的時候、不慎把自己的戒指掉在瑪格麗特．伯恩的臥房。平心而論，這些話的確是許多同事口中離譜的瘋言瘋語，但他覺得索恩的語氣裡還有別的成分，對，很可能是不顧一切，但不只如此，那是一股興奮感，專注、熱情，驅使賀蘭德拿起外套，在還沒有掛電話之前，就開始拚命思索等一下該怎麼告訴蘇菲。

他下車，走到馬路的另外一頭。

比夏剛鎖好他的富豪汽車，準備要走向自家大門，看到賀蘭德走過來。他誇張嘆了一口大氣，整個人斜靠在車上，雙手深插在褲子口袋裡面。

賀蘭德已經準備要聳肩表示歉意，也早已想好得體的措辭。只是再多問幾個問題而已，現在我們正在調查某個新線索，感謝您的協助與合作。當他走過去的時候，他看得出來比夏記得他，他不介意，他右手拿著自己的警證，另一手趕緊伸出去客氣致意，「先生，您好，我是警員賀蘭德。」

比夏起身，往前走了一步，「是，我知道，你女朋友的手還好嗎？」他的語氣甚爲不耐，臉上掛著的笑容可以看出他知道那根本是鬼扯。

賀蘭德頓時不知所措，但幾秒鐘之後就恢復鎮定，「沒事了。」

「你要問多久？」

根本要不了多少時間。比夏開口之際，也同時伸出左手向賀蘭德回禮，兩人握了幾下，賀蘭德趁機低頭看了一眼，他已經達到了此行的目的，索恩派他前來一看究竟的原因。

沒有結婚戒指。

我一直閱讀，通常看的都是同一頁，不斷重複，但這是什麼鬼東西呀？稍早，他們不知道該

找什麼有趣的讀物給我看，就在他們想要檢視自己的先進設備的功能時，職能治療師塞給我某份醫院的官方文件，讓我好好看一下。

眞讓人想打哈欠……

哦，在我還沒有看到那份文件之前，我的確是這麼想的。這是一段引言，我字字句句都記得非常清楚，因爲我足足盯了二十分鐘。「國立神經內科與外科醫院，整併了神經學研究機構之後，成爲神經學神經科學的教學、訓練、研究的獨特資源中心。學術團隊的表現及其研究成果，與醫院的病患照護緊密結合爲一體。」

嗯，對我來說，這似乎寫得很清楚了。所謂的「照護」頗像是後來才添加的詞語，你知道，就是當某人想起來這裡應該是醫院的時候，硬插在句尾的東西。剩下的部分似乎都與研究和訓練有關，老實說，我眞希望他們滾開，離我越遠越好。

我是病人。相信我，我寧可不要待在這裡，但如果我的工作內容叫作「病人」，老兄，我不是任何人的資源，也不是任何人的教學工具。

「我們來看看躺在這裡的可憐年輕女子，因爲腦幹損傷而全身癱瘓。親愛的，可以爲我們眨眨眼睛嗎？」

不，免了。

好吧，我是有一點反應過度，但是當我第一次看到那段話的時候，我眞的很生氣，我整個晚上都睡不著，一直在想，這裡到底有沒有人在努力設法改善我的病情？

我還是很疑惑。

如果我繼續躺在這裡，對他們來說是不是比較有用？

17

基博與圖根早已準備好了問題，而索恩的答案也全部就緒。首先是比較次要的問題，傑洛米·比夏又開始抱怨。

「根據他的說法，週六傍晚有人在監控他家的一舉一動。」基博瞪著索恩。

索恩聳肩，故作無辜望著賀蘭德，「昨天晚上他有向你提起這件事嗎？」

賀蘭德還來不及回答，圖根已經先搶話，「索恩，你眞的是在找死。」

索恩微笑，他得意洋洋，就算尼克·圖根再怎麼惡毒，他也完全不爲所動。他們很快就會知道眞相，目前，他最好還是裝聾作啞。

圖根坐在掛著行事曆牆壁下方的椅子裡，賀蘭德則是背貼大門站著，辦公室感覺好擠。索恩的雙手支在基博的書桌上，整個身子向他逼近，「法蘭克，所以我們接下來要怎麼辦？」

基博把椅子往後滑，伸手一揚，「首先我們要思考自己手中所掌握的到底是什麼樣的線索，她怎麼能這麼確定那枚戒指不是她母親的東西？」

「她非常確定。」

圖根嗤之以鼻，「拜託，她住在愛丁堡，根本從來不和她媽媽打交道。我們不清楚她的過往情史，哪知道戒指是誰的。」

賀蘭德小聲說道：「長官，我認爲瑪格麗特·伯恩根本沒有交往對象。」

圖根轉過去，怒目相視，但賀蘭德不示弱，也依然緊盯著他。

「現場鑑識小組沒有在屍體上採到指紋……」

索恩大手朝桌面一拍，「如果現場鑑識小組沒有搞砸，沒有把重要證據誤當成死者的遺物，我們根本不會在這裡，案子早該結束了。」

「湯姆，屍體上沒有指紋，兇手戴了手套，所以他怎麼可能會掉了戒指？」

索恩深吸一口氣，回答問題就是了，態度要和善平靜。「我認爲他等到她失去意識之後才戴上手套，外科手套。他的目的是爲了要使用手術刀，確定精準定位。那枚戒指可能是先前的某個時候掉的，顯然死者生前曾經努力掙扎。」

基博望著猛搖頭的圖根，「比夏怎麼說？」

賀蘭德趨步向前，伸出一隻手，擱在圖根的椅背上，在他的頭頂上講話，「他自稱是幾個禮拜前掉的。」

圖根依然搖頭，相當不以爲然，「你怎麼可能會『掉』了婚戒？」他開始扭動自己的戒指，「就算我想要自己拿掉這鬼東西也沒辦法。」

賀蘭德準備的答案和索恩一樣充分。「他告訴我，他經常把戒指拿下來，工作的時候一定會脫掉，所有的配件都一樣，他說，鐵定是有人從他的置物櫃裡取走了戒指。」

基博緊追不放，「還掉了其他東西嗎？」

「他的皮夾，還有手錶，豪雅牌名錶。」

「他有沒有報案？」

「沒這個必要，他說置物櫃總是會有東西不見。」

索恩的目光掃視每一個人。賀蘭德表現很好，要是沒有足夠的事實，基博也不會繼續追查下去，他需要夠份量的佐證，而賀蘭德的確提供了詳細的資料。

「什麼時候的事？」

「差不多是三個禮拜前，十一號。」

基博點點頭，「就在瑪格麗特・伯恩被殺的前一天。」

索恩不發一語。在他使詐搭上比夏便車，進入市中心的那一天，戒指明明還在那傢伙的手上。就讓基博做定奪吧，重點是要讓他覺得這是他自己的決定，他還在頻頻點頭。

「湯姆，你需要什麼？」

「我要搜索狀。」

圖根立刻站起來，背後的椅子也順勢回彈打到了他。基博揚手，「尼克，打電話到蘇格蘭洛錫安與邊境警察局，我要他們把戒指送來這裡，了解嗎？」

圖根是第一個走出去的人，賀蘭德為他扶住大門，索恩正準備要跟著走出去，基博卻把他攔了下來，「湯姆，今天中午預定要召開記者會，我希望你也要上台，拜託。」

基博的語氣暗示他不允許討價還價，絕不讓步。索恩的體內充滿了腎上腺素，他現在心情高亢得不得了，就算是要他參加歌星模仿秀，他也會爽快答應。

索恩……

走進偵查室，避免與任何人四目相接，打氣的言語和贊同的神情，他感謝在心。他把手放在戴夫．賀蘭德的手臂上，享受他回報的會意一笑。看到尼克．圖根的手指梳弄著他的細薄金髮，拿起電話時的怒容，他一陣爽快。

而且，聽到那些女孩的聲音終於如釋重負，他也十分開心。

「很快就會結案了，是不是？」

「湯米？眞的嗎？」

「你要去抓他了對不對？湯米？」

「快去抓那個畜牲……」

克莉絲汀、瑪德蓮、蘇珊，還有站在最後面的海倫。他看著她們，滿懷著希望，一種他不再怯懦示人的希望。

「對，我一定會抓到他，馬上。」

她們背後的某個地方，傳來里歐妮．荷頓的笑聲。

他看了兩次。分別是英國廣播電台與獨立電視台的午間新聞，這兩次都讓他看得很入迷，而且哈哈大笑，最後鼓掌叫好。

反正，他現在心情好多了。狀況值得期待，而昨天的低迷意志——眞是可怕的一天——已經隨著那一小節新聞而煙消雲散。來得是有點晚了，但令人雀躍萬分。他依然沒有再次實驗那道程序的強烈興致，不過現在的局勢似乎有機會可以回到他當初的規劃。

「誠懇警司」、「濃眉督察長」……還有湯姆．索恩。當他們終於在全國觀衆的面前介紹索恩的時候，他好開心。所以，一切又回復到完美狀態，對吧？湯姆又歸隊了。

警司提到了「新線索」以及「令人振奮的調查新方向」，也該是時候了吧！他說，他們依然深切期盼能夠聽到熱心民眾提供那台藍色富豪汽車的線索，就算是看到部分的車牌號碼也好，還有，他們依然展示那幅可怕的嫌犯模擬繪像，多虧了在他殺害海倫·杜勒那晚，某些瞎眼路人的大力幫忙。

瑪格麗特·伯恩的描述一定會正確多了……

然後，「誠懇警司」介紹了等一下準備要開口的警官，他將要向「必須對這些慘案負責的人直接喊話」，攝影機移向索恩，他看起來有些緊張慌亂。

他不知道索恩在鏡頭前的表現如何，想必他以前也做過類似的事，應該很擅長才對。那個愛爾蘭男人沉穩流暢，但他覺得索恩應該會展現另外一番風貌。也許是力量，被百分百的怒火所激發的動能。

一定是的，索恩和他是一樣的人。

果然沒有令他失望。他沒有講稿；不需要準備。索恩直視鏡頭，語氣平靜，不過用詞精準，充滿了力量。

他把椅子往前拖，整張臉距離電視螢幕只有幾英寸的距離而已，他張著嘴，彷彿索恩在他面前講話。

當然，這傢伙的確在對他喊話。

「你只要在這個時候收手，一切爲時未晚。我不能承諾什麼，但如果你現在出來投案，今天就站出來，那麼在審理你的案子的時候，絕對會對你大大有利。

「我們無法猜測你爲什麼要做出這些事，也許你覺得自己別無選擇。如果你現在決定放下屠刀，你將有機會將一切解釋得清清楚楚。

「當然，你一定知道，我們會運用所有的手段阻止你犯案，各式各樣的手段。我不能保證這會不會對你自己造成某種傷害，甚至是更嚴重的結果。我們不喜歡看到任何人受傷，也包括了你在內，無論你信不信，這都是你個人的選擇。

「所以放下吧，好好想一想，就是現在。思考一分鐘，然後拿起電話。無論你還想要做什麼，考慮一下後果，然後，趕快拿起電話。

「這種瘋狂行徑，讓我們在此終結，就是現在。今天，我……我們就等你出來投案，所有人都會對你伸出援手。」

然後，索恩傾身向前，現在整個螢幕上都是他的臉。

「不管怎麼樣，這個案子一定很快就會落幕。」

瑞秋幾乎是立刻就原諒了他。

他先打電話過來，對於自己的行爲似乎懊惱極了。他知道自己的行爲難以饒恕，而如果她想要中止這段關係，他完全能夠理解。

無論如何，她絕對不會這麼做的。

他的道歉，讓她覺得自己掌握了無比的特權，兩人的地位彷彿突然顛倒過來。他大可以一走了之，但是他並沒有這麼做。他想要求得她的原諒，她知道只要她心軟，他們的關係就會晉升到一個完全不同的立足點。

他開始解釋，自己工作上的事並不是很順利，他和兩三個人發生衝突，害他情緒失控。顯然他所犯下的錯誤不能以此作爲藉口，但他希望她知道他壓力很大，如此而已。她問他，爲什麼先前不告訴她，她想要與他分享這類的點點滴滴，她想要與他共享一切，她可以幫忙，他告訴她，他也好想與她共享一切，而這一天馬上就要到來了。

她覺得口乾舌燥，她知道他指的是上床。

他問她，他衝出喜劇表演俱樂部之後，狀況是不是變得一發不可收拾。她告訴他，那個喜劇女演員虧了她一會兒，到了中場休息的時候，她也溜了。兩人哈哈大笑，不知道其他觀眾會怎麼講他們。他說，已經爲她買了條新裙子，噴沾到啤酒的那一條可以換了。他還告訴她，以後他會爲她買許多的東西。

他們開玩笑該掛電話了，不過，最後是瑞秋說她眞的非走不可。她告訴他，她之後會打電話給他，她好愛他，兩人同時掛上電話。

然後，她準備去學校。

安妮正在開會，還得忙好幾個小時，索恩倒也沒有因此而不開心。他已經問過了櫃台，現在朝電梯的方向走去，他心情輕鬆，悠然吐了一口氣。如果沒有遇到她也沒關係，反正他還得花時間處理，她也一樣，但最好還是留個一兩天的空檔比較保險。

他衷心希望，到了那個時候，一切都結束了。

那天，自從莎莉·伯恩打了那通電話之後，他們一直沒有機會好好聊一聊。只要能夠成功抓到人，只要能夠成功逮捕那個人，他們就可以把一切都講開，對安妮來說鐵定不好受，但他會想辦法幫助她熬過這段日子。

如果，她還願意有他相伴的話。

兇手親朋好友面對事實何其艱難，他早有豐富經驗。他還記得卡沃特的父母痛苦萬分的模樣，不過，這次的狀況卻大不相同。

這等同與某種形式的宣告死亡，需要一個完整的哀悼儀式，安妮必須要平撫失去好友的悲傷。她等於在諸多面向都失去了他的支援，她需要一一修補。而且，她必須拋卻她難以逃脫的罪惡感，還有身爲他好友的羞恥感，以及這種恥感所產生的罪惡感。

她還很可能得充當牽先通知他小孩的管道，得要安慰他們，處理他們的情緒。然後，她還得要應付媒體。如果他們沒辦法堵到兇手，也會想辦法去堵兇手的朋友，無論是哪一項任務都絕非易事。

安妮一定會想要找到責難的對象。

到了那時候，最好還是避免正面衝突比較好，先遠離火線，反正，無論說些什麼都可能會壞事。他知道許多案子，比這個還簡單許多的案件，到了最後一刻的時候，因爲警察的一時失言而發生大逆轉。講錯話，或是，大家最不樂見的，踩到了法律技術細節的地雷，足以讓霸氣十足的探長喪命。索恩不敢太早下定論，但他還是保持輕鬆心情來到這裡，進入電梯，思索等一下該怎麼仔細解釋一切。

反正，他來找的人又不是安妮。

進入艾莉森的病房，讓他嚇了一跳。安妮沒有告訴他她又戴上了呼吸器，不過他也早就知道她感染的風險很高。

病房裡又變得更加嘈雜，擁擠，但躺在正中央的女孩依然緊緊吸引著他的目光，他的心，宛如他第一次看到她的時候一樣。他上次看到她的時候，頭髮還沒剪得這麼短，那天他把比夏的照片帶進來，然後他立刻接到了電話，有「匿名者」告發他性騷擾艾莉森，之後的發展混亂失控。

現在一切又得到了控制。

他慢慢朝病床走去，經過了那塊黑板旁邊，現在，它被摺放在一旁，靠在牆上，還蓋著白布。艾莉森有沒有聽到他進來的聲響？他知道她的視線範圍非常狹小，他不希望自己進來害她嚇得跳起來。

他發現自己的語病。跳起來？蠢斃了。他對她的生命狀態所知相當有限，不知道她現在怎麼樣了。他提醒過自己要查閱資料，但一直沒做這件事。他聽說過被截肢的病人依然會覺得自己四肢健全。艾莉森的狀況也是這樣嗎？她會不會依然有感覺甚至想像自己有跳躍、奔跑、踢腳，或是親吻的感受？

他走到床尾停下來，他知道自己如果站在這個位置，她一定可以看到他。她的眼球迅速來回轉動了好幾秒，眨眼。

嗨。

他走到床邊，拿了橘色塑膠椅，環顧整間病房，態度一派輕鬆，彷彿像是個在找尋合適床邊笑話的訪客，他沒看到房內有花。

沒別的事好做，只能開口講話。

「嗨，艾莉森，希望妳不要介意我突然來訪，但我有好幾件事想要向妳解釋清楚。因爲別人也不會對妳講這個，眞的，那我覺得妳有權利知道。寇本醫生會告訴妳所有的醫學資料……醫學面的東西，但我想要告訴妳的是先前妳到底出了什麼事，也就是那晚妳離開俱樂部之後的遭遇。當然我們不知道妳還記得多少，很可能全忘了。」

床邊桌放了一瓶水，索恩爲自己倒了一杯，正好解決了他的燃眉之急。艾莉森明明沒辦法喝水，他不知道爲什麼還會有水瓶放在旁邊。

「在妳離開俱樂部與回家之間的這段空檔，到底發生了什麼事，眞的，我們也只能瞎猜，但這其實不重要。等到妳拿掉呼吸器之後，身體狀況好一點，妳可以告訴我們，妳是在哪裡遇到了這個拿著香檳的男子。不過，我們確定他進入妳家，然後香檳裡的藥物發揮作用，當他……伸出雙手碰觸妳的時候，妳也無能爲力。」

外頭走廊傳出巨大的撞擊聲，他看到艾莉森有反應，眼睛周圍的皮膚突然緊繃了一下，聲音對她來說是一大關鍵。

現在，他只需要把它說出來就是了，別再躊躇不前。他曾經在父母面前告知小孩的死訊，這個又有什麼難呢？

「反正，艾莉森，事情是這樣的，妳不能算是劫後餘生。我的意思是……當然，妳存活了下來，但這就是他當初所期待的結果。」

他拍了拍床沿，目光飄向她身旁的機器、螢幕、管線，最後又回到艾莉森的臉龐。

「這……就是他的目的，他想要達到的目標。

「這聽起來很瘋狂，我知道，但事實就是如此。他沒有要殺死妳的意思，他如果要取妳性命可說是輕而易舉，而他對妳所做的事其實難度很高。他以前也嘗試過，但因爲一直沒有成功……所以其他女子都死了，所以……」

所以怎樣？索恩不知道該如何啓齒，現在他要告訴她什麼？她何其幸運？

「就這樣。妳沒死，眞的很幸運，這種話我講不出口。這種事只有妳……冷暖自知。但相信妳一定夠堅強……所以沒有死，我相信妳也會有足夠的毅力、能夠讓自己離開這裡。

「我不知道他爲什麼做出這種事，艾莉森。我眞的很想告訴妳我已經有了答案，我當然可以瞎編，但其實我毫無頭緒。

「不過，我可以告訴妳一件事，而且老實說，這才是我來這裡的目的。要不了多久，他就會告訴我爲什麼他要做出這種事，我希望妳知道，這要不了多少時間，他馬上就會看著我，說出一切。」

他執起她的手，捏了一下。

「然後，我會要那個畜牲坐牢一輩子。」

眞的嗎？我懂了。嗯，謝謝你過來一趟，講了那麼多之後，突然告訴我那件小事。原來他是故意的，希望我變成這副模樣，被各種管線纏綁，整個人癱在床上動也動不了。好……

當你變成這個樣子，聽到重大消息的時候、除了冷靜之外，恐怕也難有其他反應。我的表情沒什麼變化，反正外表就是那個樣子，應該看起來算溫和。只要看到我的人，心裡應該都會狐疑，哦，她不是應該生氣才是嗎？

內在又是另外一回事。

暴怒。當你的血液在沸騰的時候，你就懂得暴怒是怎麼一回事，因爲我可以感受到它在冒著泡泡，我覺得它像是熔漿一樣，在我的靜脈中流竄。因爲我現在懂了，我非常確定。

無論如何，我一定會把它搞清楚。

我先前就想過，一定是那樣準沒錯。

某種超詭異事件。

我已經花了許多時間在思索這個問題，你就算不是天才也能發現狀況怪怪的。

我的身上沒有傷痕。

而且這也與性犯罪無關，安妮是這麼告訴我的。

一開始的時候，我以爲也許他是想要扭斷我脖子，但我連瘀青都沒有。我覺得如果你有心的話，殺人一定是易如反掌，我一直在想，他爲什麼沒有這麼做呢？

我一直在想，他眞正的目的究竟是什麼。

所以我剛好讓他成功達陣？我是一個還能勉強呼吸的活體證據？展現這傢伙的……技巧？

但其他的女人死了。

我聽到血液發出滾燙的嘶嘶聲，穿過了動脈，蒸氣從我的皮膚表面蒸散出來。

索恩似乎很有自信能逮到那傢伙。他的聲音裡透露出某種訊息，我知道不管這個人是誰，等到索恩一抓到他的時候，他一定會歉疚不已。

他說，他一定會讓那傢伙講出爲什麼要這麼做，其實，說眞的，我不確定知道事情眞相之後會不會讓我比較舒服一點。

索恩說他不知道我還能記得多少，我自己也不知道。

但如果我的回憶能夠幫忙抓到那個畜牲，我一定會絞盡腦汁想出來。

18

一九九九年二月十二日，他母親過世。

一九九四年九月三日，珍第一次離開他。

一九八五年六月十八日，卡沃特事件……

當索恩在那個週二的午餐時間、開車前往卡姆登的時候，他萬萬沒想到過了幾天之後，也就是二〇〇〇年的十月二號，也必須加入這份大事紀，而且，可能算是裡面最重大的一天，這些都是他寧可忘記的特殊日子，但對於記憶，他幾乎沒有自行選擇的權利。

塑造了他的這些日子，漫長，何其漫長的日子，痛苦。那些日子給了他某些啓示，讓他知道自己會走到什麼樣的轉捩點，那些日子也決定了他在轉捩點之後會變成什麼樣的人。

變化到何種程度。

這一天，打從它的前一晚開始，已經諸事不順，而且每況愈下。那枚從愛丁堡專程送來的戒指在前晚抵達倫敦，立刻送進了位於藍貝斯的法醫鑑識實驗室。索恩也打電話到埃奇維爾路的辦公室，他想要掌握最新進度。沒有消息，而且看起來要等到隔天才會有結果。他只聽到自己又惹了麻煩，緊張兮兮的基博告訴他另外一個大消息，傑洛米．比夏之前打電話過來，想知道現在是什麼狀況，詹姆斯．比夏也是，不過，蘿貝卡．比夏卻沒有動靜，看來索恩和賀蘭德溜去布里斯托的事，算是逃過了一劫。

現在，索恩對著自己微笑，他正開車經過攝政公園，兩旁全是外交官和油業億萬富豪的驚人雄偉巨宅。他笑的是自己對基博的傲然態度，他出言威脅，而且還對圖根表現出我根本不鳥你的態度。

他知道自己完全不需要擔心，他的所有問題，那些電話，地毯纖維，到比夏的住所登門拜訪，都將被大家所遺忘，只要他能逮到自己追查的對象。

只要他能證明傑洛米．比夏就是連續殺人犯。

然後，基博會忙得不得了，接受警司的祝賀（而警司會在記者會上笑容滿面，接受樂不可支警長的讚許），也沒時間擔憂那幾通深夜騷擾電話。也許就是小小處罰意思一下，很可能，最後就只看到一紙提醒程序問題的文件，最糟也不過是對他辦案方式的警告而已。

索恩很清楚，只要能夠妥善收集到重要證據，一定能夠將對方繩之以法。他知道證據就在那裡，傑洛米．比夏的巴特錫住所裡面，他現在只需要一張搜索狀。

索恩早上過得很悶，他現在的角色等於是足球經理（熱刺隊的那傢伙還是死纏不走）口中的自由人。從實務面來說，就是要接聽一大堆電話，將幾份文件交給尼克．圖根，還有壓抑自己衝到鑑識實驗室，親自檢查比夏婚戒的衝動。再次成為這座沉悶機器的一份子，令人十分消沉，但只要是該做的事，他都甘之如飴，反正這種狀況也不會持續太久。

索恩到了卡姆登，把車停在運河旁邊的大型森寶利超市停車場。這裡不收消費客人的停車費，買幾瓶自有品牌的淡啤，就可以換來大白天時段的免費停車，相當划算。

他經過 TV-am 公司的舊大樓，一群年輕人聚集在玻璃隔間的小型錄音室前面，張著嘴巴、目不轉睛在看MTV台的表演錄製過程，他也停下來，看了一會兒。主持人是一男一女，都長得年輕漂亮，他一度以爲他們就是前幾天在滑鐵盧公園裡遇到的那對年輕情侶。

他不理會四周青少年的奇怪神情，繼續看著他們在玻璃背後跳舞，搔首弄姿，表演一場無聲秀。他信步離開，心想自己懂得的音樂應該比他們介紹的還豐富，然後，他朝「園道」走去，準備與漢卓克斯見面。

這是間氣氛低迷的廉價咖啡店，昂貴又歡樂的地方反而不討索恩的歡心。這些年來，他們兩人經常聚在這裡聊工作與足球，而且這裡的英式早餐和濃稠布丁讓他們都愛得要死，無法自拔。

當索恩抵達的時候，漢卓克斯已經在那裡了，他正在啜茶，看到索恩時的神情似乎不怎麼開心。索恩有好消息，他知道講出來之後，一定能讓這可憐的傢伙精神爲之一振。他舉手向櫃台後面的女子示意要茶，隨即鑽進包廂座位區，拿起菜單猛看，他開始醞釀輕鬆的語氣。

「我想我們搞定他了。」漢卓克斯抬起頭來，但似乎沒有絲毫興趣，索恩繼續說下去。

「我知道我們已經搞定了，只要我們一拿到鑑識報告，搜索狀就可以到手，然後——」

「閉嘴行嗎？」

索恩放下菜單，原本的一點食慾立刻消散無蹤。

「怎樣？」索恩盯著漢卓克斯，這位病理學家望著自己的茶，繼續攪拌個不停。「顯然你是有話要告訴我吧？」

漢卓克斯清了清喉嚨，他早就演練好了。「難道你都不曾想到嗎？就算是只有一下下也好？當鑑識實驗室裡那個噁心怕事的傢伙打電話給你老闆，告訴他有個病理學家剛好過來，手裡拿著一個裝有地毯纖維的塑膠袋——」

「菲爾，我正打算要——」

「那傢伙也有可能打電話給我的老闆？你都沒想到嗎？」

「發生了什麼事？」

「事情現在有夠大條，因爲我實在太笨了居然答應要幫你忙，而你連接電話了解一下狀況的基本禮貌都沒有。」

他一直想要回電，這個念頭出現了也不止一次，但他就是沒打。「抱歉，菲爾，又有另外一起謀殺案——」

「我知道，負責驗屍的人是我，記得嗎？還有，你自己想想我們兩個是靠什麼吃飯的好嗎？我不覺得一具屍體這是什麼他媽的好藉口，是吧？」

當然不算，索恩很清楚。漢卓克斯的確有權生氣，但他眞的很難開口解釋在瑪格麗特．伯恩遇害之後，自己的想法……感受……

「幹……」

「沒錯，只有幹可以形容。我因爲行爲失當而遭到口頭警告，而且媽的他們還在講要提報『醫學總會』，所以不要再找我幫忙了，好嗎？」

索恩的茶送來了，他滿心感激開始喝茶，但漢卓克斯卻沒有要放過他的意思。「你這個人超級自我中心，你知道嗎？」索恩想要乾笑，卻什麼聲音也出不來，「我不是指這個案子，我的意思是，你這人從頭到尾就是這樣，你根本不知道周邊發生了什麼狀況，對不對？」

索恩擺出挑釁笑容，「我得要回答這些問題嗎？或者這只是你在說教而已？」

「我才不管，我就是要講。我算是你身邊最接近朋友角色的人了，但我們只能聊些有的沒的。」索恩正打算要開口，卻被漢卓克斯打斷，「足球和工作，就這樣而已，不是空談就是鬼扯。我們一起打撞球，吃披薩，談笑的全是狗屁。」

索恩決定要爲自己講話。「等等，那你呢？我和珍分手的時候，我什麼都告訴你了，沒錯，但是你從來不肯向我透露自己的事。」

「你這話是什麼意思？」

「你從來不提自己的家人，或是女友。」漢卓克斯發出刺耳笑聲，索恩看著他，「怎樣？」

「我是男同志，你這個白癡。就跟幹他媽的《同志亦凡人》的主角一樣，懂嗎？」

索恩也說不上來到底爲什麼，但聽到這句話就立刻面紅耳赤。

半分鐘過去了，他的視線終於離開茶杯，抬起頭來，「你怎麼不早說？怕我誤會你煞到我？」

漢卓克斯再次哈哈大笑，但兩人都覺得這句話很乾，很難笑，「我不能告訴你，你……狀況外，其他人都知道我是同志。」

「什麼？那他們爲什麼都沒說？」

「我不是指同事。」漢卓克斯拔高聲音，索恩心覺難爲情，目光飄向後方，望著櫃台後方沒事在傻笑的女子。「我的意思是我在乎的人。我的家人、眞正的朋友……天，大多數人都一眼就看出來了，拜託，我明明長這個樣子。你……穿了層層的盔甲，你看不到，是因爲它根本不會影響到你，你總是戴著自己的護目鏡，他媽的我受夠了！」

安妮把話筒重重摔回座機，接連抽了三根菸，現在她覺得既想吐又生氣。她走到主要接待區的咖啡機前面，反覆思索……

她先前曾打過了索恩的手機，雖然她不知道他人在哪裡，正在做什麼，但顯然這個舉動把他心情搞得很差。

現在，心情不好的人輪到了她。

自從星期天之後，他們就再也沒有講過話。她當時就發覺即將有大事要發生，而當她看到他出席電視記者會的時候，那股預感凝結成另外一種感覺。

有點像是懼怕。

她知道事情有了變化，她感受到一股寒意，像是巨大的陰影慢慢籠罩在他們身上。所有人都會遭殃——她自己、索恩，還有傑洛米。她打電話找他，她需要聽到某種能夠令人安心的話語，溫柔的安慰。她也想要以同樣的方式回報他，因爲她知道他可能也有相同的需要。

而她接到回電，得到的卻是斥責。他告訴她，不……其實是對她下令，一定要遠離傑洛米·比夏。他向她保證，這只是爲了她的自身安全，他並不覺得她會受到人身傷害，他說，這只是……最妥善的作法。他還向她解釋，爲了要顧慮她的感受，以及避免可能的利益衝突，所以他一直在她面前避開這個話題，但既然現在已經進入了關鍵時刻，所以他現在決定要把一切都講出來。

鬼扯！

在他穿上內褲之前，他一直閉口不談，現在，他卻開始罵人。她不以為然，而且直截了當說出自己的想法。

咖啡販賣機一直不肯吞下二十便士的銅板，她還是一直投，拿起了退出的銅板，又丟進去。狀況變得越來越火爆，尤其是當她聽到背景出現易開罐被拉開的聲音時。不知道他在什麼地方，但他一定是在喝酒。她還記得他剛才提到茲事體大——他努力想要讓她了解這個狀況的嚴重性——那個聲響徹底惹毛了她，這傢伙怎麼如此混蛋？

然後，他問她今晚可否過來一趟。

她伸出手掌，朝咖啡機猛力一拍……

就是在那一刻，她掛了電話。

安妮放棄了咖啡，轉身回到加護病房。她打算今天晚上殺到傑洛米家裡，問個清楚。當然，她不會這樣。她晚上會在家裡陪瑞秋，如果女兒在家的話，喝一堆紅酒，看一下痲痹心靈的電視節目，胡思亂想湯姆．索恩在幹什麼。

還有，要在陰影變得越來越巨大的時候，努力保持溫暖。

上次，當他站在這個地點的時候，他蓋住自己的臉，拳頭緊握著鐵條末端。

今天，他得要傳達的是更幽微的訊息。先前他已經打過多次電話，確定公寓裡沒人，他行事小心，早已將自己的號碼設定為無法顯示，每當他按下141的時候，他的臉上都會泛笑，當然，索恩自己一定也很熟悉這個小技巧。

目前的狀況好得不得了。施行程序所帶來的興奮感，奔流全身的洶湧衝動，已經被別的東西所取代，既然他自己也知道另外一種形式的成功可能永遠無法讓他滿足，所以，這是另外一種樂趣，因為某個與衆不同的目標所衍生的快感。

與索恩玩遊戲的樂趣。

早在一開始的時候，這個遊戲就是整個佈局的一部分，其中的一個關鍵。他露出微笑，它與他的手作任務環環相扣在一起。它讓一切更加圓滿，為前方路途投射了一抹光，讓情節變得合情合理，天衣無縫。

而且他玩得淋漓盡致。

當他走到大門口的時候，不禁心想，索恩背地裡是否也樂在其中？他猜答案應該是肯定的，那男人的眼眸裡藏有玄機。

他隨意四下張望，敲門。只是一個普通人來訪友罷了。沒有人在家？那麼留張字條就可以達到效果。

他從褲子口袋裡伸出戴著手套的手，從外套裡拿出了信封。對，另外一種樂趣，與十指緊掐住某條搏動動脈的感覺完全不同。把信塞進去的快樂，當然不同於某個平凡人的生命在他指尖流逝時所感受到的悸動，不過他也很愛這種……精緻的美感。

但是，在這種狀況下，依然令人心醉神迷。

遊戲的終點近在咫尺。

不管怎麼樣，這個案子一定很快就會落幕……

他好愛這個遊戲，讓索恩變成贏家，簡直可惜了。

停車場的車子越來越少，索恩覺得也該離開了。他坐在自己的車裡已經超過四個小時，喝了六罐超市等級濃度的淡啤。

他從來沒有這麼清醒過。

在他與菲爾·漢卓克斯會面之後，他恍惚走向自己的停車處。他衝進超市拿了啤酒，看報紙，坐著不動聽電台節目，喝酒，思忖朋友所說的話。朋友？他有朋友嗎？

他知道漢卓克斯說得沒錯，每一句都一針見血。所以他想了好一會兒，原本只開喝一罐，馬上成了四罐，最後決定打電話給安妮，這原本就低迷的一天也因而立刻變得慘不忍睹。

他先前還小心翼翼，怎麼今天就變調了？他本來覺得在破案之前，最後還是避免衝突比較好。所以，他到底爲什麼要打電話給她？告訴她遠離比夏？

他的話有點誇大，他其實有點想要在她面前炫耀這次的……勝利。除了破案、阻止兇手繼續殺人之外，還多了其他的意義，彷彿像是擊敗了兇手，宛若自己高出對手一截。他幾乎是拿起手機，對她喊話，「退後，接下來的場面不好看。」一副保護者的姿態。

他想要讓她知道他有多麼優秀，對事物的判斷何其精準。

現在天色已黑，超市即將打烊。巡視地下停車場的警衛惡狠狠瞪著他，低聲對著無線電講話。

索恩驚覺自己餓壞了。吃過早餐之後，他入口的東西就只有這六罐淡啤而已。他知道自己應該下車去搭地鐵，回家也只不過需要搭一站而已。天，只需要十分鐘左右的時間，他就可以走路到家。

索恩發動引擎，將蒙蒂歐駛離停車場，朝南方前進，他沒打算回家，現在的目標是市中心。

有誰能說我過得不舒適呢？醫院就是喜歡使用這個字眼，對吧？當你打電話詢問病人的狀況，他們很「舒適」，彷彿他們躺在羽絨枕上面，有人給他們按摩什麼的。好，有這種頂級床墊，加上我的遙控床、電視，還有雜誌架，我當然很舒適。

而我眞正想做的是尖叫，一直叫到我嗓子啞掉。我想要尖叫，大吼，也許這接下來的要求有點過分，如果不會惹麻煩的話，我想要痛扁某人的臉，還要把東西丟到牆上。砸破東西，鏡子，玻璃製品，我想要體會關節流血的感覺，怎樣都好……

我聽起來是不是很挫敗？嗯，是啊，好挫折。

沒錯。幹，我好挫折啊！

我想說的就是這個，而且和一個禮拜前相比，我講出來的機會更低了，因爲我又被這台他媽的退休老風琴給困住了。

自從我發現自己爲什麼會躺在這裡之後，自從有人告訴我這是某人的陰謀之後，我一直在努力回想，想破了頭，希望能擠出有用的線索，只求能幫助他們逮到那畜牲。

現在我腦袋裡浮現了一些東西，我知道不是夢，也不是我的幻想情節，我不知道會不會對案情有幫助，但對我自己是一定有的。

那是一段記憶，遲遲不肯現身的記憶。

關於那場單身派對之後所發生的事件的記憶，畫面不多，比較清楚的是人語，其實，根本不算人語，應該說是聲響。我聽到有人在講話，但彷彿像是在水面下對我喊話。聲音已經扭曲失眞，我不是聽得很清楚，但我隱約知道是什麼意思，我還記得那幾個字的聲調。

不久之後，我一定會想出答案。

就是他在動手時、脫口而出的那些話。他，就是害我躺在這裡的男人。

19

再過十五分鐘，就是凌晨十二點了，淘兒音樂城的工作人員依然十分忙碌。現場除了仍有數十名買唱片的夜貓子顧客之外，還有在聽音樂、看雜誌，或是消磨時光的客人。

收銀台後方的那個年輕人連頭也沒抬，「嘿需要結帳嗎？」

「對，這些就麻煩你了，」索恩說道，「還有，我想要訂威倫·傑寧斯的原裝進口版專輯。」

詹姆斯·比夏的臉立刻爆紅，「你來這裡到底要幹什麼？我根本不該和你講話！」

索恩把三張CD扔到比夏面前的櫃台上，掏出皮夾，擺出憤怒臉色，死瞪著比夏，終於，他拿起CD，移除防盜標籤，陸續結帳。他的目光不在索恩身上，反而是緊張兮兮在偷瞄同事，他笨手笨腳把CD塞入塑膠袋，想要盡快結束了事。

索恩靠在櫃台邊，揚著手中的信用卡，「怎麼了？不想讓你同事知道你有個會買克里斯·克里斯托佛森[5]專輯的朋友？其實我也很想買流線胖小子的單曲，但你們賣完了。」

比夏接下信用卡，刷卡，滿臉怒氣看著索恩，「你不是我的朋友，你只是個混蛋！」

「所以就不能給我員工折扣價了？」

[5] 美國著名鄉村音樂歌手、作曲家、演員。

「去你的。」

索恩癟著臉，搖搖頭，「早知道我就去Our Place了……」

下唇穿了銀亮長尖釘的助理漫步走來，「沒事吧？小詹？」

比夏把塑膠袋塞到索恩懷裡，「沒事。」他的目光跳到在索恩後方排隊的女孩，「嘿需要結帳嗎？」

索恩動也不動，「你什麼時候下班？」

他後方的女孩發出不耐的嘖嘖聲，比夏瞪著索恩，臉上掛著似笑非笑的輕蔑神情。他瞄了一眼腕上的藍色G-Shock巨錶，「十五分鐘之後，怎樣？」

索恩指了指門口，「我在『唐先生甜甜圈』等你。我建議點肉桂口味，但當然這個就全權交給你作主……」

二十分鐘之後，正當索恩喝完第二杯咖啡，吃下了第四個甜甜圈的時候，詹姆斯．比夏慢慢走過來，在旁邊坐了下來。他身穿紅色羽絨外套，頭上依然看得到剛才在店裡戴著的黑色毛帽。索恩又拿了一個甜甜圈之後，把盒子推到他面前，但卻被比夏推回來。「隨便你啦，」索恩說道，比夏死盯著他，「我一整天都沒吃東西，你要不要喝咖啡？」

比夏搖頭，那似笑非笑的詭異神情又出現了，「好，你現在是想怎樣？想知道我爸是不是被逼瘋了？對嗎？你亂打的那些電話，害他半夜驚醒，是不是影響到了他的工作？也許害哪個倒楣的人喪命？媽的眞是不負責任，是不是？」

索恩盯了他好幾秒，「所以他有沒有？」

「有沒有怎樣？」

「發瘋？」

「天……」比夏拿出一盒萬寶路，索恩的目光飄向左方，比夏也跟著看過去，牆上貼有禁止吸菸的標誌，他把菸盒扔到桌上。

「當你在搞他的時候，他已經很生氣了，而他們居然沒有對你做出任何懲處，他現在更是氣得半死。你搞清楚，我們都不會就此善罷甘休，無論如何，我們一定會繼續吵下去，不看到你降職穿回警員制服，我們絕不善罷甘休。」

索恩想了一兩秒，關於制服小警察的單純生活。家暴案，酒駕，指揮交通。就算是他再怎麼仇恨的仇敵，他也不願講出這樣的詛咒。

「詹姆斯，你和你父親指控我的內容，根本沒有違法。」

「不要拿法律當擋箭牌，你真糟糕，尤其你根本不尊重法律。」

「法律的精髓部分，我很尊重。」

「索恩，你不是警察，你根本是在搞跟蹤。」

索恩拿起餐巾紙，慢條斯理擦去嘴邊的糖粒，「詹姆斯，我只是在盡我的本分而已。」

比夏怒火飆升，其實從他一走進來的時候就是如此。他咬指甲，不斷以指尖敲打桌緣，身上總是有某個地方在動來動去，踢腳，伸展手臂，看得出他緊張不安。索恩不知道他是不是有嗑藥的問題，要是真的有的話，他也不意外，八成是父親提供的金援贊助，或者這醫生幫兒子開了什麼藥……

另一個要保護他父親的好理由。

「你姊姊認為你只是假意與父親親近，心裡其實在覬覦他的錢財。」

他立刻爆粗口，「她這個賤婊！」

索恩嚇了一跳，但他努力佯裝鎮定，「不過，你的確向他要了一堆錢，不是嗎？」

「好，他送了我一台車，還幫我付了租屋押金，就這樣吧？」索恩聳肩，「這件事與金錢無關。他生氣，我也跟著生氣，就這麼簡單，他是我父親。」

「所以他不是……作惡多端的人？」索恩也不知道自己為什麼要使用這個特殊語彙，當他正在思索這個字是從哪裡冒出來的時候，詹姆斯．比夏怒視著他，彷彿把他當成了從外星球降落地表的生物。

「他是我父親。」

「所以你要不計一切保護他？」

「對抗像你這樣的人，那就沒錯……玩弄法律，不斷攻擊他，只是因為你追查的那個兇手所襲擊的女子，剛好接受過他的治療，而且你睡的女人之前和他有過一腿。像你這樣的人欺負他，我當然要保護他。」

「我的職責是要找出真相，如果有時候會惹得大家不高興，那麼狀況勢必會變得棘手。」

比夏嗤之以鼻，「天，你真以為自己很屌是嗎？被人誤會的警察加上私逞正義的民兵？我是很想叫你恐龍，但是牠們的腦袋比你大多了……」他站起來，轉身離開。

索恩把他攔下來，「詹姆斯，那你又是哪一種警察？你覺得警察應該是什麼樣子？」

比夏轉身，雙手深插在口袋裡，他悶哼一聲，噘嘴，跟他父親一模一樣的神情。索恩看得出來，在那倨傲的外表下，其實藏著是一個小男孩的心。「正義呢？」比夏冷笑，「我有個很蠢的想法，我覺得媽的正義超重要的啊。」

索恩想到了某個躺在床上的小女孩，她身上蓋了件粉紅色棉被，裡面的棉心因為疏於使用而變得軟塌。他又看到了某張臉，部分五官被陰影遮蔽的面孔，從某間豪宅的三樓往下看著他。現在，他回望過去，目光凌厲，瞪著那同樣完美的五官，但已經變換成一張更年輕的面孔，「嗯，詹姆斯，你講得沒錯，非常重要……」

索恩跟他一起走到門口，「要不要我送你一程？」比夏搖頭，凝望門外，在清冷十月一大早的皮卡迪利圓環、依然熙熙攘攘的人流。他不發一語跨出去，立刻走人。

索恩繼續站著不動，等了好一會兒，看著那紅色羽絨外套消失在遠方，然後他轉向相反的方向，準備去取車。

索恩停下腳步，他看到門口有人影。

影子開始移動，他整個人都僵住了。

他吐了一口大氣，頓時放鬆下來，因為那道人影有些搖晃，看得出是戴夫·賀蘭德。不過索恩的第一個反應是他受傷了，「天，戴夫……」他立刻衝過去，抓住戴夫的手臂，他聞到了酒味。

賀蘭德起身，還沒有癱麻，但看來也快了，「長官……一直坐在這裡等你，你好久……」

索恩許久之前就再也不碰威士忌，香菸也一樣，但依然是他無論在哪裡都能立刻辨識出的味道。只不過一兩秒的時間，他就嚇到了，完全是本能反應。那是一股讓他難以承受的氣味，刺鼻又討人厭。需求的氣味，可悲的氣味，孤零零的氣息。

法蘭西斯．約翰．卡沃特。威士忌、尿、火藥味，還有，剛洗好的睡衣。

星期一清晨，某間國民住宅裡面的死亡氣味。

賀蘭德站起來，靠在牆上，呼吸也未免太大聲了一點。索恩在皮衣外套的口袋裡找鑰匙，「好了，戴夫，我們進去吧，我幫你泡點咖啡，你到底是怎麼過來的？」

「計程車，我把車留在那裡……」

賀蘭德究竟把車留在什麼地方？這個問題不重要，之後再問就好了。索恩拿鑰匙打開門鎖，又伸腳頂住公寓大門，他不假思索，在手裡轉動那一串鑰匙，想要找到自家公寓大門的那一支。

公共走廊的門毯上有個白色信封。

索恩看了它一眼，心想，又是一封殺手寫給他的信。

不需要多說「那是什麼？」或是「奇怪」甚至「不知道那……？」之類的話，他馬上就知道了，而且也講了出來，賀蘭德瞬間清醒。

索恩知道無論是信封或裡面的字條，都不需要勞煩鑑識人員，裡面不會留下任何跡證——不會有指紋、纖維，或是髮絲。但他依然採取了必要的預防措施，賀蘭德拿廚房紙巾纏住手指之後才捏住信封，索恩就地取材，拿了兩把刀當成鉗子，取出了裡面的信紙。

信封沒有封口，就算如此，索恩應該也可以利用蒸氣法把它打開，但兇手不想冒險，對方希望字條可以立刻被人發現，被索恩看到。

他拿著刀子，將信紙攤開，一如往常，是整齊的打字機字體。索恩知道，兇手所使用的那台打字機被整齊包好、上標籤、丟入鑑識小組的廂型車後座，只是遲早的事。

這將是傑洛米．比夏最後一次留的字條。

湯姆：

我曾經想過要用不同的方式和你溝通，電子郵件應該不錯，不過，我覺得你有一點盧德派份子❻的味道，所以，我還是使用墨水與紙張。

對了，要恭喜你在電視上的表現，很熱情澎湃。你提到一切很快就會結束了，是認真的嗎？或者只是在鏡頭前的胡說八道？你自信滿滿？還是你想害我緊張不安、期盼我會犯錯？

有一個問題……

我很好奇的是，第一個到達命案現場，發現她的屍體是什麼感覺？湯姆，這是你有生以來頭一遭吧？

現在你已經習慣了血腥場面，對不對？

反正，如果你是對的，我想我應該很快就會見到你。

❻ Luddite，原指十九世紀英國對抗工業革命，反對紡織業惡劣工作環境的帶頭者。後泛指仇視新奇發明之人。

獻上我的誠摯祝福……

賀蘭德一屁股攤坐在小沙發上，索恩又唸了第二次、第三次。對方的傲慢令人心驚，文中似乎沒有什麼重點，沒有宣示，純粹就是……炫耀。

他走進廚房，打開熱水壺煮水，又洗了兩個咖啡杯。比夏爲什麼要這麼做？許久之前，他已經開始在玩弄索恩，爲什麼還要特別以瑪格麗特·伯恩折磨他？

他拿湯匙挖了即溶咖啡。

這張字條內容有點古怪，但索恩說不上來，某些字句的語氣近乎勉強。也許殺手已經失去控制，或者最近的那一次失敗讓他陷入瘋狂，要不然，他正努力醞釀再次執行自己的瘋狂計畫，希望這次機會來臨的時候能夠得手。

他絕對會再次犯案。

索恩攪拌咖啡，這種行徑瘋狂至極，其他心理有問題的人也不會做出這樣的行爲，但索恩會使出渾身解數，絕對不會讓他得逞。

他想要看到這傢伙慘摔不起。

想當然耳，會有壓力，來自於那些想要治療他的疾病、想要照護他的人，總是會有那些人，認爲暴力殺人是種樂趣，或是研究主題，也可能是一門好賺的生意。這些瘋子會寫信到牢裡給他，請他提供建議，或是索取簽名照，不然就是願意委身下嫁。屍首未寒，殺人犯卻已經變成作家——暢銷作家。拍電影的主題人物。髮色淡白的老太太只能拚命敲打著囚車側邊，吐口水……

而警察會記得鮮血的氣味。

這是你有生以來第一遭吧？

索恩準備把咖啡杯端進客廳，但在廚房門口卻停下來，看著賀蘭德，他坐在小沙發上，凝視著對面的牆。那張喝醉，或疲倦，或百無聊賴的臉孔並不陌生。

索恩發覺自己心跳越來越快。

他一開始沒問賀蘭德爲什麼要來這裡。

賀蘭德轉頭看著他，「我們一直打電話找你……」

索恩想起自己的手機，被他扔到汽車後座，「發生什麼事？戴夫？」

賀蘭德努力思索措辭，現在索恩認得那種神情。早在十五年前，他就已經看過了，在酒杯杯底、商店玻璃櫥窗，還有鏡子裡，那張目睹太多死亡案件的年輕男子的面容。

賀蘭德開口，他的聲音、眼神，還有表情，全都色如死灰，「杜勒夫婦，麥可與艾琳……也就是海倫．杜勒的爸爸媽媽，隔壁鄰居聞到了他們的屍臭。」

顯然，中風只對我腦部的某個微小區域造成了影響，就在腦幹裡。

如果你相信這種事的話，我告訴你，這種特殊部位叫作「下橋腦」。

我眞的很倒楣，它剛好就是掌控一切的重要部位，所有的傳導都得經過那個地方，如果你的腦袋是派丁頓火車站，那地方就等於是信號房。基本上，信號依然還是可以波送或移轉什麼的。

當我想要動腳趾、打噴嚏，或是講話的時候，指令還是發送得出去，這個叫作中間神經元的東西，理應發揮作用才是：將訊號發射出去到下一個細胞，不斷接續下去。這種傳導到我的腳趾或鼻子的過程，算是「傳話遊戲」的超迷你版，不幸的是，不知道在中間的哪個地方，某些細胞不太給力，玩完了。就一般人的眼中看來，我也等於沒得玩了。

說也奇怪，雖然我腦袋的其中一部分爛了，但其他部分似乎發揮了彌補的功能，漸漸發生了改變。比方說處理聲音的位元，我覺得好像升級了一樣，我可以分辨極其類似的聲音，我可以光憑鞋子摩擦地板的聲響，就知道是哪個護士來了；還有，我也聽聲就能猜到距離。聲音能夠讓我的腦中浮現畫面，我彷彿變成了蝙蝠。

它也幫我恢復了記憶力。

日子一天天過去，那些水底裡的人語變得越來越清晰，每個字都變得銳利多了。我現在已經想起了我們之間的許多對話，我，與那個載我到醫院的男子。

現場聲音的破碎片段。

當然，大部分的時候是我在開口，這不意外，我都是在講派對啦婚禮啦之類的事。我聽起來喝得很醉，我聽到了香檳灌入我喉底的聲音，我還聽到他在我講出醉言醉語的冷笑話之後，對我哈哈大笑。

我聽到自己在玩弄大門鑰匙的聲音，還有請他入內一起喝完香檳的話語，含糊不清又愚蠢的字句，根本不需要去特別回想，那是我最後說出口的話。

我還在思索他到底說了什麼。

20

索恩開車前往艾德格威爾路，他拚命提醒自己要保持清醒，他的腳邊有六個啤酒空瓶不斷在匡啷作響，是有提神效果，但依然很難趕走瞌睡蟲。那一夜何其漫長、陰鬱，就連想起賀蘭德一早打電話向蘇菲怯怯解釋自己前晚行蹤時的模樣，也很難提振他的精神。

他們徹夜長談。賀蘭德把杜勒夫婦，麥可與艾琳的慘劇告訴了索恩。兩人是吞藥自殺，警察接到了他們溫莎路鄰居打來的電話，她原本以為在海倫出事之後，他們離家去找親戚住一陣子。警察在樓上的臥房找到了他們的屍體，兩人還手牽著手。

雖然賀蘭德先前已經喝了酒，但索恩還是挖出幾罐啤酒，兩人坐著東聊西扯。父母、另一半，還有工作。當酒精作用與疲倦徹底交融在一起的時候，賀蘭德也睡著了，而索恩開始含含糊糊，講起了女孩子。關於克莉絲汀與蘇珊，還有瑪德蓮、海倫。他沒有提到她們聲音總在他耳畔徘徊的事。他也沒提自己一直覺得奇怪，怎麼從來沒聽過瑪姬．伯恩的聲音。

索恩不知道賀蘭德是不是也聽得見，他從來沒問過。

那張紙條擱在他旁邊的副座位置上，包裝完好。他看到自己把它送出去，換回一張搜索狀，他聽到自己在對傑洛米．比夏宣讀嫌犯的權利，他還發現自己帶領著這位優秀的醫生，走過大門門廊，一旁全是裝滿了花屍與瀕死花朵的陶瓦盆。

然後，他剛進去辦公室，一切的想像瞬間瓦解。

「湯姆，抱歉，他們什麼都找不到。」

基博的表情看起來的確很懊喪，但程度不像索恩那麼嚴重。他們老早就等著他了，基博與圖根，當索恩步出電梯的那一刻，準備讓他灰頭土臉。

「無論從各方面看來，從戒指上面採集指紋的難度都很高，平面面積太小。而且這個根本就是一團亂，有數十枚殘破的指紋，但找不到任何一個具有採集價值的樣本。我們甚至還送到了蘇格蘭警場，特勤第三小組有更先進的設備，但是——」

「戒指內側會不會有死皮？手指上的寒毛？」索恩拚命讓自己的聲音保持理性。

圖根搖頭，「跟我會面的那傢伙告訴我，這是刑事鑑識的惡夢。拜託，這枚戒指在英國各地轉來轉去，天知道有多少人摸過。」

索恩一臉頹唐，整個人靠在電梯門上，憤怒與疲倦交加，不知道哪一個會先讓他崩潰。「你們至少也應該要核對一下刻印吧？只要看一下，就會發現戒指的打造日期剛好就是比夏結婚的那一年。」

基博點點頭，但圖根沒有心情去配合索恩。「你給我聽好，就算是有找到什麼，我們違反了證物取得的標準作業程序，所以也派不上用場。」

最後是憤怒上身，「那又是誰的錯？從頭到尾就是大錯特錯。我本來現在就可以拿到搜索狀。把那畜牲的家搞得天翻地覆，這個案子現在就應該破了——完全結案。」

圖根走回到他的書桌前，「湯姆，這種機會微乎其微，雖然你不相信，但我們大家都心裡有數。你到底想怎樣？把它當成灰姑娘的玻璃鞋？塞進比夏的手指頭？」

索恩等到圖根的自負笑聲結束後才開口，「尼克，報社付給你的錢？你打算怎麼花？」

圖根凹陷的雙頰立刻轉紅，基博狠狠瞪著他，然後又看著索恩，最後決定這筆帳改天再算。

「好，湯姆，」基博說道，「知道這個消息，沒有人比我還失落，我會去找一些長官施壓，相信我。」

現在，索恩突然覺得體內湧起一陣疲憊感，頭幾乎無法抬起來，他閉上雙眼。基博再次開口，索恩不知道自己已經閉眼閉了多久。「我們有了最新的字條，這是案情的重大發展。」

「另外一場記者會？」

「對，這提議不錯。」

索恩按下電梯按鍵，準備下樓。光是舉起他的手臂、伸出手指這樣的動作，對他來說都已經相當艱難，艾莉森眨眼必須花多大的氣力，他現在懂了。他得要回家，他不想待在這裡鬼混和接電話。他需要躺下來，讓自己徹底放鬆。

最後一個問題：「傑洛米·比夏是不是這起案件的主嫌？」

基博沉吟了一會兒，正打算要開口回答，但索恩反正也聽不見了，因為他的耳朵裡充滿了轟隆隆的聲響。

他行駛在瑪勒本路上，車行速度飛快。操控方向盤、凝神專注所耗費的心神，把他逼出了滿身大汗，當他因疲憊而傾身向前之際，汗珠也隨之落下。喇叭裡傳出的音樂震耳欲聾，他得硬擠出最後一絲氣力，才能隨著節奏拍打方向盤。

他把音量調到最大，他的臉不禁抽搐了一下。透過廉價喇叭傳出的歌聲變了調，原本的顫音像是玻璃碎開一樣，貝斯也成了撞裂聲。這種音樂，如果還能配叫這個名字的話，簡直要讓車子解體了，但要是能讓音量更大聲一點，他也絕對不會手軟。他想要被這種噪音敲昏腦袋，他想要被催眠。

他想要被人麻醉，昏迷不醒……

他轉進內線道，拿出手機，這時候剛好經過了杜莎夫人蠟像館。

他決定要冒險一賭，調低音樂聲量，按下快速撥號鍵。

觀光客在雨中排成了一條長龍，等待進場見識搖滾明星、政治人物、運動員活靈活現的蠟像。當然，還有殺人魔：「恐怖屋」一直是裡面最受歡迎的景點。

舉世皆然。

暴力殺人，是一門好賺的生意……

她接起電話。

「是我……昨天的事很抱歉。」

「沒關係……」她的聲音聽起來不是很篤定，態度游移。

「好，安妮，老實說，現在發生了大逆轉，我只想要告訴妳……」妳的前男友安全脫身。

「……我原本以爲絕沒問題的證據……其實卻不夠完善，所以之前我講過的那些話就算了，好嗎？」

「那傑洛米呢？」

「我們等一下見個面好嗎？」

「他還算是嫌犯嗎？」

這次換索恩遲疑了，過了許久之後才回話。

「妳來我家好嗎？」

「湯姆，聽我說，我其實很開心，這種事我裝不來。昨天的事我也很抱歉，但是……」

索恩聽到背景傳來醫生的傳呼器在響，他等到結束之後才開口說話，「安妮……」

「我大約五點鐘左右可以結束，今天晚上我得值班，所以會早一點離開醫院。好嗎？」

當然好。

只要出了包，總是會讓他陷入進退維谷的窘況，他總是會爲自己的思路保留一點彈性，但這次狀況超乎他的想像。

媽的大白癡，超級蠢蛋。

他很清楚，想要期待任何的平靜，等於是癡心妄想，但面對這樣的意外，眞是幹他媽的煩死人了。

放下電話的那一刻，他覺得憂鬱再次襲身而來，緊緊包圍著他，就像是一襲髒兮兮、刺癢的毯子，讓他抓癢抓個不停，全身發臭。

他不斷來回踱步走直線，沿著木板條往前走，又往回走另外一條，在這個房間裡以水平方式緩慢移動。走過去，光溜溜的腳貼著冰涼的漂白木板條。走過來，他的腳趾撫弄著美麗光潔地板的瘤節與窩紋。他的手指來來回回，撫摸著自己腹部的長形皺凸直線。

他可以見招拆招，他這個人機動性很強，是吧？香檳或點滴都可以，要在他的地方或她們家裡都好，準新娘派對或夜間巴士都沒問題，如果勢所難免，他配合就是了。這當然不算是完美結局，但一定還是能達到相同效果。當然，他的計畫，夢幻場景，他的醫學任務的美麗副產品，是一種帶來些許痛苦、卻須承受多年的漫長歷程，而瞬時之間的大量苦痛，可能也同樣充滿樂趣。

他拿起電話，回撥給她。以前只要他打電話找她，她總是很開心，能聽到這樣的邀請，想必會讓她喜出望外，對於晚上特地爲她準備了特殊活動的暗示，她一定興高采烈，當然，不可能像他一樣興奮，但他知道那一刻到來的時候滋味會有多麼美好。

該是採取攻勢的時候了。

該是找尋另外一種傷害方式的時候了。

安妮離開皇后廣場的時間比她預期的還早，她到達公寓的時候，大約是四點鐘左右，而索恩也已焦躁不安了六小時之久。

他曾想要上床休息，但不可能。他的每一吋肌肉都在狂吼著要補眠，但他的腦袋就是聽不進去。他的體內有種漫無頭緒的衝動，想要急切找到出口的能量。但他的身體卻處於前所未有的疲倦狀態，腦袋裡思緒飛騰，它在咆哮，轟隆隆響個不停，脫滑出軌，不斷旋轉，又繼續開始吼叫。

他可以拿著戒指、衝到比夏的面前。告訴他，他們找到了可以定罪的證據。他媽的證據有一堆……

還可以痛扁比夏一頓，逼他招供。天，那一定很爽，如果能朝他揮拳，享受他臉骨碎裂的快感，還有不斷毆打他，讓他在死生之間徘徊，體驗一下艾莉森．維列茲的感覺……

「湯米，隨便你。」

「海倫，我眞的很抱歉……」

「沒關係，湯米，只要抓到他就好。你還是可以把他逮捕歸案，對不對？」

他的心頭出現幻想，安妮一進來就拚命吻他，與他做愛，讓他把一切的憂煩拋諸腦後，他就可以好好睡一覺，醒來的時候神清氣爽。

其實，結果與他期待的差不多。

她像個青少女一樣衝進他的客廳，他今天第一次展露的笑容，不禁讓他的臉痛了一下。她告訴他躺著休息吧，她來爲兩人備茶。

他曾經告訴過她，他不想要找個媽媽，但現在他不想爭辯這個。

她把茶水拿進客廳。「你打電話給我的時候，語氣似乎有點狂躁。」

他發出悶哼聲。當她把他摀在臉上的抱枕拿開的那一刻，她馬上就安心了，因爲看到他開懷的笑。

「你覺得怎樣？」

「就像是吃了興奮劑加抑制劑，一次吃了數百顆。」

她把他的茶遞過去，「以前出現過這種情形嗎？」

索恩搖頭，「只有喝酒抽菸，加上勞工提神飲料。」

「全都是超級危害健康的東西。」

他啜飲自己的茶，眼睛盯著天花板，「我覺得，我現在需要的是待在你們醫院舒適美麗的加護病房裡面，躺六個禮拜。把我弄昏沒關係，記得要派某個又辣又美的醫生來照顧我的生活所需。艾莉森旁邊的那間病房是空著的嗎？有沒有訂『天空』頻道❼？當然，這我願意自費……」

安妮哈哈大笑，倒坐在扶手椅裡，「病房有空位的時候，我馬上告訴你。」

「她現在狀況怎麼樣？我不知道她又戴上呼吸器。」安妮一臉狐疑看著他，「前幾天我去看過她，我猜妳那時候應該在開會。」

「我知道你來過，她之後變得似乎有些心不在焉……」

他沒有理會她話語中的弦外之音，「她好多了嗎？」

安妮搖頭，她第一次發覺自己好累。

「她一直很虛弱，一不小心就會發生這樣的感染，要是再晚個兩步……」

就會踩到索恩再熟悉不過的那條線。

安妮挑眉，「你對艾莉森說了什麼？」他想起他上次去病房的時候、偷偷藏起來的那張照片。

索恩哈哈大笑，他好恨自己，話說得急快，「我過去這一趟是為了要告訴她，我馬上就會逮捕傑洛米．比夏。」

這場閒聊立刻宣告結束，與喝茶的時間一樣短暫。

他們安靜不語，簡直快要成為一輩子的沉默，就在這時候，安妮語氣平靜，但就是不肯看他，開口問道：「湯姆，為什麼你先前一直認定他是兇手？」

先前？過去式，對索恩來說不是。

「當然，一開始是藥品失竊案。然後是他與艾莉森之間的關聯，還有他欠缺其他殺人案的不在場證明。目擊者的外型描述，還有車子……」他大口喘氣，伸出食指與大拇指猛力搓揉眼部，

「這解釋起來太多理論了，反正我現在沒有證據，也沒有搜索狀，一無所獲。」

「你覺得你可以找到什麼？」

「也許是打字機，不然那些藥品也有可能，除非他一直把它們藏在醫院裡面，也就是……」

安妮突然站起來，在客廳裡來回踱步，「你一直執著在這些藥品身上，但根本講不通。湯姆，他為什麼要偷這麼多的藥？傑洛米每天工作都要接觸這些東西，如果他眞的想要，大可以愛拿多少就拿多少，也不會引起任何人的懷疑。他把它裝在一小瓶安瓿裡就好了，兩瓶也可以，每天搞一次，六個月下來也不會有任何人發現異狀。他何必要一次偷這麼多的藥、引起別人的注意？只有在遺失這麼大量的藥時，我們才需要通報。湯姆，傑洛米眞的不需要做那種事。」

轟！沒錯，他找到了他一直抓不到的那段旋律。一直纏繞著他，在他腦袋後方徘徊不去，令人捉摸不定的那個東西。

當然，她說得沒錯。他們怎麼沒有人好好坐下來向醫生問個清楚？他們怎麼會沒想到？他自己怎麼會忘了問？

答案很簡單：他不想聽到這樣的解釋。

漢卓克斯說過：你總是戴著自己的護目鏡，他媽的我受夠了！

他覺得自己快斷氣了，慘敗，天，一切在他面前瞬間化成碎片。

「抱歉，湯姆。」

他閉上雙眼，猛力擠眼擠了好幾下。他知道應該要道歉的人不是安妮。是他自己必須向許多

❼ 英國最大的數位收費電視台，超過一千萬用戶。

人開口說對不起。

當他第一次見到比夏的時候，他覺得這傢伙像是《絕命追殺令》裡的男主角，而那名醫生也同樣遭人冤枉。

「我覺得他是兇手，我希望他是兇手——我把這兩者混為一談，我想——」

「噓……」她跪在小沙發旁邊，撫摸著他的頭髮。

「我放進太多個人因素，沒有保持適當空間。」

「湯姆，現在講這些都不重要，大家都沒事了。」

「我先前很篤定，安妮，卡沃特就是兇手……」他發現她手部的動作突然停下來，他搖搖頭，想要大笑掩飾。

他一時講錯話。

「比夏，我的意思是比夏。」

「誰是卡沃特？」

威士忌、尿，還有火藥的氣味。剛洗好的睡衣。哦，幹，千萬不要……

「湯姆，誰是卡沃特？」

然後，他開始掉淚。過往全挖了出來，令人心跳停止，惡氣難忍的每一個時刻，十五年來，他第一次讓自己回到了現場。珍一直沒有時間或是興趣聆聽一切，但現在的他決定毫無保留全說出來，絕不因為對方生性易感而刪減重要情節。

索恩強抑住啜泣的衝動。

然後，他全告訴了她。

21

一九八五年，六月十五日，星期五，快該回家的時候了。

大案子，自開膛手傑克以來的最重大兇案。十八個月以來，他們查訪了一萬五千人，依然一無所獲。媒體很激動，當然，不是那種激動。畢竟，他殺的如果是女子或是異性戀，情勢自然大不相同，他們的道德憤怒不多不少，再加上一點正義感，偶爾會出現關於「選擇那種生活方式的固有風險」的評語。

這次沒有可怕的綽號，不過，要是《太陽報》能找到方法躲過輿論制裁的話，他們一定會把他叫作「娘砲殺手」。

只是「強尼男孩」。

第四名受害者曾經告訴朋友，他要與名叫約翰的男子小酌一番。大約過了一個小時之後，他慘遭挖心，而且生殖器也被割斷了。全國的每一間派出所的牆上，都看得到強尼男孩俯視而下的臉龐。髒兮兮的金髮，蠟黃膚色，眼珠是藍色的，而且非常、非常冷酷。

大案子。

警員湯瑪斯．索恩靠在派丁頓派出所偵訊室的牆上，望著眼前那個一頭髒兮兮金髮、藍眼珠的男子。

法蘭西斯．約翰．卡沃特。三十四歲，出身北倫敦的打零工建築工人。

「可以抽根菸嗎？」卡沃特微笑，得意的笑容，露出了完美齒列。

索恩不發一語，盯著他，等待探長杜非進來。

「難道連討根小小的菸都不行嗎？」那電影明星般的笑容也只不過收斂了一點而已。

「閉嘴。」

房門開了，杜非走進來，訊問繼續下去，湯姆．索恩也不再說話。

全程令人興味索然，杜非已經過了巔峰。反正，這也只是例行公事，卡沃特之所以會出現在這裡，也只不過是因爲他所從事的職業而已。

第三名受害者在死前的那一個禮拜，曾經告訴室友他在夜店認識了一名男子，自稱是建築工人，室友還開了個工具箱與工人股溝的笑話。七天之後，他變成了死屍，當初的玩笑再也不好笑了，但室友還記得亡友提過的事。

數以千計的建築工人遭到約談，地點不一，有的在家裡，有的是在工作場所。卡沃特接到電話，親自到派丁頓派出所、與警察好好聊一聊。

當然，到了後來才知道，他先前已經被約談過了。

杜非和卡沃特相談甚歡，杜非還給了卡沃特一根菸。

他想要回家。

索恩也想要回家，他才新婚不到一年。卡沃特滔滔不絕，他也不是聽得很專心。

待在家裡陪老婆……三個小女兒有點難搞……他眞希望哪天他可以出去閒逛一下……當然，不是去那種地方，又露出那種笑容。他很願意配合，也關心案情發展。如果您有意願的話，我太太相當樂意和你聊一聊。他還説，希望他們可以趕快找到這個王八蛋，把他絞死，這些變態私底下搞什麼亂七八糟的事不重要，但殺人眞的很下流……

杜非交給卡沃特那份簡短的聲明文件，簽名，就這樣，約談名單上又槓掉了一個人。然後，杜非向他道謝。

之後，他們會知道，這算是走運的一天。

杜非起身，走向門口，「索恩，麻煩你送卡沃特先生出去好嗎？」探長開始處理繁瑣的抄寫登錄程序。辦案需要處理一大堆的文書工作。依稀有呼聲傳出電腦時代即將來臨，未來，一切都會被簡化，但眼前的工作還是得完成，畢竟那只是依稀的呼聲。

索恩撐住門，卡沃特步出房間，進入走廊。他慢慢走過其他的偵訊室，雙手插在口袋裡，吹著口哨。索恩跟在他後頭，他聽到遠方傳來收音機的聲音，應該是在置物室，那是他最愛的歌曲之一，「舞韻」合唱團的〈一定是天使〉，珍上禮拜買給他的新專輯。他不知道她晚餐準備了什麼，也許他下班之後可以買外帶回家。

卡沃特穿過第一道旋轉門，順著另外一條走廊左轉，旋即進入主要接待區，他停下腳步，壓住了門，等待索恩跟上來，「我看你們加班一定賺得不少。」

索恩不發一語，他只想要立刻送客，最好能趕快看到這驕傲王八蛋的後腦勺。現在，他們經過另外一張「強尼男孩」的海報，有人在上面加了個調侃同性戀的對話框，「嗨，水手！」索恩繼續往前走，嘴裡不斷哼唱著「舞韻」的歌。

然後，是最後一道門。門口駐警對索恩點點頭，索恩走到卡沃特前面，推開大門，停下了腳步。這是他的極限了，派出所畢竟不是飯店，媽的他也不是什麼門房，卡沃特走出大門，突然止步轉身，「那麼，再見了……」

「卡沃特先生，感謝你的協助，如果我們還有別的需求，會再與你聯絡。」

索恩沒有多想，直接把手伸出去，但目光卻飄向執勤警員，對方努力吸引他的注意，以嘴型默示告訴他有個準備離職的秘書要辦派對。然後，索恩發現那長滿繭的大手迎上來，他回頭，望著法蘭西斯．約翰．卡沃特。

一切就此發生巨變。

不是因爲與嫌犯繪像的相似程度。當他的目光落在卡沃特身上的時候，他立刻就注意到了，但過了一會兒之後，他卻忘了這回事。他眞的不是因爲相似度，而是因爲那張臉。

索恩看著卡沃特的臉，他知道了。

知道了眞相。

其實持續的時間不過一兩秒而已，但也夠了。他已經看透了那雙深沉的藍色眼眸，望見那隱藏在背後的秘密，令他驚懼不已。

他看到喝得爛醉的情景，沒錯，還有週六的足球賽，對著年輕小男生吹口哨，以及在那無愛無性婚姻生活的和諧表象之下、幾乎掩藏不住的強烈慾火。

他看到某種幽暗陰沉、腐敗的東西，發出了惡臭，潑濺入泥、冒出血沫的東西。

他沒有辦法解釋，但他知道法蘭西斯．約翰．卡沃特就是「強尼男孩」，這一點無庸置疑。

他知道站在自己面前、與他握手的這名男子，正是過去一年半以來，六名同志慘遭鎖定而遇害的元兇。

索恩只能死僵在現場，他不知道自己接下來該怎麼辦，恐懼讓他動彈不得，他隨時可能會嚇得尿出來。然後，他看到了恐怖至極的事。

卡沃特知道他發現了眞相。

索恩以爲對方的臉變得僵硬，毫無表情，死寂。顯然他大錯特錯，當他們四目相接的時候，他看到卡沃特的眼底出現了變化，只是稍微閃動了一下，臉部出現了幾乎看不見的抽搐……

然後，他的笑容變得有些黯淡。

一切結束。卡沃特放開了手，穿越門廊，朝派出所的大門走去。他稍微停了一下，回頭，這時候的笑意已經完全消失。執勤警員繼續對他講著派對的事，但索恩只專心看著卡沃特走出門外。他發現對方的臉上出現了類似恐懼的神情，或者，也許是憎恨。

而在遠方的某處，某個甜美高亢的女聲，依然唱著關於夢想天使的歌。

他沒有告訴任何人。杜非不知道，好友同事也不知情，他能開口對他們講什麼呢？當然珍也絕對不可能，反正她在掛念其他的事，他們正在努力生小孩。

那個週末，他與妻子待在家裡，他知道自己變得很疏離。週六下午，他們在教堂街市場閒晃，她問他是不是有狀況，他什麼都沒說。

星期天晚上，她很想做愛，但每當他閉上眼睛，他就會看到法蘭西斯．卡沃特的手臂扣住他正在深吻的年輕男孩的頸項，拉到自己懷裡，以自己的嘴封住對方的柔軟雙唇。當索恩發出呻吟，進入年輕妻子體內的那一刻，他看到卡沃特的另外一隻手，長滿了繭的強壯手掌，伸到口袋裡、拿出八吋長的鋸齒刃刀。

珍在他身邊睡得香甜，而他卻躺在床上，一整個晚上沒有闔眼。到了早上，他一直說服自己，不過是他耍笨罷了，而不到一個小時之後，他已經坐在基爾本高路的某條小街裡，死盯著法蘭西斯．卡沃特的公寓不放。

一九八五年六月十八日，星期一。

他只需要再看他一眼，如此而已。只要看到他走出家門，他就能夠判斷他到底是什麼樣的人，當然，不過就是個噁心的人渣，但這樣就夠了。這個小王八蛋可能沒買車險，八成也沒有繳電視授權費，搞不好還經常打老婆。

但不是殺人犯。

只要再多看一眼，索恩就會知道這是他自己在庸人自擾，他會知道走廊上所發生的事只能算是他精神錯亂，珍喜歡把它稱之爲中邪。

他已經在這裡待了許久。住在這條街的人還沒有準備要去上班，卡沃特的白色佛賀貨卡依然停在他的公寓外頭。

接下來的那一個小時，他坐在車內，看著大家陸續離開。大門開了，拿著提包與公事包的男男女女走到街上，進入自己的車內，或是跳上腳踏車，不然就是大步邁向巴士與地鐵站。

卡沃特家門依然緊閉。

索恩坐下來，緊盯著那台髒兮兮的白色貨卡，還有車身側邊的字樣：建築工人，卡沃特。

屠夫……

蠢！他眞是蠢。他應該要發動車子，趕去上班才是，和其他人一起高聲談笑，也許幫忙一起籌劃這場惜別派對，忘掉自己曾經見過法蘭西斯．約翰．卡沃特，但他還是下車，走到了對面。

他發現自己還是去敲了那扇髒兮兮的綠色大門。

無人應門，他驚覺自己開始冒汗。

在那些保持低調喜悅、以示尊重的日子之中，在卡沃特曾經於四個不同的地點被約談過的驚人事實被揭露之前，在警界大規模請辭之前，在全國醜聞爆發之前……警員湯瑪斯．索恩將會得到許多讚美之詞。發揮進取心的年輕小警察，善盡職責，將自己的安全置之於度外。

置之於度外……

他彷彿像是個好奇多事的旁觀者，注視著自己的一舉一動。他不知道自己爲什麼想要去打開那扇大門，也不知道自己爲什麼要用力頂它，更不知道爲什麼要回到自己的停車處，從後車廂取出警棍。

他看到了卡沃特的太太，她似乎一臉驚訝。當他走進她的廚房時，她眼睛瞪得好大，似乎屏住呼吸，心臟噗通噗通跳。她躺在地板上，整顆頭靠在水槽下方的骯髒廚櫃白門，脖子周圍的瘀青已經變成了黑色，手裡還拿著木匙。

她是第一名死者，想必是的。她的女兒們等一下會悄悄告訴他。

丹尼絲．卡沃特。三十二歲，慘遭勒斃。

索恩像是在探查遇難船骸裡的深海潛水者，在這間公寓裡四處走動。寂靜之聲不斷在他耳內發出重擊，他的動作緩慢，帶有一股詭異的優雅，而深水裡的鬼魂圍繞在他的身邊……

他在公寓後面的小臥室裡找到了她們。彼此緊挨在一起，躺在上下床鋪與小小單人床墊之間的地板上。

他望著那六隻白色小腳，無法移開目光。

他無法吸氣，雙膝癱在地上，爬了過去。他已經了解到眼前出了什麼事，但他突然拒絕以正確方式處理狀況。他猛吸一口氣，發出尖叫，對著小女孩的死屍尖叫，他在懇求她們。拜託……妳們上學要遲到了。

他真的在乞求她們，放過他好嗎？

剛才的那一口氣，讓他聞到了她們的洗髮精香味，他還聞到剛洗好的睡衣的氣息，還有浸濕布料的尿味。他看到地板床墊上的污漬，那傢伙一定是把她們拖到那裡之後下手。小女孩們靠在一起，手臂交貼在胸前，某種近似安詳的詭異姿勢。

但她們死得並不安詳。

蘿倫．卡沃特，十一歲。莎曼珊．卡沃特，九歲。安妮—瑪麗．卡沃特，五歲，全是窒息而死。

三個小女孩，拚命尖叫抵抗，雙腳亂踢，想要跑去找媽咪，然後，哭得更大聲了——她們的母親已經身亡，她會讓自己的孩子遭遇此等慘劇，只有這個可能性而已——然後，她們深愛又信賴的那名男子，關上臥室的門，她們驚恐亂竄，彷彿像是被困在燈具裡面的飛蛾，她們撞牆，緊抓彼此，當他把她們一個個拎過來，壓到地板的床墊上的時候，她們又咬又抓、大哭大叫，小小的手指死抓著那強壯長繭的手掌，但人已經到了另外一個遙遠的世界。

索恩必須逼迫自己相信那樣的場景，他無法接受當她們的父親把枕頭埋住那小臉蛋的時候，她們依然在甜笑。

他萬萬無法接受。

他找到卡沃特，應該是三十分鐘之後的事了。他不知道自己在小房間裡苦思了多久，他想到了珍，還有他們渴望至極的小孩。

他推開起居室的門，鼻腔立刻爲之一震。他聞到威士忌，氣味之濃烈讓他差點窒息，還有火藥的辛嗆味，在此之前，他只聞過射擊場裡的火藥味而已。

他看到壁爐地板前的屍體。

腦漿噴黏在磚爐上方的鏡面。

法蘭西斯．約翰．卡沃特，持槍自殺身亡。

索恩宛若夢遊者，走過髒兮兮的草菇色地毯。他不小心踢到某個威士忌空瓶，撞到踢腳板，匡啷作響，但他根本沒低頭多看一眼。他只是一直緊盯著卡沃特，攤直的那隻手臂依然握著槍，內褲因凝血而變成了褐色。這是什麼時候發生的事？昨晚還是一大早？

他的雙手看不到她們留下的小小指印。

索恩站在屍體前方，雙手無力垂放兩側，呼吸沉重絕望。他傾身向前，知道等一下會發生什麼狀況，只不過他沒有吃早餐，還會如此慘烈，讓他嚇了一跳。當那股抽搐一路從內臟傳到胸膛、喉嚨的時候，他吐了，嘔得亂七八糟，苦汁在法蘭西斯．卡沃特的殘臉上流得到處都是。

「不是你的錯，湯姆，我知道這一定很難熬，但你千萬不要覺得這是你造成的後果。」

索恩靠在小沙發上，盯著他晦暗的蘭花圖案天花板。遠方傳來消防車或是救護車的淒厲尖嘯。

安妮捏了捏他的手，感覺和醫生一樣，她立刻想到了艾莉森。「當時你覺得自己精神錯亂，沒錯。你發現他們的屍體只是個巧合罷了，可怕的巧合……」

索恩無語。疲憊感已經扣纏了他一整天，既然他現在找到了堅硬的手把，他也不想多做掙扎。他渴求進入無意識狀態，在那漆黑一片的世界，他會看到自己記得與敘述的一切回歸原點，那生鏽的門栓又啪嗒一聲關了回去。

他閉上眼睛，等待它降臨。

當索恩講述自己的故事時，安妮一直保持鎮定，她努力控制自己，不要流露出任何的表情。不過，現在她開始任由淚水潸然落下，她想到那些小女孩，想到她自己的女兒的白色小腳。

不難了解這男人背後的強烈衝動，以及到底是什麼事件讓他如此執著於……追究眞相。她希望他能趕快發現他自己對傑洛米的感覺不過只是幻象罷了，她希望他們兩人都能夠走出陰霾。

她會盡力幫助他。

她微微顫抖，陰影依然向他們襲來，寒意凝結在她的肩膀，她把頭擱在索恩的胸膛上，過沒多久之後，他的胸膛開始均勻起伏，陷入沉睡。

當時的畫面依然模糊不清，但現在那些字句已經變得清楚多了。我就像是在觀賞一部以前看過的電影，但上次我的視力不太正常，所以畫面晃得很厲害。

我們在廚房裡，我和他。

我告訴他，袋子要放在哪裡都可以。我依然大口喝香檳，問他要不要來杯咖啡、啤酒，或是什麼其他飲料。他大力稱讚我的公寓，我把提姆留在冰箱裡的啤酒給了他，他打開拉環遞給我，我還在滔滔不絕講派對的事，俱樂部裡面的那些白癡，只想找人搞一夜情。他很同情我，他說他知道男人是什麼德性，我也不能怪他們，對不對？

我打開收音機，幾秒鐘之後出現了音樂，我聽到雜訊，想要把它調得清楚一點，但最後還是放棄。

他說他得要打通電話，他也拿出了手機，但我完全聽不到他講話，他只是在輕聲咕噥。我還是在東拉西扯，但已經搞不清楚自己在說些什麼。我只是在嘰嘰咕咕，大意是說我開始覺得有點想吐，但我覺得他也沒在聽我說話。

我向他道歉，因爲我身體不太舒服。他一定覺得我看起來超慘，整個人癱在廚房地板上，靠著廚櫃，幾乎無法言語。他說，沒關係，然後我聽到他拉開他袋子的拉鍊，在裡面翻找東西。他說，享受快樂時光也沒什麼不對，開心就好。我想要告訴他，這句話講得一點都沒有錯，但嘴巴裡講出來的卻不是這麼一回事。

我聽到自己的鞋子摩擦磁磚的聲音，原來他正把我拖到廚房的另外一頭，他把我的耳環與項鍊丟進盤子裡，匡啷作響。

發出呻吟怪聲的人是我。

我似乎完全不能講話，沒辦法，就像個小嬰兒一樣，或者，像個牙齒掉光光，腦袋只剩下半顆能用的老人。我想要講些什麼，但發出的卻只是亂七八糟的聲音。

他告訴我要安靜，還說不必掙扎了。

現在，他的雙手放在我的身上，開始對我講述他的每一個動作。他告訴我別擔心，要信任他。

當他撫摸我的肌肉時，還逐一告訴我它們的名稱。全都是不知什麼鬼的醫學專有名詞。

他憋氣，沉默了好一會兒，兩三分鐘吧。

這段時間，我完全沒聽到自己說話，沒有任何的抱怨。只有答答聲，我的口水從嘴巴流出來，滴落在我面前的磁磚。

我還發出了某種類似漱口的聲音。

哎哎叫兩三聲之後，我變得越來越安靜，因爲我逐漸不省人事。

然後，重點來了，我最後聽到的話，三個字，詭異，充滿了回音，彷彿從遠方飄來，他似乎在長管的另外一頭對我低語，就像是我小時候和朋友拿著吸塵器的管子在互相打招呼一樣。

我覺得，我一定要把這件事情講出來。

他說晚安，安安……

他所說出口的話，簡直像是在開玩笑一樣，語氣親切溫柔，後來，我又聽到了一次。

當我醒來的時候，聽到的那句話。

非常符合我現在狀況的那句話。

22

當索恩醒來的時候，天色已黑。他看了一下手錶，剛過七點鐘，他已經昏睡了兩個半小時。他渾然不知，再過兩個小時之後，一切將就此畫下句點。

安妮走了，他離開小沙發，爲自己泡咖啡，剛好看到壁爐架上的字條。

湯姆：

我希望你現在好多了，我知道你對我開口說出這些事有多麼困難。千萬不要害怕犯錯。

我今晚要與傑洛米見面，告訴他沒事了，希望你別介意，我認爲他也應該有紓壓放鬆的權利。

晚點再打電話給我。

安妮留，給你一個大大的擁抱

他爲自己泡了咖啡，又讀了一次字條。他現在覺得好多了，不只是那兩個多小時的補眠效果而已，能夠說出多年前的事，讓他覺得神清氣爽多了，如果說自己得到了淨化，這樣的修辭未免有些誇張，不過，他想到自己的案子一籌莫展，身旁連半個朋友也沒有，加上他與長官之間有各種難解習題，他現在原本應該會更悽慘才是。

湯姆．索恩無可奈何。

他倒是不覺得犯錯有什麼，他連想都沒想過。現在，他不只得要好好思考，而且還得下一番苦功，他得要與自己的過錯共存下去。

安妮等一下要與比夏見面，告訴他已經洗刷了殺人的嫌疑，這很公平，如果安妮所言不假，那麼比夏從來就不是嫌疑人，這一切只存在於索恩的白癡腦袋裡，現在，他也該面對殘酷現實了。

安妮做得很好。比夏有權利知道這到底是怎麼回事，現在是什麼狀況。

該知道答案的不只是他而已。

索恩拿起電話，撥打安妮的號碼。也許他可以在她離開之前找到她。瑞秋幾乎是立刻接起電話，聽起來氣呼呼的，不爽，標準的青少女。

「嗨，瑞秋，我是湯姆．索恩，能不能請妳找媽媽過來？」

「不行。」

「沒關係……」

「她不在家，她才剛出門而已。」

「她準備要去巴特錫對嗎？」

瑞秋的語氣從不耐轉爲緊張，「對，她要去告訴傑洛米，他再也不是頭號公敵了。如果你問我的話，我覺得也該是要澄清的時候了吧。」

索恩不發一語，原來安妮曾經把案情告訴瑞秋。反正，現在也不重要了。

「她多久前——」

「我不知道。我看她是先去買東西了，她準備要爲他做晚餐。」

「聽我說，瑞秋——」

她打斷他的話，「喂，我要出門了，不然我會遲到。你打她手機吧，不然晚一點打電話到傑洛米家也可以，我想你有電話吧？」

索恩立刻說有，但後來才恍然大悟，她是在出言諷刺他打過那些騷擾電話。

他立刻打安妮的手機，沒通，也許是關機了。要是她搭地鐵的話，也收不到訊號。然後，他又想到今晚她得値班，所以現在八成在開車，他曾經抄下她的呼叫器號碼，但不知道放哪裡去了……

他拿起外套，決定聽從瑞秋的建議，等一下直接去比夏家找她，這一次，他不需要再隱藏自己的來電者號碼……

其實，就連那個也不重要了；他只是想要問她，艾莉森·維列茲的晚上探視時間到什麼時候結束。

他穿上硬挺的白襯衫，他知道她好喜歡這樣的打扮。他望著全身穿衣鏡裡面的自己，慢慢扣好一顆顆的釦子，看著那些疤痕消失在純白無瑕的純棉布料之下。

車子靜靜北行，穿過黑衣修士橋，他望了一眼自己的手錶，會稍微遲到一會兒，但她一直很準時。

她好急，迫不及待。

一如往常，他會在「草葉人」外頭接她。遠道越河之後，只是轉個彎又得繞回南區，實在不是很順，但他寧可費事，也不要讓她搭乘地鐵或公車。他想要掌握一切，要是她遲到了，或是錯過公車什麼的，很可能會毀了原本安排好的時間點。

當他告訴她，他們要一起回到他住的地方時，他知道她心裡在想什麼。哦，我的天哪，今晚終於到來了。他簡直聞到了少女雌激素激湧的氣味，還聽到她小腦袋瓜裡的齒輪呼呼轉個不停，不知道該在胸前擦什麼香水，該穿哪條內褲，才能讓他興奮到最高點。

嗯，沒錯，鐵定會是刻骨銘心的夜晚。

回到他的住所。

可能會擠了一點……

驅車前往皇后廣場的路上，索恩倒是沒有什麼特別的心事，對於他等一下要對艾莉森．維列茲所講的話，他已經構思完成，現在他只需要稍微放輕鬆，把話好好說出來就是了。

他按下彈跳鈕，取出《強烈衝擊》的錄音帶，換成梅爾．哈賈德的音樂。放鬆心情準備道歉。

「湯米？」

「對，也要向妳們道歉。」

他在廣場兜轉，大聲訐譙了將近十分鐘，最後只能並排停車，在自己的蒙蒂歐車窗前面插上破爛硬紙板，上頭潦草寫了幾個字，「警察執行公務中」。

晚上變得好冷，早知道應該帶暖一點的外套出門才是。他快步走向醫院大門，發現天空剛開始下雨，他想起兩個月前也曾上演一樣的場景，但那時候方向相反，他從大門口出來。八月的那一天，第一次見到艾莉森．維列茲，然後他衝入雨中，跑到自己的車子旁邊，發現字條，了解自己對手的個性，那彷彿是許久之前的事了。

今天，在一模一樣的地點，大雨又開始急落，他依然不知兇手是誰，但已經開始慢慢坦然接受這個事實。

✦

將近八點鐘了。索恩是最後一個進入醫院的訪客，天黑之後，這裡變成了一個很不一樣的地方。他大步走過舊院區，朝錢德勒側廳走去，腳步聲在百年大理石地板上發出回音。他的周邊沒幾個人，護士、清潔工、保全，大家都盯著他，似乎在研究他臉上的表情，白天時段不會得到這麼多的注目禮。

他覺得自己彷彿聽到遠方有人在輕聲哭泣，他停下腳步，仔細聆聽，但什麼也聽不到了。

就連醫院的新院區看起來都陰森許多。加護病房接待區平常能在漂白地板上看到反光的明亮燈源，如今變得昏暗朦朧。

他望著接待櫃台的那一排公共電話，等到他見過艾莉森之後，他會立刻再打電話給安妮，出門前他忘了帶手機。

當他走出電梯的時候，他的眼角餘光瞄到接待櫃台玻璃窗辦公室的某名女子。她向他揮揮手，他認出她是安妮的秘書，但他不記得她的名字。他指指門，她也點頭回應，示意他直接進去就是了。他記得那沉重木門的三位數密碼，開了門之後，他直接朝加護病房區走去。

索恩告訴護理站的護士小姐他此行的目的，隨即進入走廊，前往艾莉森的病房。他經過其他的病房，這才發現他對於裡面的病患一無所知。他從來沒有詢問過安妮的其他病人，他猜應該沒有人的狀況像艾莉森一樣，不過他們也同樣眼睜睜看著自己的生命在短短數秒內發生巨變，上下樓梯時跌倒、錯估了鏈球的出腳點，或是開車失控的那一小段時間。

腦袋發生短路的那幾秒鐘。

他豎耳傾聽艾莉森對面病房裡的動靜。裡面同樣傳出機器的低鳴，宛若漫長冬天過後，沉睡多時的蜂巢慢慢甦醒所發出的遲緩氣息。無論躺在那間病房裡的人是誰，原因一定是出於意外，這和艾莉森的狀況大不相同。

索恩轉身，走到艾莉森的病房前面，他輕敲了一下之後，握住門把。

房門突然從裡面打開，他不禁嚇得倒抽一口氣，大衛．希金斯衝出來，把他推回到走廊上。

「她不在這裡。」希金斯與他正面相迎。

「什麼？」索恩想要從他旁邊擠過去，進入病房。

「索恩，很遺憾，你運氣不好。」

索恩看著他，覺得莫名其妙，希金斯提高聲量，「我的臭老婆，幹他媽的臭老婆，被你幹過的那女人，不，在，這裡。」

索恩聞到了壯膽的酒氣。

「我不是要找安妮，讓開。」

「看得出來，祝你玩得開心。」

希金斯向左讓了一步，但索恩動也不動，只是猛盯著他，「你這話是什麼意思？」索恩心裡很清楚答案是什麼，但還是想要聽到他親口說出來。

索恩一直覺得，如果誣指他與艾莉森有一腿的是兇手，那麼格調也太低了，他的水準不只如此。現在他知道誰是罪魁禍首。此人動機再清楚不過了，但索恩還是問了一句，「爲什麼要這麼做？」

希金斯嚥了嚥口水，舔舔嘴唇，「你管我？」

當索恩的右臂一彎，迅速揮出去的時候，他立刻鬆開了拳頭，賞對方一巴掌似乎是比較適合，希金斯根本不是個能夠挨拳的男人。

這一掌來得兇狠，希金斯的下巴與耳朵都痛得要死，害他趴在光潔的塑膠地板上，躺著不動，像個小孩一樣在哀嚎。

索恩根本懶得正眼瞧希金斯，直接跨過了他伸出來的腿，打開艾莉森·維列茲的病房大門。

當他一看到她的時候，她開始眨眼，一次、兩次、三次。索恩知道她聽到了外面的噪音，被吵醒了，也許他應該呼叫護士才對。希金斯剛才在她房裡做什麼？也許是想要找安妮，但爲什麼不能直接問櫃台就好？

索恩心跳飛快。如果他想要順利講出此行前來所要說的話，他必須要冷靜下來才行。

艾莉森依然在眨眼，每隔三、四秒就眨一下。

「沒關係，艾莉森。好，我會努力長話短說，有關我前幾天曾經講過的事，接近那個人，那個對妳下手的男人……」

艾莉森依然在眨眼。

拜託，求你閉嘴好不好，聽我說，快去拿板子……

「怎麼了？」他的目光投向那塊黑板，依然靠在牆面，上頭還蓋了布。他回看了一下艾莉森，眨一次，對。

對啦！

他走到病房的另一頭，掀開罩布，把黑板拿到床尾的位置。

這套流程該怎麼進行，他算是約略知道。他趕緊關掉主燈，然後，利用床尾的遙控器，將艾莉森的病床緩緩升起，現在她幾乎已呈坐姿。然後，他拿起雷射筆，打開電源，將小小的紅色光點置於第一個字母下方：E，接下來，開始沿著字母列緩慢移動。

沒有反應。

他稍微加快速度，緊盯著她的臉，不敢放過任何一個細微至極的小動作。

快啊……快啦……

眨眼，他停下動作。

「S，是字母S嗎？艾莉森？」

對，唉呀！當然就是S啊！趕快！

移動，等待，觀察。移動，等待，觀察，移動……

又眨了一次眼，索恩在冒汗，他脫下夾克，「L，對嗎？所以是S加L，好。」

從頭開始，然後……眨眼，不，眨了兩次。

「所以不是E了？對不對？艾莉森？」

你錯了，這不是否定的意思，通常眨兩次眼等於不是，但我現在要告訴你的是「重複」，難道安妮沒有解釋給你聽嗎？

「或者妳的意思是兩個E？是嗎？好，SLEE……sleep？艾莉森？妳想睡覺？」

幹，幹，幹……

用力眨了兩下，一下，兩下。

沒有，我沒有要睡覺，你到底知不知道這樣有多累啊？

他再次拿起雷射筆。點字，停筆，觀察。點字，停筆，觀察。停筆……眨了一次眼，這次他非常篤定，絕對是個斗大的Y。

她現在眨眼的速度超快，不斷重複。

「妳很睏？抱歉，艾莉森，我可以之後再過來，等妳……」

媽的我看起來是有很睏嗎？哦？有嗎？拜託，索恩，搞清楚好不好……

他汗如雨下，現在他完全失了方向。他決定再試一次，要是不成，就準備出去找人幫忙。他再次拿起雷射筆，艾莉森眨眼，然後又眨了一次。

一個H，接下來是E……

到底是什麼字，已經呼之欲出。

索恩腹內宛若煙火爆炸。

一段記憶檔案，一段簡短的錄音檔，突然被塞進他的腦海，不知道是什麼東西按下了「播放」鍵，保險絲瞬間熔斷。那股衝力翻攪他的五臟六腑，爆炸聲在他耳內響起，火光在眼後飛跳，綠色、金色、紅色，以及銀色，他捏了捏艾莉森的手。

他拚命在口袋裡找零錢。

衝出了病房。

「比夏？我是索恩……」

「什麼事？」語氣厭煩，但也聽得出恐懼。

「我知道你對她說了什麼，我知道你害艾莉森中風之前對她講的話，對她們每一個人所說的那句話。」

「你在講什麼啊？」

「『安安，瞌睡蟲。』去年我動疝氣手術、你對我下麻醉藥的時候，也對我說了同樣的話。」

他嘴裡的舌頭變得沉重，對方從二十開始倒數，他聽到的聲音也越來越微弱，他不知道自己醒來的時候是否能平安無恙，他看到了麻醉醫生的笑臉逐漸朝他逼近而來，不停低喃……

「索恩，現在提這件事是要幹什麼？我等一下有客人。」

「比夏，你對我說過一樣的話，『安安，瞌睡蟲。』」

「好，沒錯，那我就講清楚，希望對你有幫助。我有時候會對即將進入昏迷狀態的病人說那句話，而當他們的麻醉藥快要消退的時候，我也會說：『醒來，瞌睡蟲。』不過就是愚蠢的口頭禪，一種迷信罷了，天，我也常在哄小孩上床睡覺的時候說這句話。索恩，這有沒有幫上你的忙？你說啊？」

「你知道嗎？我本來已經打算要放手了，差點就讓你逍遙法外。我原以爲是我弄錯了，但其實並沒有，對吧，現在我非常確定……」

「你需要協助，索恩，緊急專業協助……」

「傑洛米，你才是那個需要幫助的人，我過去找你，我立刻就到！」

天……天……天啊……

我以爲他永遠看不懂。

你知道嗎，我覺得那句話應該很重要才是，因爲我清醒時聽到了那個字，而當他對我下手的時候也一樣。

同樣的字詞。

我想這算是重大突破吧，所以當我聽到索恩在病房外頭的時候，我想要立刻告訴他這件事。但我沒想到他衝出去的速度居然會這麼快。

我老爸看到的話，一定會這麼說，就和從煤鏟滑下去的屎一樣快。

所以一定是那個讓我恢復清醒的醫生，原來那個和安妮一起過來好幾次的麻醉醫師就是「他媽的香檳查理」，居然是她的朋友，索恩照片裡的那個男人，顯然他一直在懷疑那傢伙。

你明明是醫生，怎麼能做出……這種事？

我說過我會像代表英格蘭參加眨眼比賽一樣拚命，是不是？

不過，好累人。

現在我眞的想睡覺了……

23

戴夫．賀蘭德的目光盯著蘇菲租來的電影，但什麼都聽不進去。他推弄盤子裡冷掉的碎裂千層麵，他其實不是很餓。

他想到了湯姆．索恩。

那天，當索恩衝出艾德格威爾辦公室的時候，他並不在現場。他想要忘記海倫．杜勒父母自殺的慘劇，所以那晚喝得爛醉，一直在與宿醉奮戰。他們聊了一整個晚上，只有他和索恩。雖然他喝醉了，有的時候還在打瞌睡，他依然記得許多索恩所說過的話。他躺在小沙發上迎接深夜，閉上雙眼，腦袋天旋地轉，而索恩講話的主題一直圍繞著鮮血與聲音，全都是戴夫．賀蘭德難以忘懷的故事。

現在似乎沒有人清楚索恩的行蹤，就連他會不會回來也不知道。

那些曾經在早晨目睹一切的人，看到賀蘭德終於進入辦公室之後，都急著想把當時的細節告訴他，其中一個人甚至以「蹣跚」來形容探長走進電梯的模樣。「接下來的這個你一定很有興趣……」他們的語氣滿是挖苦。看來索恩探長所追查的線索，現在已經被大家公開嗤之以鼻。

看來他這一場仗敗得很慘。

賀蘭德默默回去工作，之後，他每隔半小時左右就會看一下手機，想確定是否有新進簡訊。突然，他發現電視螢幕上的畫面凝凍，被按下了暫停鍵。他面向蘇菲，她手裡拿著遙控器，正在對他講話，她去錄影帶店有什麼好提的呢？還有煮晚餐？或者，應該這麼問，她幹嘛要花力氣找他講話？

他開口道歉，告訴她自己依然覺得不太舒服，昨晚與衆人大喝一場之後，他筋疲力竭。蘇菲狠狠罵了他一頓，但其實她並不在乎，放他和大家徹夜狂飲啤酒，她不會多說什麼，只要他沒有酗酒習慣，知道如何明哲保身就好。

只要他下定決心，不要再把自己的身家押在索恩那個廢物身上就好。

安妮一臉火大。她手提著裝滿東西的購物袋——裡面全是準備爲傑洛米煮晚餐的食材——雨水卻滴進袋內，而且在他家外頭的馬路上也找不到停車位。最後，她終於在街角找到一個小位置，硬把車子擠進去，她立刻回奔，小心翼翼避開地上快速蔓延的水坑。

屋子外頭停了台車，裡面坐的人是他，她甚是驚喜。

她立刻敲了敲玻璃窗，看到他嚇得跳起來，不禁哈哈大笑。富豪汽車的電動窗緩緩開啓，她彎身進去，「你坐在這裡幹什麼？」

「只是在想事情，也剛好等妳過來。」大雨滂沱，雨滴落入車窗、直接打在他的臉上。

安妮扮鬼臉，有些困惑，「屋裡比較暖和呀。」他沒接腔，只是兩眼空茫，望著不斷擺動雨刷的擋風玻璃。安妮挪動了一下手中的購物袋塑膠把手，感覺有點重，「要不要進來？」

「先過來一下好嗎？拜託，安妮，有件事我得要告訴妳，給我一分鐘就好。」

安妮想進去屋裡，她渾身濕透，冷得要命。她想要在準備晚餐之前，先喝杯熱茶，或者，一大杯紅酒更好。不過，他似乎在苦惱著什麼，她趕緊繞到車子的副座那邊，把購物袋放在地上，進入車內。

車裡舒適暖和：想必暖氣已經開了有一陣子了。他沒看她，她開始覺得一定出了什麼大事。

「你還好嗎？是不是發生什麼狀況？」

他沒有回答。出於本能反應，她開始張望四周，答案就在車子裡的某處？後座放了東西，上頭還蓋了塊格紋野餐鋪毯。

她望著他，「這是……？」

她的直覺告訴她，不會有答案了，她悶哼一聲，使勁起身，把手伸到後面，拉開毯子。

她嚇得倒抽一口氣。

甚至連針頭插進她的手臂，她也無知無覺。

索恩拚命保持冷靜。一如往常，大雨拖累了車行速度，光是從皇后廣場到滑鐵盧橋約莫半英里的距離，就足足走了令人光火的二十五分鐘。現在車況好一點了，索恩的蒙蒂歐一路南行，不斷挑戰每一台測速照相機的功能，穿越濺起的水花，奔向巴特錫。

儀表板上的時間顯示爲八點四十五分，梅爾．哈賈德的歌聲幽幽訴說杯中物令人失望，索恩也在這時候疾駛而過聖湯瑪斯醫院。

索恩想到了這一切的起點，都是因爲在幾個月之前，某位病理學家展現出他的專業技術、觀察力，以及好奇心。也許在這個時候，他依然忙著工作，窩在索恩開車時所瞄到的那些白色明亮小方塊裡，某間燈火通明的辦公室，到了現在，可能很疲累了，但當他低頭看著顯微鏡，發現某些不合情理的地方，某些可能會永遠改變數百人生活的詭異細節，興奮感也開始逐漸累積。

如果他還能遇到那男人的話，他不知道該謝謝他才好？還是應該要吐口水在對方的臉上？有一點他倒是非常確定，若不是因爲這個人，此刻的他也不必趕去與兇手正面迎戰。他不知道他與比夏之間可能會出現什麼狀況？正面衝突？當然，還有其他的嗎？逮捕他？恫嚇他？傷害他？

等到索恩到達那裡的時候，他就會知道答案。

在佛賀橋遇到紅燈的時候，他的煞車踩得太慢，而且也太猛了一點。車子稍微打滑，停住，輪胎發出的尖長噪音引來街頭表演藝人的注意。以往會在紅燈時湊過來幫你擦擋風玻璃、換取幾個銅板或是被辱罵的馬路小工，說也奇怪，現在全被這些街頭藝人所取代。這個傢伙，戴著小丑的大花帽，手裡不停在拋丟三顆球，他滿臉笑容，腳步輕快，冒雨朝索恩的車子走過去。

藝人看了一眼索恩的臉，立刻後退，離開的時候還不小心掉了球。油漬與雨水坑洞的燈號反光由紅轉綠，他的蒙蒂歐立刻疾駛離去。

九榆樹路與巴特錫路的沿途紅綠燈不斷，他趁黃燈的時候在拉契米爾酒吧左轉，猛踩油門，朝拉汶德丘前進，幾分鐘之後，他算是誤打誤撞，轉進了傑洛米·比夏住所的靜謐街道。

索恩調低音樂聲量，開始深呼吸。道路兩旁停滿了車，他放慢車行速度，想要找停車位。現在的雨勢越來越大，就算使用兩倍速的雨刷，他還是得前傾身體，用力瞇眼，才能看清楚擋風玻璃前方的東西。

突然，前方五十碼的地方，車燈迎面而來，讓他一陣目眩，有台深色的大型房車開出來，加速前進。索恩的第一個念頭是找到車位了，但隨即發現自己麻煩大了。那台車子逆向朝他衝過來，他一手遮住眼前的光，以爲勢必相撞、在最後一秒時閉上雙眼，另一手急轉方向盤切向右方，躲避那台直衝而來的車子，兩車間隔不過只有幾英寸而已。

安妮·寇本坐在那台車裡的副座位置。

索恩猛踩煞車，盯著自己的照後鏡，眼睜睜看著那台富豪汽車停在遠方的路口，左轉，他們朝西區前進。

他也許搞錯了，但他覺得無論是安妮或比夏都沒有看到他，兩人只是直視前方。他們要去哪裡？前面沒有足夠的快速迴車空間，他不假思索，將排檔桿打到後退檔，踩油門。

一開始的前幾分鐘，經過克拉珀姆公園北端的時候，索恩一度覺得這樣的跟車狀況還不錯，他與那台富豪隔了兩三台車，但依然看得到那特殊的尾燈，他可以緊追不捨。他很確定比夏並不知道自己被跟蹤了。索恩希望可以繼續保持這樣的狀態，不疾不徐的速度，很好，就讓他們到達他們的目的地吧。他心想，媽的他活了這麼久，還是頭一遭乖乖遵守標準程序，安全第一。保持鎮靜。

鎮靜。當他腦中浮現這個字的時候，前方的車子突然轉彎，他可以透過富豪汽車後窗，清楚看到裡面的動靜。

眼前的畫面不太對勁。

過了半秒鐘之後，他才發現蹊蹺，他看不到安妮了。

車子不曾停下來，他非常確定，但幾分鐘之前還看得到她，她的頭明明還靠在車窗上，只有一種理由可以解釋這個謎團。

她一定是昏迷了。

現在一切得要加快腳步，索恩與富豪汽車之間還夾了另外一台車，當車流轉向克拉珀姆公園路的時候，他趁機超車，進入內線道，看到富豪汽車加速向前，比夏似乎發現了他。

跟車追蹤一直不是索恩的強項。他曾經參與過許多追捕行動，但是開車的人都不是他。晚上九點的雨夜，在繁忙街區以時速四十五英里的高速前進，眞是他媽的恐怖。

比夏爲什麼要傷害安妮？又爲什麼要挑現在下手？索恩知道自己現在應該要通報狀況才是，但這台車沒有無線電，他的手機又留在家裡。他一度想要停車打公共電話，但等到支援小組追到比夏的車，可能就太遲了，他必須繼續跟蹤下去。

時速五十英里，行駛艾克里路，富豪汽車的車尾霧燈好刺目，其他車輛喇叭聲大作。

索恩的目光一直不曾離開那台富豪，他更換卡帶，調高音量，曲風爲之一變。歌曲變成了純音樂，旋律伴隨著一股彷彿立刻從他腦海散出的強烈節奏，那個噪音，越來越低沉的節拍，宛若禪風般的低鳴，在他的頭蓋骨裡面砰砰作響，簡直就像是電玩遊樂場賽車遊戲的配樂一樣。

專心。在他十指之下抖晃的方向盤，前方的車子，他鎖定的目標。現在下坡急衝向紅綠燈，前頭是電影院，行人破口大罵，他們左切到布里克斯頓路的速度太快，輪胎瞬發出刺耳噪音。

突然之間，索恩懂了，他知道他們現在要去哪裡。

布里克斯頓，郵遞區號西南二區。他記得自己筆記本的某頁有這個地址，那一頁的標題是「子女」。索恩一直不曾查訪這個地方，但哪會想到呢？

索恩現在才明白，就算有搜索狀，他也沒辦法在那間巴特錫的住所找到任何證物。現在他們準備前往的是比夏下手的處所，海倫與里歐妮也曾經被他帶到那裡。他也有鑰匙的某個地方，他幫忙支付押金的某間公寓。如果承租人必須上夜班的話，那麼晚上屋子幾乎一定是空的，只要打通電話就可以確定……

他的心跳與車速不斷飆高，雨水狂擊擋風玻璃，擱在方向盤上的雙手，只能憑著前方的那兩團紅燈的方向轉動。他的雙眼緊盯著富豪汽車那兩盞紅燈，突然一閃，就像是某種皮毛光滑、陰沉的怪獸的雙眼，原來對方急煞，它發出吼聲，闖紅燈揚長而去，索恩別無選擇，只能跟過去。

他的眼角看到左方出現藍紅標誌的交通巡邏車朝他逼近，前方一千碼左右的地方，還有第二台停在那裡等他。這種時候，他萬萬不想看到的就是這個，一前一後的兩個值勤交警。

索恩減速，雙拳憤恨敲打方向盤，只能看著那陰險怪獸的雙眼，在他的面前變得越來越小。

當那滿臉痘疤、留著海象鬍鬚的肥仔小警察，終於慢條斯理走到蒙蒂歐副座車門旁邊的時候，他第一眼看到的是被緊壓在車窗上的警證。而當索恩把它拿開的那一瞬間，他第一眼看到的是警員對巡邏車內同事露出的賊笑：看看我們逮到了什麼。

索恩深呼吸，接下來就好玩了。

海象警察伸出食指，信手旋轉了幾下，把窗户搖下來。索恩在心裡默數到三，像個乖寶寶一樣搖下車窗。

「我是西區重案組索恩探長。」沒有反應。索恩當然不覺得會看到舉手敬禮，客氣講出「先生您請便」這種事，但看起來狀況非常不妙。

多年世仇。制服警察與便衣警察的對立，交警看任何人都不順眼。

「時速五十英里，加上闖紅燈，而且現在雨勢兇猛，這麼做不太好吧？」他的河口腔調[8]刻意流露出滿滿的酸意。

「我在追捕嫌犯。」索恩語氣平靜。警員隨便望了一眼消失在遠方的車流，雨水從他的帽簷不斷滴落下來，索恩努力壓抑怒氣，「我剛才還在追捕嫌犯。」

「你剛才開車簡直是亂搞。」

索恩開了車門，紅色霧氣已經逐漸退散，「這就是你平常面對社會大眾的態度嗎？」

又是一陣賊笑，他再次看著坐在車裡的同事，「你不能算是一般人，對吧？」

索恩站起來，凝望前方，雨水從他外套背後滑落而下。他想到了兇手第一次留給他的字條，他想到了安妮躺在車內的皮椅上面，動彈不得。比夏可能在播放古典音樂……幹，他們現在可能已經到那邊了。

媽的天哪……

「先生，有喝酒嗎？」

「什麼？」他開始失去耐心了。

「這問題非常簡單。顯然你們這些混蛋自以爲凌駕法律之上——」

索恩抓住他的外套、將他反身扣壓頂住車子，害他的警帽滾落到排水溝裡。索恩的眼角瞄到另一名員警下了巡邏車，他根本懶得轉頭，直接在雨中大吼，「我是探長，媽的你給我回到車上。」

海象的同事乖乖照做。索恩的注意力又回到原來那傢伙身上，他們站在路邊，他緊挨過去，鼻尖頂住對方的鼻子，雨水淌流在兩人身上。路過車輛頻按喇叭表示支持，布里克斯頓的駕駛看到有條子被無辜駕駛嗆回去，當然很爽。

索恩提高音量，剛好蓋過雨聲，讓對方聽得清清楚楚，不斷有雨滴從那小警察的反光塑膠背心飛濺而起。「你這隻王八蛋肥豬，給我聽好，我現在要回到我的車上，立刻開走，你要是敢挑眉的話，我保證讓你血尿一個禮拜。這句話算是威脅，接下來的是命令，懂吧？」

海象點點頭，索恩只是稍微鬆開了手，「這是指示，了解嗎？現在給我回去你的車子裡面，打開無線電，我要你聯絡艾德格威爾路『反手專案』裡的某人，趕快找到警員戴夫．賀蘭德……」

我在夢中奔跑。

不是什麼戲劇化的畫面，並非穿越麥田或是被暴風雨襲擊的海邊巨浪什麼的，也不是準備要奔向某人，遠方並沒有伸出雙臂的人急著想要吻我，沒有打完戰爭的歸鄉士兵，也沒有電影明星，更沒有提姆，只有我。

❽ Estuary English，英格蘭東南及東部地區交匯點泰晤士河沿岸及其河口的英語口音。

只是不斷向前跑。

這眞的很好笑，因爲我一直很討厭跑步，我總是無所不用其極想要逃避。瘦巴巴的鳥腳，還有X型腿。我對所有的運動都一竅不通，我不是那塊料。如果眞有必要，跑步追公車就算是我的極限了，而且接下來的一整天都累得要死。但我此刻居然在……

我在奔跑，拚命向前衝，感覺好輕鬆。

我不知道自己穿了什麼衣服，也不知道天氣怎麼樣，那種事似乎也不重要。我覺得迎面而來的風一定在吹拂著我的頭髮，老實說，其實我沒有注意這個，我注意到的是強風灌進我張開的嘴巴，我的肺部也跟著脹大，然後肺臟又把空氣擠出來、從我的嘴巴推送出去。

我在奔跑。

我發現自己的雙腿帶引著我前進，我的手臂血脈賁張，我還注意到嘴裡的肌肉已經超時工作了好久，媽的每一吋肌肉都是。它們彼此協調，與鄰近的肌肉合作得天衣無縫，讓我張開了雙唇，嘴角上揚，舌尖微吐，頂住門牙，還讓我的臉上掛滿笑容。

我不斷奔跑，離開了這裡。

24

那是一道無窗的綠色窄門。

它位於繁忙的布里克斯頓路後面的小巷，夾在蔬果店與鞋店之間。索恩沒看到那台富豪，也許有另外一條路可以進入屋內，畢竟這也合理，從後門把人扛進去畢竟比較沒那麼招搖。對，但也許他整個搞錯了。這一切可能只是巧合，他們狀似要前來這個地方，現在索恩站在雨中，盯著眼前綠色的無窗窄門，但比夏可能已經把安妮偷偷帶到了其他地方，他永遠也找不到。

這不等於是要毀了他嗎？

索恩把耳朵貼在門上，仔細傾聽，沒有聲音。

他確定比夏知道自己已經被跟蹤，他暗自希望門是敞開的，最好留有六英寸的空隙，引誘他入內，絕對不是陷阱，不會這麼下流。

比較像是邀請。

他把手擱在門上，鎖住了。

現在先按兵不動，等待賀蘭德帶著支援人馬過來。只要那兩個白癡交警乖乖聽他的話，應該不需要等太久，上策就是回到自己的車裡，靜心等待。

他再次側頭，貼住了門，這一次，他還運用肩頭推了一下，不是什麼用力頂擠，只是以全身的重量持續施壓。

輕輕鬆鬆，大門開了，宛若他使用鑰匙一樣簡單，幾乎沒有發出任何噪音。對街商店的光，讓他看到了眼前的景象，筆直長廊，然後是通往一片漆黑的階梯，看來玄機是在樓上，也就是蔬果店上面的樓層。

他動作輕巧溜了進去，想要把門關上。不過門鎖已經對不上他剛才強擠而開的門框，所以他也只能輕輕掩上，然後進入屋內，側耳傾聽。

除了他自己的心跳聲，以及外頭的雨滴大馬路的隆隆車聲之外，沒有其他的聲響。他東摸西摸，找到了電燈開關，這種按壓式、自動熄滅的裝置設計，想必是爲了省錢，他開始往上爬。這地方亂七八糟。破爛的階梯地毯上散落著各式各樣的垃圾郵件與未拆封的信件，他還聞到某種食物的味道，應該是中國菜。

階梯的最上方是廚房。他才找到開關，剛才樓梯口的燈源也剛好熄滅。

這裡窄小骯髒。褐色的塑膠地板到處都是裂縫與油漬，牆壁污黑泛潮。數天份量的用過茶包像是糞塊一樣，堆放在水槽裡，原本潔白的翻蓋式塑膠垃圾桶，邊緣全是番茄醬的痕跡。住在這種地方，吃速食當然是第一選擇，還是別在這裡煮菜比較好。

索恩退出房間，再爬個六層階梯即可通往三樓。他看到正前方有一道門，更左邊還有兩扇房門。他緩緩往上頭的房間走去，每爬一個階梯就停下腳步，仔細聆聽個幾秒鐘。先前他在大門外頭的疑慮，已經全然消失，他心中一凜，知道這裡不會只有他而已。

一切即將畫下句點，他已經有了預感。就在這棟建築物的某處，他得要貼牆應戰。

索恩來來回回，知道自己越來越接近海倫．杜勒與里歐妮．荷頓的遇害地點。通道的牆壁光禿，佈滿灰塵，壁紙脫落，宛若枯葉一般乾皺。地毯污髒帶沙，他覺得沙子彷彿鑽進了他的腳下。

不該有人在這種地方喪命。

左邊敞開的第一扇門，裡面是個與大型衣櫃差不多的小浴室。索恩探頭進去看了幾秒，夠了。

沒有多餘的東西，只有髒兮兮的白色基本設備，還有惡臭。

然後，是臥房。應該是稍微乾淨一點，但堆滿了東西，還散發出積汗的臭味。壁爐架上排滿了鞋子，燙衣板直放在角落，旁邊是全身鏡。一疊疊的雜誌，散落在亂七八糟床鋪下的軟木拼接地板。

不在這裡。

當他退回到梯台上的時候，上頭傳出了聲響，他立刻僵住不動，腳踩木板條，發出無精打采的吱嘎聲響。

腳踩木板條。

就算索恩沒有聽到那陣噪音，他也會直接跳過最後一個房間。因爲他朝那裡走過去的時候，不意發現右邊才是他應該要探查的方向。那裡的斑駁樓梯想必是通往頂樓，每一個台階，還有扶手，已經被某人細心覆蓋了一層厚實的透明塑膠布。

消毒。

索恩抬頭，階梯很陡，至少有二十英尺長，上頭接連的一定是閣樓或是改建的屋頂，一路直通進去。他仰望了一會兒，只看到一塊光亮的方形區塊，也就是上頭房間地板的洞。他評估情勢，他明白自己完全不知道現在是什麼狀況，在他把頭鑽進那個地板洞之前，他什麼都看不到。別無選擇了。

「湯米，每次都是在最後一道門……」

他聽到頭上傳來木板條的低沉呻吟，一秒鐘之後，也出現某個微弱的人聲在哀嚎。

安妮……

索恩抬頭，開始拾階而上。

雖然他在自家公寓遭到攻擊，而且這男人至少殺害了六名女子，但索恩的直覺卻告訴他，比夏不是那種暴徒。他慢慢往上爬，一次一個階梯，雖然不知道等一下會在閣樓裡遇到什麼狀況，但他一直不覺得可能會對自己造成人身傷害。比夏固然取得先機，還有地理環境上的優勢，但索恩覺得，當他的頭慢慢出現在閣樓地板的時候，倒不至於會看到比夏準備修理他，大腳猛踹他的嘴或是手裡拿著鐵棒什麼的。

他快要到達頂端，再幾英尺就到了。

他不覺得會有什麼肢體威脅，然而他卻從來沒有這麼害怕過。

最後幾個階梯。

等一下會有什麼反應，他完全不擔心……

他的腳放在最後一個階梯，撐起身體向上。

……等一下看到的景象，會讓他驚嚇萬分。

他仰頭，穿過了那個洞，進入光白世界。他趕緊眨眼適應光線，然後又睜開，索恩想到的是，果然害怕的預感是對的，他的身體立刻變得冰冷，悄悄顫抖。

他奮力爬進地板層，宛若溺水之人七手八腳攀上處處破洞的救生艇。他目瞪口呆，完全無法置信。

白色，純白的牆，還有光滑潔亮的條木地板。牆上掛了一排鹵素燈，放置針筒的光亮金屬桶與醫療器材推車也發出了反光。優雅的鉻黃色冷熱水龍頭下方，擺了兩個洗刷得超級潔亮的洗手盆。

比夏站在房間正中央，他十分忙碌。他抬起頭，對著索恩微笑，看起來有一點感傷。

索恩望著那女孩的雙眼，爆凸鼓脹，因爲他的手指對著她脖子施壓，她奮力抵抗，卻徒勞無功。藥物已經在瑞秋．希金斯的體內發揮作用，四肢軟弱無力，不聽使喚，彷彿即將就此殘敗一輩子，如果，比夏等一下執行的程序成功的話，她就得面臨這種後果。

索恩聽到左方傳來呻吟聲，他轉頭過去，安妮動也不動，貼靠著牆面，他的眼睛睜得好大，嘴邊濺冒口沫，她也被施打了速眠安，所以她無計可施，只能眼睜睜看著那雙手玩弄她的女兒。

索恩聽到那個男人的聲音，猛然轉頭，比夏正在輕輕撫摸女孩的後頸，「嗨，湯姆，你破壞了我們的派對，你知道吧？」

索恩的身體僵直不動，死盯著比夏。他不想輕舉妄動，嚇到對方，即使他有心也不敢採取任何行動。他的嘴無比乾燥，講話的音量根本就是輕聲細語。

「嗨，詹姆斯……」

接下來會有上百個難以解答的問題，還有複雜的動機與精神病態等待釐清，不過，看到眼前這幅宛若圖畫般的恐怖陰森場景，只需要幾秒鐘，索恩已經恍然大悟。只是剎那之間而已，心跳一兩個節拍的長度，一切豁然開朗，他終於發現這是怎麼回事、究竟是爲什麼，還有是誰在幕後策劃。他看到自己是如何被玩弄於股掌之間，被人利用，詹姆斯．比夏不斷挑激他，盡情剝削他的弱處，借助他的優點。原來他的方向一直沒走錯，但這完全就是對方所設的局。他也終於明白瑪格麗特．伯恩爲什麼會遇害，而且，要不是因爲他的話，也許她現在還活著。

他一直被這傢伙牽著鼻子走。

道高一尺，魔高一丈。

詹姆斯．比夏上半身全裸，腹部有六、七條交錯的粉紅色直型皺疤，彷彿像是躲在皮膚底層的巨蟲。索恩心想，刀傷，自殘的痕跡。

安妮：「……他有一陣子狀況很糟糕。」

蘿貝卡：「……詹姆斯曾經有點狀況。」

然而，引人注目的絕對不是那些疤痕。他那一頭短髮全灰，好刺目，最簡單的答案，應該是靠噴染劑所製造的效果。「想要當演員，只要能讓我付房租的工作，我都沒問題。」他還刻意戴了一模一樣的眼鏡，就算在這個明亮房間、相隔只有幾英尺，都很容易誤會他的年紀了，何況到了夜晚時分，到了只有街燈或根本無光的外面，要是有人錯估這男子的實際年齡，誤以爲他是三十幾歲的男子，也不能責怪他們。

索恩自己就以爲他是傑洛米．比夏。

索恩看著瑞秋，又望向安妮。「不過，詹姆斯，你爲什麼要這麼做？這是不是與什麼事情有關？」

比夏咯咯笑個不停，難道還看不出來嗎？「哎，你眞是失敗，沒有辦法逮捕定罪那個你搞錯的嫌犯……」

「你父親。」

「對，我父親。我得要收尾了，節奏得要稍微加快一點，手法沒辦法那麼細膩。這和我預期的不太一樣，但還是會有預期效果。」

「你是要？」

比夏搖頭。「湯姆，你眞的和我原本猜想的不一樣，是嗎？」

「詹姆斯，我對你也有相同的感覺……」

「安妮的女兒要是能變成她的病患，一定很棒吧，是不是？他知道消息之後，可能連活都活不下去。」他的大拇指不斷上下撫弄瑞秋頭蓋骨的底部，「對了，這個人也活得夠久了……」

索恩的目光一直不曾離開那纖長的手指，戴著外科手套的那雙手，技巧純熟的手。

當時待在他公寓裡的詹姆斯，驕傲，幼稚，多麼容易就被人看透心思，「對，在大學裡浪費了幾年的時間，我不是那種適合待在象牙塔裡的人。」

索恩從來沒想到要問這個，只有幾個字的愚蠢問題。

你的主修是什麼？

現在最要緊的就是讓他繼續說話……

「詹姆斯，這一切是爲了什麼？傷害你父親？報復他？」

比夏惡狠狠瞪著他，平日的客氣面具已經脫落不見，「索恩，媽的別傻了，難道就這樣嗎？」他聽到這些疑問，面露憎惡。然後，語調變得和緩，近乎溫柔、憂心，但仍然帶有陳述主張的鏗鏘力道，「這是爲了要追求類似完美的目標，爲了要消滅某些脆弱、腐爛的東西，以及戒斷對它的需要，對它的依賴。就讓凌駕於一切之上的腦袋，拋卻身體的羈絆，達到高峰，這都是爲了自由。」

索恩迅速瞄了安妮一眼，告訴她一切不會有問題，讓她安心的眼神。他把雙手插在口袋裡，故作輕鬆，慢慢朝比夏的方向走回去，他擺出隨性姿態，開口問道：「那些人體的脆弱部位，是你父親教你的嗎？」

「只是其中之一而已……」他的語調又變了，漫不經心，冷漠。

「剛好利用這一點來陷害他？」

比夏將其中一隻手從瑞秋的頭上移開，緩緩撫摸自己肚子上圈圈叉叉狀的凸疤，另一手則停留在原來的地方，繼續搓揉她頸後的肌肉。索恩想要跑過去——壓制他只需要一秒的時間而已，但在這短短的時間裡，比夏若要出手傷害瑞秋也是綽綽有餘。索恩決定自己先回答剛才的問題再說：「一石兩鳥。」

「很接近了。不過，顯然鳥並沒有死，所以你形容得還是不太恰當。」

索恩並不這麼認爲，「你明明殺死了一堆人。」但比夏只是聳肩。

要是能拿到武器，他就可以扳回一點劣勢。索恩的雙眼瞄了一下器材推車，閃亮的醫療工具整齊排列，有夾鉗、鑷子，以及手術刀。

比夏注意到他的目光，「索恩，請你不要破壞這裡的程序。」他露出微笑，瞄了一眼手術刀，「我想我拿到它的速度還是會比你快。」

索恩慢慢點頭，他感覺到安妮的目光正注視著他，她在乞求。

比夏撫摸瑞秋頭蓋骨的基底，「湯姆，你知道胸鎖乳突肌嗎？」

索恩當然再熟悉不過了。他知道比夏在找尋，想要撫觸的是什麼。「但為什麼要攻擊我？詹姆斯？我還是不懂。」

「我知道你以為那是我爸爸，我知道你胸有成竹。要激你太容易了，湯姆，要慫恿你這個人暴衝非常簡單。」

這確是實情，索恩的臉不禁扭曲了一下：他急切抓住比夏丟在他面前的一切；散落在他辦案過程的每一條無用線索，都被他掐得死緊——安眠藥、殺人的時點，以及車子……

「富豪汽車？」

「我爸是這個品牌的死忠支持者。當他買新車的時候，我拗他把舊車給我開，我給了他一百英鎊，我想，他要是把舊車賣給車廠抵現，絕對遠遠超過這個數字。不過，嗯……他是我爸爸。」

這就是關鍵，索恩懂了。還有誰能這麼了解傑洛米．比夏？他兒子知道他的一舉一動、他的行蹤，還有他的措辭。他對艾莉森、對案情的了解，一如他的父親，而且，還知道要怎麼偷走他的結婚戒指。

「詹姆斯，很遺憾，戒指的部分失敗了，恐怕證據力不足。」

「這種事難免。我對那個叫伯恩的女人也覺得很遺憾，對於那些死掉的也有同樣感覺，眞的，但我告訴過你了對吧？當然，要不是你打算衝到她家，在她面前搖晃那些蠢照片的話，她也不需要送命。」

詹姆斯曾經到過他的公寓，看到電話旁邊寫著瑪格麗特．伯恩的地址……

索恩一開始就整個搞錯了。瑪格麗特．伯恩之所以沒死，是因爲她講得出傑洛米．比夏的特徵，而她最後慘遭殺害，是因爲她可以確認傑洛米．比夏並非兇手。

他們緊盯著對方，中間相隔六呎長的亮白地帶，他們頭上的屋頂被雨水敲打得轟隆作響。

索恩跳起來，他們兩人都轉過頭去，因爲呼叫器在響。

他想起安妮今晚值班，呼叫器在她身旁地板上的包包裡面。

等到呼叫器的聲響停止之後，索恩才恍然大悟。瑪格麗特．伯恩看到他打電話：比夏其實是打給他爸爸，看他是否被叫進醫院，查看他的當班狀況。

「你對艾莉森下手的那天晚上，曾經在前往醫院的途中呼叫你爸爸，應該就是坐在醫院外頭，等待他到來，送給他一個有瑕疵的不在場證明，害他被列入嫌疑名單。」比夏微微一笑。

「蘭開斯特的藥品失竊案也一樣——」

比夏打斷他的話，「對，顯然這算是失誤，你發現了嗎？」

索恩看著安妮，一切都不會有問題，「安妮有發現。」

比夏微笑，「了不起。但它還是發揮了效果，我父親因此被列入嫌疑名單。這就是我撒下的餌，也引發了你的興趣……」

的確很成功。

「詹姆斯，行不通的，這全都是間接事證，沒有眞正的證據。」

「湯姆，但你根本不在意，不是嗎？」

索恩無言，他的舌頭只能緊黏在口腔頂端。

比夏突然開心大笑，索恩看到他的手指已經就定位，臉上也出現近乎狂喜的表情。

「湯姆，這是我最喜歡的部分，一切就是從這裡開始。」

比夏開始擠壓瑞秋的頸動脈，他胸膛的肌肉也隨之緊縮。索恩想起漢卓克斯曾經伸出雙手、擱在他的脖子上，做了一次全程示範，大約兩分鐘之後，她就會停止呼吸。

索恩望向安妮，她的神情充滿渴求，從內心深處發出的咆哮。

救我的女兒。

索恩不知道該怎麼辦。顯然比夏隨時可以殺了她，他們面前的那雙手，不斷擠壓瑞秋的氣脈，和武器一樣危險，只需要短暫片刻，就可以折斷她的脖子……

索恩覺得自己沉重無力，僵如乾屍。

已經過了十秒鐘，她的舌頭開始外露。

「詹姆斯，你這麼做怎麼會傷了他？怎麼可能會讓他飽受折磨？」

比夏不發一語，他的嘴唇無聲嚅動，因為腦袋裡正在倒數計時。

「詹姆斯，這樣也沒有辦法讓你的母親起死回生！」索恩開始大吼，只要能讓他有反應，停手，怎樣都可以。詹姆斯全神貫注，完全浸淫在自己的世界裡，他準備要處理接下來的程序，只要等到女孩呼吸停止，動手。

時間一點一滴在消逝。索恩無力呆站在那裡，瑞秋的呼吸越來越急促，他覺得每一秒流逝的速度飛快。

「幫幫忙，湯米……」

「海倫？」

「她只是個孩子……」

「我能怎麼辦？我能怎麼辦？」

然後，他們背後突然傳來人聲，「詹姆斯？」

比夏有了反應，聽到父親聲音的反應。也許是恐懼？看得出他的身體與表情都為之緊繃，手指頭也是……

「詹姆斯，我看到你開車載走了安妮——這是怎麼回事？沒問題吧？有人撬開你的大門。」

半分鐘過去了……

很難預料詹姆斯會對他的父親做出什麼事，但索恩的選擇不多。

還剩下九十秒，瑞秋已經是半死狀態，索恩大叫，「比夏，我們在樓上！」

傑洛米．比夏宛若從舞台活板門升起的幽魂，出現在閣樓裡，他的臉頓時失了血色，眼中的神采也立刻消失無蹤。

索恩已經可以猜測到這個人要是斷氣身亡，會變成什麼模樣。

「我的天——詹姆斯？」他身體不穩傾前，索恩一度以爲他會暈厥過去。最後索恩才發現他原來是想走到兒子面前，伸手阻止他。他怒氣沖沖瞪著兒子，然後，彷彿大夢初醒一般，慢慢點頭，終於搞清楚周邊情境的可怕關聯性。

安妮、瑞秋、詹姆斯。

索恩看著兒子怒視父親，現在應該只剩下一分鐘了……

詹姆斯的聲音變得幼稚，充滿奚落，「好，現在怎樣？我知道接下來要怎麼處理她，你是覺得害怕？憤怒？或者只是覺得驚訝？總而言之，這是一道非常高階的程序，畢竟我不夠格，畢竟我是個讓衆人大失所望的廢物……」

「拜託——」

詹姆斯尖叫，「閉嘴，快給我閉嘴！聽到沒有？」

瑞秋開始翻白眼，六十秒，要是……

「我一直想要問你，你到底是從什麼時候開始對自己的志業得到了信念？一定有哪個關鍵時點，讓你的思維變得和其他醫生一樣，我的意思是，關於人體，關於人體設計奇蹟與效率的鬼話。天，我好感謝你曾經教導過我的那種狗屁理論，你曾相信科技爲人類帶來希望，你知道嗎？眞的充滿了希望。我只是覺得很抱歉，我沒辦法在學術表現上回報你的信仰。但就算在我一切搞得亂七八糟，完全辜負你對我當醫生的期待時，我依然對你的所作所爲深信不疑。」他開始哭泣，「我還記得你教導我的一切。」

淚水正要繼續奪眶而出的時候，他卻突然止淚，聲音又恢復了原本的憤怒，「所以，到底是什麼時候？你什麼時候開始覺得人體只不過是一塊無用的垃圾？是不是當你發現藥物控制人體如此簡單的時候？當你發現在人體裡注滿鎮靜劑，可以讓它變得遲緩，任你擺佈的時候？那就是你期待的妻子嗎？後來怎麼樣了？我和蘿貝卡開始叫她白雪公主——你知道嗎？蘿貝卡說每當她看過『萬事通』（小矮人之一，意爲醫生）之後，她就變成了『瞌睡蟲』和『糊塗蛋』（另兩名小矮人）……」

瑞秋的呼吸變得緩慢，半分鐘……

「不，我覺得我知道眞正的時間點。一定是當你發現踐踏它有多麼容易的時候，對嗎？它何其脆弱，光是飛濺的玻璃就可以輕鬆劃破它的皮膚，或是只要花一點力氣就能壓碎軀體或使其變形，不然，就是兩者兼而有之。還有，被鎮靜劑搞得軟趴趴的身體，毀爛的速度比遇到意外時來得緩慢多了，它成爲你更重要的目標。對，很合理，我想這可以算是你心靈轉性的關鍵，是不是？自此之後，你只看到病人在你面前潰爛的過程，崩潰，朽敗，垂死，敗亡之快，遠超過了你爲它們縫合傷口、恢復健康或是做全面檢查的速度。

「你學到了寶貴的一課，一場震撼教育。等到你參透之後，接下來就是傳授給我們，然後，不斷地壓迫……」

瑞秋已經無法吸氣，只聽到幾聲殘存的紊亂呼氣。

「我眞的好想看到你進監牢，看著你的皮膚逐漸發黃，骨頭脆化，你懷抱的希望也慢慢消散不見。你變得軟弱無用，監獄一點一滴慢慢殺死了你，然後，你終於體會到人體到底有多麼孱弱，就是如此孱弱，爸爸……」

索恩已經聽不到瑞秋的呼吸聲。

詹姆斯．比夏閉上眼睛，輕聲細語，「安安，瞌睡蟲……」

安妮．寇本發出尖叫，那是來自她體內深處的嘶吼，突然之間，屋內充滿了亂七八糟的聲響與動作，傑洛米．比夏衝過去，怒叫兒子的名字，彷彿在喝斥狗兒躺下仰肚討饒。詹姆斯瑟縮一旁，動作宛若驚嚇的孩子，帶著一股天生的順從，他放開瑞秋，任她無助滾落，最後趴在地上。

索恩跑過去把女孩轉過來，找尋脈搏。

拜託……

有了，她還在呼吸。他抱起她，走到安妮面前，把她調整爲復甦體位，放在她母親旁邊。安妮抬頭看著他，仍然看得到她眼中激動的星火，還有那如釋重負的淚水，從雙頰撲簌簌滑落在女兒的臉龐。

短暫的平靜。

只有雨滴聲，他們頭頂上方幾英尺高的磁磚，宛如有六吋長釘在陣陣急敲。

索恩轉身，看著傑洛米．比夏慢慢走向兒子，他伸出雙臂，面容死白。

詹姆斯後退，撞到了醫療器材推車，匡啷作響，而且開始滑動。他停下來，露出微笑，側頭，然後優雅高舉手臂。

宛若在謝幕一樣。

他接下來的動作輕鬆自在，宛若在搔抓肩胛骨。然後，索恩看到他的拳頭裡露出一抹金屬冷光，脖子動脈開始汩汩冒出鮮血。

「不……」傑洛米的低語淒厲，簡直可以轟毀屋子。

索恩斜靠在粉白的牆上，看著詹姆斯跪地，他父親也跪倒在地。傑洛米的手緊緊箝住兒子的頸脖，但鮮血不斷從他的指間汩汩流出，經由手臂，滴落到漂白木板條上面，漸漸形成了一灘血池。

沿著木板條往前……又從另外一條流回來。

傑洛米面向索恩，他的臉上已經滿是濺血，頭髮濕黏，「快叫救護車——找人幫忙。」他的聲音低沉絕望，露出了哀求神色。

他兒子亦然。

詹姆斯．比夏看著湯姆．索恩，他的目光一心求死，他渴求能在自己血盡枯竭之際，凝視父親的臉龐，看著它痛苦扭曲，他想要在死前看到他父親飽受煎熬的模樣。

索恩好想幫他完成心願。

傑洛米的聲音沙啞，近乎啜泣，「拜託你，索恩……」

然後，當索恩腦中浮現詹姆斯流血而亡的畫面時，他不禁想到了瑪姬．伯恩，比夏曾經眼睜睜盯著她的鮮血傾瀉在廉價棉被上面，斷氣。

他想起自己對艾莉森．維列茲所作出的許諾。

死亡何其簡單。他想要看到這混蛋拚命求生，最後還是難逃一死，他想要看到詹姆斯．比夏懷抱的希望慢慢消散不見。

傑洛米在啜泣，不可遏抑，他的雙臂環住兒子的頸項，上頭已沾滿了濕黏鮮血。

索恩看了安妮最後一眼，後退，走出白色房間，跑下階梯，衝回大街，他希望賀蘭德已經在那裡等著他了。

第四部

沉靜

別誤會我，他死了我是很高興的。

我開心死了。坐牢也是不錯，但我不想躺在這裡的時候，想到他在埋首撰寫自己的傳記，得意洋洋，搞不好五十歲之前就可以重見天日。我也不願意想到他待在某間醫院裡，讓大家誤以爲他有神經病，而他卻可以穿著舒服的拖鞋走來走去，做模型飛機，回憶死在自己手中的那些女子。

我想起了他對我所做的事。

說眞的，我覺得他死了比較好。要是哪天我可以離開這裡，你知道，就是被送進某種特殊的廂型車裡面，然後我想要去哪裡都可以。我想要看一下他的墳墓。當然，在那上面跳舞是不太可能，但要是能躺在他的墳上，我會很開心，起身，然後整個人壓在他的上頭。把臉貼著地面，讓心裡的怨念滲入土中，像是毒藥一樣，讓他的棺材慢慢腐爛。

我很高興他死了，身體僵直，動也不動，就和我一樣。

不，和我不一樣。他又不是那種死抓著棺材蓋的瘋子，對嗎？他不會爲了想要逃出去而摳爛手指，沒有人餵他，沒有人幫他擦拭身體，也沒有機器幫他呼吸。

說到那個——目前毫無進展。抗生素沒有作用，短期之內要拿下呼吸器是沒指望了。顯然我的肺部受到眞菌感染，造成了併發症，病毒加眞菌，好像我的身體成了什麼溫床一樣……

我實在嚥不下那口氣，因爲這一切都是出於他的選擇。

他爲我選擇了這樣的生活，他自己卻選擇死亡。

我告訴你眞正諷刺的是什麼好了，其實我是個樂觀進取的死人，眞的。你也許不相信我說的話，我也知道我心情是有些起伏，但你也不能怪我吧。不然你自己試試好了，躺著不動，瞪著天花板，直到你的眼睛開始泛出淚水。再請你想像一下，想像自己是個半死半生的人，這兩個部分加總起來，等於什麼都沒有，整個人等於廢了一樣。

要能一直保持開心，很不容易。

我是個積極的人，不過，躺在這裡，我覺得自己再也不能算是個人了。要是沒有人幫我打理一切，我根本稱不上是個人。不過，我也不覺得自己有什麼好可憐的，因爲我連知覺也沒有，就只像個放在博物館裡的物品。

我覺得，自己只是他製造出來的產物。

自此之後，我也不相信上帝之類的事了，很抱歉，我就是沒有辦法，永遠不可能了。我相信人各有命，我這樣也就只能認了。我相信人們有作惡的本事，就和他一樣，可我也相信某些人會做好事。

我想要做好事，能做點什麼都好。

大多數的人對於許多事物都沒有選擇權。鬱鬱寡歡或是貧窮也不是他們的選擇，流產或是罹癌當然也不是，但這就是人生，對嗎？就和樂透一樣，是不是？這對每個人來說都一樣。但是他卻選擇殺人，對我下這種毒手，奪走了我的生命，自以爲是決定了我的未來。然後，等到他準備就緒，他也挑好了自己的死法……

安妮下禮拜會回來工作，我覺得，我們應該要好好談一談。

我能做的不多，但我也可以自我選擇，我也有發言權。

我不想看到他成爲贏家。

25

索恩食言了，沒弄到包廂票。漢卓克斯不太高興。不過他們還是會一起看「天空」頻道所轉播的賽事，而且他答應會準備一打便宜淡啤酒，再加上從「孟加拉騎兵隊」叫來的外送餐點。

他們之間不需要什麼磨合，也沒有出現什麼和解或寬恕之類的時刻，漢卓克斯一聽到消息就立刻打電話給他，兩人長談了好一會兒，他們的需要不過如此而已。

事發至今，已經快過了一個月。

當詹姆斯·比夏死在手術台上的時候，索恩非常自責，然後，驗屍報告出爐，顯見有藥物反應，他很清楚，就算當初他的動作能夠快那麼一點，結果仍然一樣。華法林，治療心臟病與肺部問題的處方藥物，諷刺的是，使用它是爲了阻止中風。它是一種抗凝血劑，預防血液阻塞。

他們雖然無法確定，但猜測他至少已經服用了兩三個禮拜之久。他早有計畫？或者他服藥只是爲了那一刻萬一眞的到來？他與他父親，還有手術刀的終結時刻。

當然，他們永遠不知道答案。

當然，他們也永遠沒辦法知道比夏是不是那個向媒體洩漏消息的人，不過索恩對此倒是非常篤定。向他們透露故事梗概，一旦秘密水脈被挖破了大洞，他就可以知悉更多的案情發展。比夏情報來源的管道非常複雜，有出有進，以不同的速度，從各種方向匯流，其中包括了索恩他自己，還透過了傑洛米·比夏、安妮，當然，還有詹姆斯約會了一陣子的對象，瑞秋。

她一直沒去重考。

安妮不確定瑞秋什麼時候要回去上學，而她自己要何時恢復工作，她也不知道，這是她兩三個禮拜前的說法。在比夏閣樓的那個晚上過後，索恩與她密集聯絡了好幾天，但之後就斷了。他很想她，但也不時自問，會發生這種事，是不是多少也得歸咎自己犯蠢？安妮與瑞秋在閣樓裡所受到的驚嚇，他是不是該負起責任？

在這許多懸而未決的問題當中，這一個最讓索恩再三玩味，不斷凌遲自己。

那天晚上他的行爲似乎沒有博得安妮的好感，完全稱不上英雄行徑，只有一堆死人，還有那些瀕死之人。

也許哪一天他可以等到她的電話，這個答案，只能由她親口告訴他。

他知道自己身上那些看不到的瘀傷要消退，一定得花上一段時間，但他已經開始覺得舒服多了。他犯了錯，他知道未來也依然會出錯。這念頭令人寬心。他曾經鑄下天大的錯誤，其實，他覺得彷彿自己身上的某個咒語終於遭到破解。

搞砸了，可能正好等於解救了他。

而海倫、蘇珊、克莉絲汀，以及瑪德蓮，還有里歐妮呢？這些女孩變得安靜多了。索恩知道這並非是因爲她們「終得安息」或「復仇成功」什麼的，他才不信那種鬼話。他知道沉默只是暫時的而已，當時機一到，她們一定會發出夠大的噪音，讓他聽到。她們，或是與她們同病相憐的那些人。

此刻，她們只是正好沒有特別想說的話而已。

漢卓克斯突然從小沙發上跳起來，在客廳裡四處跳舞，索恩一臉茫然，呆看了好幾秒。他剛好瞄到電視的重播畫面，兵工廠得分了。痛失三分，這一季的慘敗紀錄又添一筆。

又一件讓索恩無可奈何的事。

終曲

艾莉森與安妮想要加快腳步。

這個過程必須按部就班，不容任何質疑。它的確冗長，但要做出那種重大決定的人，必得如此。絕對不能有模糊判斷或混淆的想法，更不能倉促行事。雙方取得協議，讓第二名家庭諮商師蓋下橡皮圖章，然後，終於能夠在法官面前舉行聽證，這些都是必要階段。離婚、子女的監護權、家暴。高院家事法庭主宰了許多生靈的未來，艾莉森拿不到前面的順位。就算有機會好了，她的案子也不會像其他案件一樣，得到相等的重視。好，就是曠日費時。艾莉森在兩週前第一次向她提起這件事，經過無數的淚水、爭執，以及懷疑，安妮．寇本終於下定決心，答應艾莉森的請求。

幫朋友一個忙。

她終於準備好了，但對艾莉森來說，畢竟還是太慢了。

安妮走向加護病房，舉步維艱，她還是繼續前行，只能狠下心面對挑戰。

傑洛米的狀況已經逐步好轉，但療傷還是得花一段漫長的時間。在詹姆斯死亡的前幾天，他與某個年輕醫師的戀情就畫下句點，不過，就算他身旁有人可以依靠，讓他得到撫慰，安妮依然想要陪伴著他。到了最後，他孤單絕望，兩人相識二十五年，也就是說，她會永遠在他身邊，隨時準備伸出援手。

同時，她再也不可能與湯姆．索恩見面了。

這一切彷彿像是索恩所駕駛的飛機發生墜機意外，兩人都倖存了下來，慶幸撿回一命，但再也無法凝望彼此。罪惡感、指責，以及可怕回憶交織在一起，不可能會有未來。

她的未來就是瑞秋了。

幾個禮拜前，艾莉森換到了邊區的病房，護理站的人沒辦法直接觀察她的動靜，但她也覺得無妨。

安妮推開房門，艾莉森是醒著的，看到她進來很開心。

她走到窗邊，關上百葉窗。這個房間和她先前住的病房幾乎沒有差別，要是真有什麼不同的話，應該就是東西少了一點，但功能更齊備了。安妮想起索恩先前從某間車廠旁摘下的半枯野花，她頓時陷入沉思，不知道他人在哪裡？心情如何？她閉上雙眼，拋開腦中的畫面，又走回艾莉森的面前。

她們一起大笑，哭泣了好幾分鐘之後，安妮才回去工作。她的動作快速、安靜、專業。她從艾莉森的指尖取下血氧機的指夾，以九十度的直角，將它夾在它的電源線上頭。雖然大家不會明講，但大多數的醫生都知道這一招，警報系統會因此發生短路，關掉呼吸器的時候，也不會發出警示聲。大約過個二十分鐘左右，她會把它接回去，等到一切結束之後，再次打開呼吸器。那是艾莉森的想法，沒有風險，看起來就像是自然而然發生的狀況。

千萬不要害妳毀了前程，親愛的……

安妮走到呼吸器前面，掀開保護開關的塑膠罩，她覺得那簡直像是發射核彈的按鈕一樣，令人戒慎恐懼，她的目光飄向病床。

艾莉森已經閉上雙眼。

艾莉森在這最後幾個月的生命，無論有多麼詭異荒唐，她還是活下來了，依賴的是由低鳴、嘶響、嗶嗶聲與滴答聲所組成的永恆背景音樂。二十四小時不停歇，被噪音所定義的生命。

詹姆斯．比夏逼她落入如此絕境，但艾莉森卻拒絕成爲他的受害者。

到了此刻，終於，噪音已經止息。

安妮．寇本多麼希望，艾莉森還能多撐那麼一會兒，享受現在的寧靜時分。

作者的話

在我研究閉鎖症候群之後，發現一項明顯事實：沒有所謂的代表性案例。當然也沒有所謂的代表性康復案例。

換言之，故事情節中若有出現與病症時序、程序，以及其他種種的失誤，純粹是無心之過。對於小說中提及的所有醫護人員，我對於他們的效率、付出或是奉獻絕無任何毀謗之意。至於關乎健保體系的種種評論所反映的殘酷事實，並非針對圈內的工作者，而是那些政客與官僚，他們自己樂享私人醫療，卻一直不肯為健保挹注足夠的經費，只希望看到它無疾而終。

馬克・畢林漢

致謝

基於各式各樣的原因，我得向許多人表達我的衷心謝忱：菲爾．寇本（Phil Coburn）博士，感謝他的專業建議、變態思想，還有香檳歡慶時刻；感謝卡蘿．布理斯托（Carol Bristow）對於警方辦案程序事項的協助；感謝聖多默醫院的賽巴斯汀．魯卡斯（Sebastian Lucas）教授；倫敦警察廳新聞聯絡室的尼可．喬登（Nick Jorden）、柏娜黛特．福特（Bernadette Ford），以及大衛．霍史托克（David Holdstock）；希拉蕊．赫爾（Hilary Hale），我的偉大編輯，以及Little, Borwn出版社所有成員的無限熱情；莎拉．魯特言絲（Sarah Lutyens），我的經紀人，感謝提供家具；「倫敦管理」公司的瑞秋．丹尼爾斯（Rachel Daniels）；彼得．寇克斯（Peter Cocks）的照片；霍華．普拉特（Howard Pratt）的話語；麥克．古恩（Mike Gunn）的笑話；保羅．索恩（Paul Thorne）的飛航讀物。

還有我的母親，派特．湯普森（Pat Thompson），陪伴我三十九年，永遠記得妳講過在書店咆哮的事……

Storytella **58**

探長索恩 貪睡鬼

Sleepyhead

探長索恩 貪睡鬼/馬克.畢林漢作；吳宗磷譯. -- 初版. -- 臺北市：
春天出版國際, 2017.03
面； 公分. -- (Storytella；58)
譯自：Sleepyhead
ISBN 978-986-94449-5-8(平裝)

873.57 106002229

ISBN 978-986-94449-5-8
Printed in Taiwan

First published in Great Britain by Little,Brown by 2001
Complex Chinese language edition published in agreement with Lutyens & Rubinstein,through The Grayhawk Agency.

作　者	馬克・畢林漢
譯　者	吳宗璘
總編輯	莊宜勳
主　編	鍾靈
出版者	春天出版國際文化有限公司
地　址	台北市信義路四段458號3樓
電　話	02-7718-0898
傳　眞	02-7718-2388
E－mail	frank.spring@msa.hinet.net
網　址	http://www.bookspring.com.tw
部落格	http://blog.pixnet.net/bookspring
郵政帳號	19705538
戶　名	春天出版國際文化有限公司
法律顧問	蕭顯忠律師事務所
出版日期	二〇一七年三月初版
定　價	350元
總經銷	楨德圖書事業有限公司
地　址	新北市新店區寶興路45巷6弄6號5樓
電　話	02-8919-3186
傳　眞	02-8914-5524
香港總代理	一代匯集
地　址	九龍旺角塘尾道64號 龍駒企業大廈10 B&D室
電　話	852-2783-8102
傳　眞	852-2396-0050